기묘한 살인사건

기묘한 살인사건

권지용

엄성용

송한별

윤 산

홍정기

오유민

목차

문을 열며
6

1부
집착
9

2부
욕망
73

3부

소음

121

4부

침잠

157

5부

기억

225

6부

경계

275

문을 열며

 나는 그저 기록자이며 수집가이다.
 한순간 불타오르는 인간의 감정 그리고 그 인간이 느끼는 빛깔, 온도, 냄새…… 이 모든 것은 더없이 아름답다.
 인간은 죽음 앞에서 불타오른다.
 예기치 않은 죽음은 언제나 소란스럽다. 그 죽음이 드물고 고귀하든 흔하고 값싼 것이든 상관없다. 인간의 마지막은 언제나 향기로우며 달콤하다.

 모든 사물과 공간에는 기억이 스며든다.
 지하실의 곰팡내 나는 벽, 계곡의 이끼 낀 자갈, 공장의 녹슨 문, 버려진 CCTV, 소독약 냄새가 나는 병원 공실, 윗집과의 경계를 가르는 엷디엷은 벽, 한밤의 도로 위를 달리는 택시의 바퀴, 심지어 인터넷 케이블에 흐르는 미세한 전류에까지……
 나는 이 속에서 그 순간의 강렬함을 다시 떠올리고 되살려낸다.

기억들은 얽히고 전해지며 다시 태어난다.
누군가는 꿈에서 이 파편들을 본다. 누군가는 잊어버렸던 기억을 되찾듯 갑자기 떠올려낸다.
사람들은 이것을 기묘한 이야기라 부른다.

나에게는 마지막을 지켜보는 눈이 있다.
사람의 마지막 표정, 숨이 끊어지기 전 공기를 타고 흐르는 감정의 진동.
나는 결코 놓치지 않는다. 그것이 나의 예술이며 나의 기쁨이다.

이 안에는 내가 수집한 마지막들이 있다.
소란과 침묵,
불안과 두려움,
슬픔과 놀람,
분노와 원망.
이 모든 감정의 잔향이 페이지마다 스며 있다.

부디, 여러 이들의 마지막을 읽으며 즐거워하라.
언젠가 나도
당신의 마지막에 방문해 즐거워할 테니.

권지용

공포라는 렌즈로 세상을 비추는 공포소설가.
사람들이 피하려는 감정 속에 숨은
진짜 이야기를 파헤쳐 글로 옮긴다.
독자에게 잠시라도 등 뒤가
서늘한 감정을 전하려 노력하고 있다.

1부 **집착**

완벽한 남자친구 · 11

밤이면 아내가 쳐다봐요 · 35

쾅쾅쾅 · 55

완벽한 남자친구

그날, 나는 발가락이 부러지는 듯한 고통 속에서 완벽한 사람을 만났다. 이삿짐을 나르다 발을 찧고 신음하던 때였다.

새로운 시작은 늘 이렇다. 고통스럽고 불확실하며 때로는 발목을 잡는다. 내가 쓴 드라마 속 주인공들은 쉽게 이혼하고 기꺼이 극복했다. 현실은 그러지 못했다. 남편의 불륜은 내게 깊은 상처를 남겼고 지난 몇 년은 차라리 지옥이 나을 것 같았다. 글은 단 한 줄도 써지지 않았고 건강은 악화일로를 걸었다. 서울의 빡빡한 공기와 사람들의 시선, 그리고 피할 수 없는 작품 계약은 내 숨통을 더욱 조여 왔다. 결국 나는 도망치듯 수도권 교외의 낡고 낮은 아파트로 이사를 결정했다. 데면데면 알고 지내던 부동산 주인에게 추천을 받은 충동적인 결정이었다. 번잡한 도시를 벗어나면 모든 것이 나아질 거라고 막연히 믿었지만 실은 더 이상 갈 곳이 없다는 절박함이었다.

완벽한 남자친구

하지만 이사 첫날부터 나는 처참히 무너졌다. 온몸의 근육은 비명을 질렀고 어질러진 짐들은 제자리를 찾지 못했다. 어깨에 멘 무거운 박스 때문에 현관문 앞 튀어나온 문턱을 보지 못했다. 쿵. 끔찍한 소리와 함께 오른쪽 새끼발가락에 찢어지는 듯한 통증이 번졌다. 악 소리도 제대로 내지 못하고 주저앉아 발을 감쌌다. 눈물이 찔끔 났다. 아껴두었던 와인이 깨져 붉은 피처럼 바닥을 적시고 있었다. 망했다. 완벽한 도피처가 될 줄 알았던 이곳에서 나는 첫날부터 제대로 넘어져 버린 것이었다.

그때였다. 닫히지 않은 현관문 틈으로 누군가의 그림자가 드리워졌다. 낯선 남자의 목소리가 들렸다.

"괜찮으세요?"

고통에 일그러진 얼굴을 겨우 들자 햇살을 등지고 선 남자가 보였다. 그의 얼굴은 역광 탓에 잘 보이지 않았지만 나를 향해 뻗어온 손만큼은 분명히 따뜻하게 느껴졌다.

"제가 도와드릴게요."

차분하고 단단한 음성을 가진 남자였다. 나는 그 손을 잡았다. 부드럽고 따뜻한 손길로 나를 일으켜 세운 그는 바닥에 널브러진 대본집을 주워들었다. 깨진 와인이 묻은 표지를 아무렇지 않게 자신의 티셔츠에 문질러 닦았다. 그리고 그의 입에서 흘러나온 첫마디는 지치고 불안했던 내 마음을 단번에 사로잡았다.

"어? 이 드라마 아세요? 저 이 드라마 되게 좋아하는데. 힘들 때 많은 위로를 받아서요. 이 작가님 다음 드라마 나오기만을 항상 기다려요."

그는 내가 가장 갈망하던 이해와 인정을 건넸다. 그 순간 나는 발가락의 통증도 지난 몇 달간의 고통도 모두 잊었다. 마치 오래도록 찾던 퍼즐 조각을 드디어 발견한 것 같은 기분이었다. 그의 이름은 김한결이었다. 그리고 그는 바로 나와 같은 1층, 내 옆집에 살고 있었다.

#

그날 이후, 김한결은 내 삶의 모든 퍼즐 조각이 되어 주었다. 이삿짐 정리는 물론 서울 촌놈인 내가 소도시의 낯선 환경 적응하는 것 또한 그 없이는 엄두도 내지 못했을 일들이었다. 그는 묵묵히 내 옆을 지켰고 필요한 순간이면 어김없이 나타나 섬세한 배려로 나를 놀라게 했다. 말하지 않은 불편함까지 귀신같이 알아채고 해결해 주는 그를 보며 나는 운명이라는 단어를 강박적으로 되뇌었다. 주님은 이겨낼 수 있는 고통만 주신다고 했던가. 숨조차 쉬기 힘들었던 서울의 폐쇄적인 삶까지 오직 이 남자를 만나기 위한 과정이었다고 느껴질 정도였다. 그 역시 서울의 삶에 지쳐 이곳으로 내려왔고 주식 투자로 소소한 생활비를 벌고 있었다. 즉 그와 나는 둘 다 프리랜서였으므로 매일 늦은 아침을 같이 먹었고 커피를 마셨으며 영화나 티브이를 보고 꽃을 가꾸었다. 철학을 사랑하는 그와 글을 쓰는 나는 놀랍도록 취향이 잘 맞았다. 우리는 빠르게 서로를 '자기'라고 부르기 시작했다.

그러던 어느 날, 평소와 마찬가지로 나른한 햇살이 떨어지는 오후. 소파에 누워 SNS를 보던 그가 나를 불렀다. 어딘가 들뜬 눈빛이었다.

"자기, 우리 여기 가 볼래?"

그가 내민 것은 시내 중심가에서 열리는 와인 모임 안내였다. 마침 평온함이 지루함으로 변해가던 찰나였으므로 나는 망설임도 없이 그의 제안을 받아들였다. 나는 그의 손을 잡고 모임 장소로 향했다. 그곳에는 우리와 놀랍도록 취향이 일치하는 사람들이 모여 있었다. 섬세한 와인 향을 논하고 고전 문학 속 인물들의 삶에 대해 깊이 있는 대화를 나누는 사람들. 술기운과 모임의 낯선 분위기에 취한 나는 평소라면 결코 입 밖에 내지 않았을 직업을 홀린 듯이 털어놓았다. 내가 드라마 작가라는 사실에 순간 정적이 흘렀으나 이내 그들은 놀랍도록 능숙하게 내

작품의 숨겨진 의미들을 하나하나 짚어내기 시작했다. 모두가 내 드라마의 시청자라는 것도 신기한데, 어쩜 이렇게 나와 취향이 딱 맞는 사람들이 있을까. 그들과의 대화는 몇 달간 묵혀두었던 나의 영혼을 촉촉하게 적셔주는 듯했다. 잃었던 영감을 다시 찾은 기분이었다.

모임이 거듭될수록 나의 삶은 기적처럼 변화했다. 김한결은 완벽한 연인이었고 모임 사람들은 든든한 지지대였다. 그들의 긍정적인 에너지와 격려 덕분인지 나의 건강은 거짓말처럼 호전되었다. 만성적인 피로와 두통은 사라졌고 잠들기 전마다 나를 괴롭히던 불안감도 옅어졌다. 가장 기적 같은 변화는 멈췄던 글쓰기였다. 모임 사람들과의 대화 속에서 아이디어들이 샘솟았고 내 손끝에서 멈춰 있던 문장들이 다시금 살아 숨 쉬기 시작했다.

나는 마치 마법에 걸린 듯 순식간에 과거의 나를 잊었다. 남편의 불륜으로 인한 상처, 슬럼프, 건강 악화……. 그 모든 지독한 기억들이 이곳에서는 존재하지 않는 허상 같았다. 남자친구와 모임 사람들은 새로운 삶을 선물해 주었다. 다행히 신작 드라마 초고는 제작사의 뜨거운 반응을 얻었다. 나는 다시 도약하는 중이었다. 행복이라는 달콤한 와인에 취한 듯 이 모든 것이 꿈만 같았다.

하지만 완벽한 행복에도 아주 미세한 균열은 존재했

완벽한 남자친구

다. 모임 사람들의 친절은 날이 갈수록 깊어졌지만 때로는 지나치게 느껴지기도 했다. 내가 무엇을 하든, 어디에 있든, 심지어 어떤 생각을 하는지까지 모두 꿰뚫어 보는 듯한 말을 아무렇지 않게 던지곤 했다. "어제 산책 나갔다 오셨죠? 얼굴이 환해지셨던데요", "지난번 와인 모임에서 작가님의 질문에서 깊이가 느껴졌어요. 바로 그런 고민이 다음 작품에 녹아들어야죠" 따위였다. 처음엔 나를 향한 깊은 이해라 생각했지만, 점차 어딘가 조금은 불편했다.

어느 날 오후, 글을 쓰고 있을 때였다. 나는 문득 펜을 멈췄다. 방금 쓴 대사, 내 드라마의 주인공이 읊조린 그 대사는 이틀 전 와인 모임에서 한 멤버가 했던 이야기와 놀랍도록 똑같았다. 단어 하나, 말투까지 그대로였다. 순간 나는 왠지 모를 불편한 기운을 느꼈다. 내 귀에 스친 문장이 언제부터 내 손끝으로 흘러나왔던 걸까. 내 대본이 내 창작물이 아니라, 그들의 말이 내 안에서 되살아났을 뿐이라면? 슬럼프 탈출이 내 힘이 아니라면? 나는 떳떳하지 못한 마음이 들어 거칠게 백스페이스 키를 여러 번 두드려 대사를 지워냈다. 지워진 건 화면 속 몇 줄일 뿐, 여전히 머릿속에서는 그들의 목소리가 울리고 있었다. 잠시 안경을 벗어 눈두덩을 짚었다. 다시 재기했다고 생각했는데, 나는 나를 잃어가고 있었던 것일지도 모른다.

그때, 우연히 내 시선이 창밖으로 향했다. 나는 눈을 찌푸리고 천천히 창가로 다가섰다. 조금 떨어진 아파트 화단 근처에 모임 멤버인 최 씨 부부가 미동도 없이 서 있었다. 그들은 내게 손을 흔들며 아주 환하게 웃고 있었다. 평소와 다름없는 인사였다. 하지만 나는 어쩐지 그들의 미소가 섬뜩했다. 그들은 마치 열연하는 주연 배우들 등 뒤에서 애드리브로 같은 동작을 반복하고 있는 조연들 같았다. 마치 내가 지금 이 방에 앉아 글을 쓰고 있는 것을 정확히 알고 있었던 것만 같다.

멍하니 그들을 바라보던 나는 뒤늦게 내가 민소매 원피스를 입고 있었다는 것을 깨달았다. 헐레벌떡 방 안으로 들어와 가디건을 걸쳐 입고 바깥으로 뛰어 나갔다.

"왜… 왜 여기 서 계세요?"

내 입에서 제법 날카로운 말이 튀어나왔다. 그러자 그들은 조금 난처한 표정을 지으며 서로를 마주 보았다.

"빨리 말씀하세요. 왜, 왜 여기 계시냐고요!"

팔짱을 끼고 몰아붙이는 내게 최 씨 부인이 미안한 표정을 지으며 답했다.

"우린 자주 여기를 산책해요. 아시다시피 이 아파트는 화단이 참 예쁘잖아요. 지나가다 작가님 집이 보이길래 손을 흔들었는데, 혹시 불편하셨다면 미안해요."

다시 한번 그들은 서로를 바라보았다. 나는 잠시 아무 말도 할 수 없었다. 부인이 말한 대로 화단엔 아주 예쁜 꽃들이 가득 피어 있었다. 최 씨는 당황한 부인을 보호하듯 어깨에 팔을 둘러 조금 제 쪽으로 끌어안았다. 그리고 공격할 의사가 없는 것을 명백히 하는 표정으로 내게 말했다.

"정말 미안합니다, 작가님."

후. 나는 짧게 한숨을 쉬었다. 이마를 짚고 조금 더 객관적으로 상황을 보려고 노력했다. 확실히 나는 글을 쓸 때는 조금 예민해지는 경향이 있었다. 전 남편이 가장 못 견디던 부분이었다.

"죄송해요. 제가 글 쓸 땐 좀 예민해서요."

스스로를 이해시키듯 소리 내어 말했다. 그러자 부부는 가볍게 목례를 하고 사라졌다.

"후……."

어쩌다 남의 말을 대본에 그대로 쓴 걸 가지고 짜증이 나서는, 마침 보이는 지나가던 이웃들에게 시비를 걸다니, 정말 못 말릴 노릇이다. 나는 크게 숨을 내쉬며 잠시 어깨를 떨어뜨렸다.

# #

며칠 후, 서울에 있는 친구에게서 메시지가 왔다. 오래전부터 같이 작업하기로 했던 다른 프로젝트에 대한 문의였다. 나는 반가운 마음에 답장을 보내려 했지만 휴대폰 화면이 갑자기 먹통이 되어버렸다. 화면은 시커먼 먹물처럼 아무것도 비추지 않았다. 결국 메시지를 보내지 못한 채 답답함에 휴대폰을 던져버렸다.

그날 저녁, 걱정스러운 얼굴로 집을 찾은 남자친구가 물었다.

"자기, 안색이 안 좋아 보여. 어젯밤 잠 못 잤어?"

휴대폰 이야기를 하자 그는 인상을 찌푸리며 말했다.

"꼭 이럴 때 일이 터지네. 그렇지 않아도 자기는 글 때문에 스트레스가 많을 텐데."

그러면서도 그는 나를 부드럽게 다독였다.

"이럴 때일수록 마음 편히 가지는 게 중요해. 지금은 자기가 이 자리에서 얻은 새로운 영감에 집중해야 할 때잖아. 걱정 마. 다른 건 내가 다 알아서 처리할게."

그의 말은 불안한 내 마음을 기적처럼 잠재웠다. 그의 손에는 따뜻한 허브티가 들려 있었다.

"이거 마시면 좀 나아질 거야. 지친 몸에 활력을 주는

완벽한 남자친구

비법이지. 우하하."

그는 꼭 소년처럼 웃었다. 나는 홀린 듯 그가 건넨 차를 받아 마셨다. 차는 달콤했다. 불안한 마음이 거짓말처럼 잦아들었다. 그날 나는 놀랍게도 오랜만에 깊은 잠을 잘 수 있었다. 다음 날부터 나의 남자친구는 매일 아침 그 허브티를 가져다주었다. 차를 마실수록 막혀있던 글은 마치 누군가 대신 써주기라도 한 것처럼 술술 풀려나갔다. 완성된 글은 이전보다 훨씬 날카롭고 깊이가 있었다. 남자친구가 수리를 맡겨 멀쩡해진 휴대폰도 돌아왔다.

하지만 와인 모임의 분위기는 조금씩 변해가고 있었다. 모임 멤버들은 이제 와인과 문학 이야기에 덧붙여 '진정한 자신을 찾아가는 길'이나 '삶의 완전한 평화'에 대한 이야기를 나누기 시작했다. 그들은 자신들의 삶이 '특정한 깨달음'을 통해 얼마나 완벽하게 변화했는지 종종 언급했다. 그들의 눈빛은 전보다 더 깊고 확신에 차 보였다. 내가 그들의 이야기에 동의하지 않거나 의아해하는 표정을 보이면 그들은 잠시 침묵하거나 미묘하게 불편한 기색을 내비쳤다. 하지만 곧 다시 온화한 미소로 돌아왔다. 그런 분위기는 조금은 생경했지만 동시에 내 글쓰기에 새로운 방향성을 제시해 주는 것 같아 흥미롭기도 했다. 혹시라도 내가 조금 기분이 상했다면 그때마다 나의 남자친구는 내 손을 잡고 조용히 속삭였다.

"신경 쓰지 마. 모두 자기의 행복을 바라는 마음에서 하는 이야기 같아. 기분 나쁜 게 있다면 내가 다 막아줄게."

그의 든든한 말에 나는 언제나 안도할 수 있었다.

하지만 불안감은 잠 못 드는 새벽마다 기괴한 형태로 나를 찾아왔다. 꿈속에서 나는 늘 어두운 미로를 헤매거나 알 수 없는 형체들이 속삭이는 소리에 시달렸다. 때로는 내가 쓴 적 없는 문장들이 머릿속에 울려 퍼지거나 손가락이 저절로 움직여 불길한 단어들을 휘갈기는 기이한 경험도 했다. 내 글 안의 무언가가 서서히 갉아 먹히는 듯한 섬뜩한 기분을 떨칠 수 없었다. 돌아보면 전에도 글을 쓸 땐 악몽에 시달려 왔던 것 같았다.

답답한 마음에 기분 전환이라도 할 겸 미용실을 찾았다. 머리카락이 뭉텅뭉텅 잘려 나가며 바닥으로 추락했다. 시원했다. 나를 둘러싼 악몽도 함께 떨어져 나가는 기분이 들었다. 조금 풀어진 나의 미간을 의식한 듯 헤어 디자이너가 말을 건넸다.

"어머, 손님 표정이 정-말 좋으세요. '그 모임' 다니시죠? 딱 보면 티가 난다니까."

나는 순간 심장이 쿵 내려앉는 것을 느꼈다. 내가 서둘러 뒤를 돌아보았다. 애써 미소지었지만 입가가 경련하듯 떨렸다.

"네? '그 모임'이요? 저는 모임 안 다녀요."

또박또박 힘을 주어 말한 후, 다시 앞으로 고개를 돌렸다. 거울 속에 비친 내 옆자리 손님들의 표정이 일제히 굳은 것만 같은 기분도 들었다. 괜한 착각이었을까? 거울 속 디자이너는 여전히 환한 얼굴로 능청스럽게 웃고 있었다.

"어머나, 괜히 놀라셨나? 호호. 저는 요즘 '삶의 활력을 되찾는 비법' 따르고 있는데 정말 좋아요! 손님도 한번 관심 가져보시면 좋을 텐데."

그녀의 목소리는 너무나도 자연스러웠지만 내게는 그저 섬뜩하게만 들렸다. 겨우 미용실을 빠져나와 밖으로 나왔다. 쨍한 햇살 아래에서도 몸이 오싹했다. 이대로 집에 돌아가기 싫어 무작정 자주 들리던 과일 가게로 향했다. 신선한 과일들이 열을 맞춰 알록달록 쌓여있는 풍경은 잠시나마 안정을 주었다. 눈에 보이는 제철 과일을 몇 개 집어 계산대에 섰다. 수더분한 인상의 주인이 내가 내민 카드를 받으며 말을 걸어 왔다.

"아이고, 얼굴 환한 것 봐. 혹시 진정한 기쁨이라도 찾으셨나? 나야말로 삶을 대하는 새로운 방식을 알게 된 후로 매일매일이 새로워. 이 과일들도 전에는 그저 과일이었는데 이제는 하나하나가 다르게 보인다니까."

주인의 마지막 말이 귓가를 스쳤을 때 내 손에 들린 과일 봉투를 놓칠 뻔했다. 어쩐지 익숙한 내용 정도가 아니라 미용사의 입에서 흘러나왔던 말과 소름 돋을 만큼 흡사했다. '진정한 기쁨', '삶을 대하는 새로운 방식', '새로운 눈으로 세상을 보는 것'. 파편처럼 흩어져 있던 조각들이 섬광처럼 한데 모였다. 등골이 서늘해졌다.

나는 주인을 멍하니 바라봤다. 수더분한 인상에 친절한 미소를 띠고 있는 그의 얼굴이 순간 아무런 감정 없는 가면처럼 느껴졌다. 그의 눈동자가 깊고 낯설게 번뜩이는 것을 보았다. 내가 미처 깨닫지 못했던 차가운 패턴이 비로소 선명하게 눈앞에 펼쳐졌다. 미용실, 과일 가게, 내과, 세차장… 모두 와인 모임에서 회원 할인이나 모임 추천으로 자연스럽게 알게 된 곳들이었다. 그들은 늘 '좋은 곳은 함께 나누자'며 이런 정보들을 공유했고 나는 아무 의심 없이 받아들였다. 하지만 이제 와 생각하니, 내가 방문하는 모든 곳이, 내가 만나는 모든 사람이, 결국 그 모임의 영향권 아래 있었던 것이다.

심장이 발밑으로 쿵 떨어지는 듯했다. 이사 와서 처음 느꼈던 안도감의 달콤한 가면이 벗겨지고 그 아래 숨겨진 차가운 감시자의 눈을 마주하는 기분이었다. 온몸의 털이 곤두섰다. 마치 덫에 걸린 동물처럼 오금이 저려 왔다. 눈

완벽한 남자친구

앞의 과일들이, 알록달록한 색깔 대신 핏빛처럼 붉게, 혹은 잿빛처럼 메마르게 보이는 착각에 빠졌다. 나는 카드를 빼앗듯이 받아 들고 뒤돌아섰다. 이 공간이, 이 도시가 나를 중심으로 서서히 조여 오는 거대한 그물 같았다.

#

혼란스러움 속에 하루하루를 보내던 어느 날, 남자친구는 시골에 부모님을 만나러 간다며 며칠간 집을 비우게 되었다. 그가 없는 동안 나는 더욱 심한 불안감에 시달렸다. 밤에는 악몽과 환청이 더욱 선명해졌고 낮에는 미용실과 과일 가게 혹은 모임 사람들과 겪은 일이 계속 떠올라 나를 옥죄었다.

오랜 친구에게 전화를 걸었지만 일전에 여러 번 휴대폰이 갑작스레 꺼진 후 연락이 닿지 않아 마음이 상한 듯했다. 오해를 풀기 위해 애를 썼지만 친구는 탐탁지 않은 목소리를 들려주었다.

하필 남자친구가 없는 시기에 와인 모임이 있었다. 나는 가지 않으려 온갖 핑계를 댔다. 몸이 좋지 않다, 마감을 해야 한다… 하지만 모임 사람들은 마치 내 생각을 읽기라도 한 듯 끈질기게 전화를 걸었고 심지어 몇몇은 집

앞까지 찾아왔다. 이 좁은 동네에서 이 많은 사람들에게 미움받는다는 건 상상만으로도 끔찍한 일이었다. 결국 나는 마지못해 와인 모임에 혼자 나섰다.

모임 장소에 들어서며 나는 숨을 들이켰다. 평소와 달리 모임의 분위기는 열기로 가득했다. 아니, 어쩌면 평소와 같았던 것일지도 몰랐다. 멤버들은 와인 잔을 들고 거의 광기에 젖은 듯 선생님의 가르침을 외치고 있었다.

"모든 것이 선생님의 뜻대로 진정한 기쁨으로 가득 찰 것입니다!"

"우리는 선택받은 자들이지요!"

그들의 눈빛은 온화함을 넘어선 맹목적인 광신으로 불타올랐다. 평소 차분했던 박 씨의 얼굴마저 이상하리만치 흥분되어 있었다. 그들은 서로를 껴안고 눈물을 흘리며 알 수 없는 구호들을 반복했다. 나는 이 모든 것이 너무나 낯설고 두려웠다. 마치 다른 세상에 떨어진 듯한 이질감에 온몸이 얼어붙었다. 나는 조용히 구석에 앉아 그들의 광기를 지켜보며 어서 남자친구만이 돌아오기를 간절히 기다렸다. 그가 있다면 이 모든 불안을 잠재워 줄 것이라고 믿었다.

며칠 밤낮을 거의 잠도 자지 못한 채 그를 기다렸다. 피폐해진 나를 가장 먼저 발견한 것은 역시나 돌아온 나의

완벽한 남자친구

남자친구였다. 그는 현관에 들어서 나의 얼굴을 보자마자 모든 것을 알고 있다는 듯 달려와 나를 꽉 안아주었다. 그의 품은 언제나처럼 따뜻하고 든든했다.

"자기, 괜찮아? 얼굴이 이게 뭐야."

그가 나의 머리칼을 쓰다듬으며 걱정스러운 목소리로 속삭였다. 나는 여태까지 겪었던 이상한 기운들과 최근 와인 모임에서 벌어졌던 일을 두서없이 늘어놓았다. 떨리던 나의 목소리는 어느덧 눈물에 젖어 있었다. 한참을 혼자 떠들던 내가 고개를 들어 그를 바라보았다. 그의 얼굴엔 약간의 당혹스러움이 묻어 있었다. 원인을 읽어내지 못한 내가 얼이 빠진 표정을 지었다. 그러자 그가 머뭇거리며 말을 시작했다.

"사실, 모임 사람들이 자기를 좀 걱정해."

뭐?"

"자기 여기 산책하는 최 씨 부부한테 막 소리 지른 적 있다며. 그 부부 강아지 죽기 전에도 늘 여길 산책했었거든. 그래서 아직도 꼭 이 길을 산책 해."

"소리까진 지르지 않았어!"

변명하듯 정말 소리를 질러 버렸다. 나의 남자친구는 잠시 입술을 물고 나를 바라보았다. 그리고 작은 한숨을 쉬고는 말을 이었다.

"집 근처 과일 가게에서도 자기가 갑자기 화가 난 것 같았다고."

"자기 여태 내가 한 말을 듣긴 들은 거야?"

내가 날카롭게 대꾸했다. 그러자 그는 다시 한번 내 머리칼을 차분히 쓰다듬었다.

"난 자기가 아주 자랑스러워. 자기 글은 여전히 멋지고. 다만 글을 쓸 땐 조금 예민해지는 것 같아."

직접 볼 순 없었지만 내 눈동자가 흔들리는 것이 느껴졌다. 나는 가만히 그를 바라보았다. 나는 글을 쓸 때 예민했다. 빌어먹을 전 남편도 불륜의 이유로 나의 예민함을 꼽았으니까. 찬찬히 살핀 나의 남자친구의 눈은 나를 힐난하고 있지 않았다. 그저 나를 조금 안쓰러워하고 있었다. 조금은 안심이 되었다.

"그 와인 모임은 원래 좀 철학적인 이야기나 떠드는 샌님들이잖아. 내가 없어서 더 그렇게 느꼈을 거야. 너무 예민하게 생각하지 마."

내가 기어코 다시 고개를 떨어뜨렸다. 눈앞이 팽글팽글 돌았다. 모든 것이 뒤죽박죽이었다. 정말 나만 문제였을까? 머리가 아파 왔다. 그런데 그때, 들려온 그의 말에 나는 다시 고개를 번쩍 들 수밖에 없었다.

"하지만 이제, 모임은 그만두자."

완벽한 남자친구

그만두자니, 내가 먼저 꺼내고 싶던 말이었다.

"정말? 정말 그래도 괜찮아?"

내가 그의 옷자락을 꽉 잡았다. 그가 당연한 소리를 한다는 듯 부드럽게 웃으며 고개를 끄덕였다.

"당연하지, 중요한 건 자기가 힘들지 않은 거야. 다만……"

그의 말끝이 흐려졌다.

"갑자기 안 나간다고 하면 이 좁은 동네에서 마주치기도 그렇고 소문도 그럴 수 있잖아. 다음 모임에 같이 나가서 적당한 핑계를 둘러대자."

나는 고개를 끄덕였다. 말을 마친 그는 팔을 벌려 나를 꽉 안아주었다. 그가 내주는 따뜻한 온기에 나는 오랜만에 마음이 아주 편안할 수 있었다.

다음 모임 날, 나의 남자친구는 여느 때처럼 나의 손을 잡고 함께 모임 장소로 향했다. 그는 가는 내내 내게 농담을 건네며 긴장을 풀어주려 노력했다. 하지만 모임 장소의 문이 열리는 순간, 나는 얼어붙고 말았다. 내부의 열기는 지난번보다 훨씬 뜨거웠다. 멤버들은 더욱 격렬하게 구호를 외치고 있었고 낯선 이들까지 합류해 분위기는 통제 불능의 광기 그 자체였다. 그들의 눈빛은 환희에 찬 동시에 소름 끼치는 맹목성으로 가득했다.

나는 나의 남자친구의 손을 더욱 꽉 잡았다. 이런 분위기에서 적당한 핑계라는 게 가능할까? 그때, 문득 내 휴대폰 진동이 울렸다. 휴대폰을 꺼내기에 어딘가 어색한 분위기였지만 왠지 모르게 지금 당장 확인해야 할 것 같은 직감이 들었다. 사람들의 이목이 모두 선생님을 향해 있는 틈을 타 나는 몰래 휴대폰을 꺼내 들었다.

화면에는 인터넷 뉴스 알림이 떠 있었다. **[특종: ○○시 인근 수도권 교외 지역에서 ××교 위장 교회 및 신도들의 수상한 활동 포착]** 제목 아래로 낯익은 사진들이 여러 장 첨부되어 있었다. 모자이크 처리가 된 사진이었지만 나는 분명히 알아볼 수 있었다. 와인 모임에서 '선생님'이라고 불리던 인물의 인물과 모임 멤버들이 분명했다. 충격에 손이 떨렸다. 사진을 넘기자, '포교 수법: 인문학 모임 위장, 개인 심리 분석 통한 맞춤형 접근'이라는 문구가 눈에 들어왔다.

나는 휴대폰을 놓칠 뻔했다.

'××교……'

머릿속이 새하얘졌다.

이 모든 것, 그들의 '철학', '깨달음', '건강 비법', 나의 취향과 딱 맞는 사람들, 그리고 나를 향한 모든 친절과 배려. 이 모든 것이 거대한 계획된 포교 활동이었단 말인가. 모든 것이 치밀하게 조작된 연극이었음을 깨달았다. 등골

완벽한 남자친구

이 얼어붙었다. 이들은 평범한 사람들이 아니었다. 이곳은 단순한 모임이 아니라, 나를 집어삼키려 했던 거대한 사이비 종교 단체였다. 이럴 때가 아니었다. 나는 즉시 남자친구를 끌어당겼다.

"절대 티내지 말고 들어. 빨리 나가자. 당장! 여기, 여기 ××교야!"

내 목소리가 잘게 떨렸다. 나의 남자친구는 급작스러운 내 행동에 당황한 듯 보였다. 나는 그의 손을 잡고 출구를 향해 필사적으로 나아갔다. 그러나 나의 급박함과 다르게 그는 머뭇거렸다.

"우리 여기서 당장 도망쳐야 돼! 더 이상 엮이지 말자, 제발. 그게 어려우면 당장 이 동네를 일단 떠나자!"

나는 거의 절규하듯 외치기 시작했다. 어차피 내 귓가를 때리는 그들의 기도 소리가 훨씬 컸다. 나는 다시 한번 그의 손을 잡은 나의 손에 힘을 주었다. 그도 마지못해 내게 끌려왔다. 그런데 출구 바로 앞에서 남자친구가 갑자기 멈춰 섰다. 나는 다시 한번 세게 그의 팔을 잡아끌었지만 그는 미동도 하지 않았다. 나는 그의 눈을 바라보았다. 어딘가 걱정스러운 것 같기도 혹은 싸늘하게 빛나는 것 같기도 하여 그의 의중을 쉽게 읽을 수 없었다. 그의 시선이 나의 발끝부터 머리끝까지를 천천히 훑었다.

"어디를 간다는 거야 자기?"

그의 목소리는 너무나도 차분하고 익숙했다. 하지만 날카롭게 벼린 칼날처럼 스산한 데가 있었다. 그가 작게 웃음을 지었다. 지금까지 보아왔던 다정하고 든든한 연인의 미소가 아니었다. 그것은 완벽하게 계산된, 섬뜩한 정복자의 미소였다. 심장이 발밑으로 곤두박질쳤다.

"우리가 당신을 얼마나 기다렸는데."

그의 말과 함께 모든 멤버들이 한 번에 고개를 돌렸다. 수십 개의 희번뜩한 눈동자가 내게 꽂혔다. 그들은 천천히 다가와 우리를 에워쌌다. 그들의 얼굴에 광기와 승리감이 번뜩였다. 그들 중에는 미용사, 과일 가게 주인도 있었다. 그들의 눈은 마치 먹이를 발견한 맹수처럼 나를 노려보고 있었다. 내가 사랑하는 나의 남자친구는 내 손에 들린 휴대폰을 부드럽게 빼앗아 바닥에 떨어뜨렸다. 화면 속 뉴스 기사가 산산조각 났다.

"작가님은 우리 선생님이 예언하신 새로운 시대의 작가예요. 당신의 재능은 새로운 시대를 여는 선명한 빛이 될 거야."

그의 달콤한 목소리는 가장 잔혹한 주문이 되어 버렸다. 이명 소리와 함께 그의 얼굴이 천천히 흐려지기 시작했다. 그가 즐겨 읽던 철학 서적이 눈앞을 스쳐 지나갔다.

완벽한 남자친구

나의 남자친구는 처음부터 나를 끌어들이기 위한 존재였을까? 아니면 어느 순간 이곳에 빠져 버린 것일까? 나는 애써 눈에 힘을 주었다. 그를 바라보았다. 나를 향해 다정하게 빛나던 눈동자를 바라보았다. 지금은 그저 차가운 집착과 소유욕으로 빛나고 있는 그 눈을.

"제발… 제발 아니라고 말해 줘."

하지만 그는 그저 섬뜩하게 웃을 뿐이었다. 그리고 내게 다가오는 한 사람 중 익숙한 얼굴을 발견했다. 예전 서울에서, 어디든 당장 떠나지 않으면 미쳐버릴 것 같다는 내 말에 이 동네를 추천하던 부동산 사장이었다. 왜 이곳에 있는지 모를 일이었다. 눈앞이 점점 더 흐려졌다.

눈을 떴을 때, 나는 낯선 방에 갇혀 있었다. 방 안에는 글을 쓸 수 있는 도구들이 완벽하게 준비되어 있었다. 옆에는 남자친구가 앉아 있었다. 그의 목소리는 여느 때와 같이 다정했다.

"이제부터는 진정한 작가가 되는 거야, 자기."

나의 삶과 재능은 완전히 도용당했다. 내 손끝은 더 이상 나의 것이 아니었다. 나는 그들의 뜻을 베푸는 펜이자, 그들의 사명을 새기는 칼날이 될 터였다. 눈물조차 말라버린 지 오래. 남은 건 허공을 꿰뚫는 텅 빈 시선뿐이었다.

밤이면 아내가 쳐다봐요

아내가 이상하다는 말을, 영준은 처음으로 꺼냈다. 돌이킬 수 없다는 걸 알면서도. 그 말을 삼킨 밤들이 목구멍에 고여 썩어가고 있었다. 누군가 아내를 도와야 한다면, 그건 결국 자기 자신일 수밖에 없었다.

 의사는 말없이 고개만 끄덕였다. 기록지 위에 흐릿한 펜 자국만 늘어갔다. 신식으로 보이는 공기 청정기에서는 묘하게 눅눅한 냄새가 새어 나왔다. 소독약과 땀, 오래된 카페트가 한 데 썩은 듯한 냄새였다.

 "기억하시는 대로 처음부터 천천히 말씀해 보시겠어요?"

 의사가 손에 쥐고 있던 볼펜의 끝을 눌렀다. 딸깍, 작은 소리가 방 안을 두드렸다. 그 소리에 영준은 눈을 들었다. 진실은 타인의 글자가 되는 순간부터 천천히 굴절되기 시작한다. 식은 땀이 한 방울 등줄기를 따라 흘렀다. 불쾌한 감각을 밀어내듯 그는 등을 곧게 세웠다. 혀 밑이 아려왔다. 말이 오래 머무는 자리는 늘 염증처럼 붓는다. 영준이 입술 안 쪽을 깨물었다. 말을 꺼냈을 때 생길 모든 오해를 계산하는 사람의 침묵이었다. 움직이지 않는 시선만이 볼펜 끝을 집요하게 눌렀다.

그때 의사의 시선이 아주 잠깐, 영준의 팔뚝 안쪽을 스쳤다. 반팔 셔츠 아래로 붉게 긁힌 자국 하나가 드러나 있었다. 영준은 반사적으로 팔을 조용히 당겼다. 자신의 말보다 의사의 노트가 먼저 적힐 것 같다는 불쾌한 예감이 들었다.

그래서 결국 입을 열었다. 방 안의 공기가 약간 기울고 있었다.

"선생님, 웃지 마시구요. 저는 진지합니다. 하, 미치겠네…"

#

그러니까 결론적으로 아내는 괜찮은 사람입니다. 저는 그저 아내를 돕고 싶을 뿐입니다. 6개월 전인가요? 제가 실직을 했을 때도 아내는 싫은 소리 한 번을 안 했습니다. 급하게 알바를 다니면서도요. 제가 빨리 일을 찾아야 아내가 걱정을 덜 할 텐데, 큰일입니다. 여하튼 아내는 좋은 사람입니다. 그저 잠버릇이 조금 고약하다는 것만 빼면요. 생각해 보면 완벽한 사람이 세상에 어디 있겠습니까? 저는 그냥 참고 살아보려 했습니다.

어쩌다 보니 자꾸 주변에서 상담을 좀 받아보라 하니까 여기까지 온 거지, 저는 지금도 만족합니다. 상담을 추천한 사람이 누구냐고요? 그것까진 제가 여기서 이야기하기엔 좀 그렇습니다. 중요한 것은 아주 가벼운 잠버릇 문제라는 겁니다.

처음 시작은 일 년 전쯤이었습니다. 그날은 좀 이상했습니다. 회사에 나가지 않으니까 하루 종일 집에서 빈둥거려서 그런지 잠이 잘 오지 않더라고요.

의사가 갑자기 끼어들었다.

"실직하신 것이 6개월 전이라고 하시지 않으셨나요?"

영준이 의아하다는 듯 의사를 쳐다본다. 팔뚝 안쪽을 가려운 듯 손으로 문지르더니 다시 말을 이어가기 시작한다.

아니, 지금 1년 전쯤이라고 하지 않았습니까. 그리고 1년 전이면 어떻고 6개월 전이면 또 어떻습니까. 지금은 아내 이야기를 들어 주세요.

아무튼 그날은 잠이 잘 오지 않았습니다. 깬 것도 아닌데 깬 느낌이고, 그거 하나는 기억납니다. 방이 매우 조용한 느낌. 선생님도 그런 느낌을 느끼실 때가 있나요? 이상할 정도로 조용한 방 안이요.

밤이면 아내가 쳐다봐요

처음엔 그냥 눈만 떴거든요. 누워서 흐릿하게 천장을 보고 있었는데 공기가 좀 묘하더라고요. 너무 조용하니까 오히려 거슬리는 기분이었어요. 근데 그 상태에서 뭔가가 느껴졌어요. 시선 같은 건데 정확하진 않았어요. 그냥 누가 보고 있는 것 같은 느낌이요. 고개를 천천히 돌렸죠. 그런데, 아내가 서 있었어요. 방구석 어둠이 가라앉은 그 자리에.

아내가 제 쪽을 보고 서 있었다니까요. 얼굴은 안 보여요. 근데 확실히 보이긴 했어요. 그러니까 제가 본 게 맞나 싶으면서도 어떻게 된 건지는 모르겠는데 딱 보자마자 알았어요.

그 사람이 분명 절 보고 있었어요. 문제는 그게 좀 이상하게 오래 서 있었어요. 말도 안 하고 움직이지도 않고. 그냥 이렇게 가만히… 제가 깨기 전부터, 거기서 쳐다보고 있었던 것처럼요.

아내가 저 몰래 뭔가를 하려고 했던 것이 아니겠냐고요? 전혀 아닙니다. 그런 낌새라도 있었으면 그렇게 불안감을 느끼지는 않았을 겁니다. 그 순간 아내는 텅 비어 있었어요. 아무 목적도 없는, 비어 있는 그릇이었죠. 아내를 그렇게 낯설게 느껴본 것은 처음이었습니다.

더 이상 말없이 서로 바라보고 있질 못하겠더라고요.

그래서 조심스럽게 불러 봤죠.

"여보?"

진짜 그렇게, 조용히요. 근데 아내가 반응이 없는 거예요. 미동도 없이, 그냥 그 자세 그대로. 처음엔 못 들었나 싶었는데, 아무리 봐도 그건 못 들을 수가 없거든요? 그냥 듣고도 계속 보고만 있는 느낌이었달까요. 그 순간 좀 속이 서늘해졌어요.

그게 너무 이상해서였는지 아니면 좀 피곤했던 건지. 갑자기 눈이 스르륵 감기더라고요. 제가 무서워서 도망친 건 아니고 정신 차리려다가 그냥 잠든 거예요. 그 사람, 그러니까 아내는 아직 거기 그대로 서 있었어요. 그렇게 자는 척도 아니고 그냥 자버렸어요. 지금 생각하면 그게 제일 이상한 부분 같기도 해요.

다음 날엔 부엌에서 나는 된장국 냄새에 눈이 떠졌죠. 어젯밤 그 일은 잠결처럼 묻혀 있었고, 머릿속엔 '아, 백수라고 늦잠 자면 안 되겠다' 하는 생각밖에 없었죠. 안방 바깥으로 나가니까 아내가 식탁 위를 정리하고 있었고요. 평소처럼 머리를 반쯤 묶은 채 한 손으론 국을 데우고, 한 손으론 젓가락을 가지런히 놓고 있었죠. 아, 거실에 텔레비전! 텔레비전에서는 뉴스가 나오고 있었어요. 볼륨이 딱 알맞게 낮춰져 있어서 김치 써는 소리랑 국 끓는 소리랑 잘 섞여 있었어요. 햇빛이 식탁 끝에 걸쳐 있었고, 아내가 웃으며 말하더라고요.

"좀 더 자도 되는데."

그 말투, 그 표정, 너무 잘 알죠. 아무 어색한 기분도 없었어요.

저는 고개를 젓고 화장실에 들어가 대충 세수만 하고 나왔어요. 아내가 평소처럼 밥을 퍼줬고요. 된장국은 약간 짰지만, 그건 늘 그렇거든요. 그래서 된장국을 몇 숟갈 떠 넣다가 엉겁결에 물어봤지요.

"자기, 어제 기억 나?"

아내가 고개를 갸웃하더니 웃더라고요.

"어제, 무슨?"

표정도 전혀 이상하지 않았어요. 그냥 진짜, 아무것도 모르는 사람처럼요. 이어서 아내가 된장국을 한 숟갈 입에 떠 넣더니 말했어요.

"된장국 좀 짜지 않아?"

그럼 그렇지 싶더라고요. 그냥 내가 이상했던 거겠죠. 새벽에 본 것도 뭐, 그냥 꿈이었나 싶었어요. 아내는 늘 그렇듯 짠 된장국을 끓이고 늘 하던 대로 저에게 말을 붙이잖아요. 좀 짜지 않아? 그 한마디에 어쩐지 안심이 됐어요. 진짜 별거 아니었구나, 싶었죠. 그냥 조금 이상했던 밤, 그 정도.

그날 이후였어요. 이상한 소리가 귓가에 들리기 시작한 건. 처음엔 그냥 잠결인 줄 알았어요.

밖에서 들려오는 바람 소리를 헷갈렸던 거겠지 싶었죠. 근데 아니었어요. 그건 소음이 아니라 소리였거든요. 분명히 누가 말을 하고 있었어요. 귀 가까이에서, 아주 낮게, 천천히. 숨소리랑 거의 붙어 있는 말투로요. 처음엔 단어가 잘 안 들렸어요. 근데 반복되니까 조금씩 들리기 시작했죠.

그런데… 그게 말이 아니었어요. 아니요, 말이 맞을 수도 있겠네요. 제가 알아듣지는 못하는 것일 뿐. 어쨌든 이 지구에서 쓰는 말 같지 않았어요. 외계어 같은 느낌이었다고나 할까요.

끊어지지 않고 이어지는 이상한 문장들. 기도문 같기도 하고, 주문 같기도 하고. 분명한 건요. 그 소리가 아내 목소리였다는 거예요. 낮고 이상한 억양이었지만, 착각할 수 없는 아내 목소리였죠. 아내가 제 귓가에서 속삭이고 있었어요. 더 이상 듣고 싶지 않은데 귀가 자꾸 그걸 따라가더라고요. 마치 귀 안쪽 어딘가를 건드리듯이. 작게, 작게, 계속.

처음엔 참았어요. 근데 그게 매일 밤 들리니까, 이젠 아

밤이면 아내가 쳐다봐요

내 얼굴만 봐도 식은땀이 나는 거예요.

평소처럼 웃고 있는데도 입술에서 그 소리가 나올까 봐 겁이 났어요. 가만히 있는 얼굴도 어딘가 자꾸 낯설게 느껴지고.

그래서 하루는 결국 말했어요. 진짜 조심스럽게요. 아내가 설거지할 때 옆에 앉아서요.

"자기, 혹시 자면서 무슨 말 하는 거 알아?"

아내가 고개를 돌리더니, 잠깐 멈칫하더라고요. 진짜 짧은 순간이었는데 그게 시선에 딱 박히더군요. 아주 찰나인데도, 제가 아내를 잘 아니까요. 아내는 빠르게 웃기 시작했어요.

"무슨 소리야."

그렇게 말하긴 했는데, 뭔가, 말할까 말까 망설인 사람 얼굴인 걸 저는 눈치챘어요. 딱 그런 거 아시죠? 걸리는 게 있는 사람. 그걸 보고나니까, 더 이상 말을 못 하겠더라고요.

그래서 그날 밤, 스마트폰 녹음기를 켜뒀어요. 베개 옆에 뒤집어 놓고, 화면은 꺼진 상태로요. 혹시 불빛이라도 새면 아내가 눈치챌까 봐 조심스럽게요. 딱히 뭘 기대한 건 아니에요. 내가 들은 게 진짜였는지 확인이라도 하고 싶었어요. 그날은 일부러 더 늦게 잤어요. 아내가 잠든 걸 보고 나서야 눕고, 귀를 최대한 열어둔다는 느낌으로 눈만 감고 있었죠.

그리고 들렸어요. 처음엔 아주 희미했어요. 베개 천이 바스락거리는 소리인 줄 알았는데 그 소리 사이에 단단하게 말이 끼어 있었어요. 쉿, 그런 소리. 그보다 더 낮고, 더 미끄러운. 귀에 딱 붙어서 흘러드는 소리였어요. 숨을 멈췄어요. 이불 속에서 식은땀이 확 솟았고, 가슴이 쿵, 하고 한 번 크게 내려앉더니 심장이 엉망으로 뛰기 시작했어요.

그리고 그 말들이 시작됐어요. 끊기지 않고 이어지는 문장들. 혀를 말아 삼키듯 웅얼거리는 어조. 중간중간 침을 삼키는 소리가 그 속삭임에 섞여 있었어요. 뭐라는진 하나도 모르겠는데, 근데 진짜 소름 돋는 건, 그게 점점 가까워졌다는 거예요.

정말입니다. 그 소리가 아예 귓속 안에서 나는 느낌이었어요. 귓바퀴 너머가 아니라, 청각이라는 감각 자체 안쪽에서요. '이제 됐다, 녹음은 됐을 거야.' 그 생각 하나로 겨우 버텼어요. 몸은 돌릴 수가 없었고, 눈도 못 뜨겠더라고요. 바로 앞에서 무슨 일이 벌어지고 있는지 마주할 용기가 없었어요. 그냥 그렇게 소리를 들으면서 꼼짝 못 하고 있었어요.

밤이면 아내가 쳐다봐요

아침에 눈 뜨자마자 스마트폰부터 확인했어요. 손이 떨렸죠. 다행히 아내는 아직 옆에서 자고 있었고요. 아내 옆에서 녹음 파일을 확인하자니 조심스럽기도 했지만 서둘러 확인하고 싶은 마음뿐이었죠. 이건 됐다, 이번엔 확실하단 생각에 녹음 앱을 열었습니다. 근데, 없었어요. 파일이요. 아예, 아무것도. 그 전날 것까지 싹 다 사라져 있었어요. 녹음 목록이 텅 비어 있었다고요.

한 줄도, 일 초도, 아무것도요. 설마 내가 저장을 안 눌렀나? 아니, 분명히 눌렀거든요. 테스트도 해본 적 있었고요. 그 순간, 딱 하나 생각났어요. 아내. 아내가 깼었나? 내가 자는 사이에, 핸드폰을 본 건 아닐까? 그거, 알고 있었던 건 아닐까?

의사가 영준의 말을 잠시 막았다. 꿈꾸는 듯했던 영준의 표정도 현실로 돌아왔다.

"말씀해 주신 녹음 파일은 확인되었습니다. 수면제 사건 이틀 전이었죠. 녹음 파일에서는 선생님의 목소리밖에 들리지 않았습니다."

"녹음 파일이 있었다고요?"

"네. 선생님께서 반복해서 같은 톤으로 끊이지 않고 이어서 말씀하시고 있었죠. '계속 나를 보고 있어. 계속 나를 보고 있어. 계속…' 이렇게요."

영준은 텅 빈 표정을 지었다. 담당 의사가 인내심을 갖고 바라보다 입을 열었다.

"선생님? 어떻게 생각하십니까?"

영준은 의사를 처음 보는 사람처럼 쳐다봤다. 그러더니 팔뚝 안쪽을 신경질적으로 긁기 시작했다.

어떻게 생각하기는요. 아내는 도움이 필요합니다. 제가 아내를 도와줄 거예요. 그래서 수면제를 먹인 겁니다. 아내가 깊이 잘 수 있도록요. 딱 한 알이면, 밤새 깨지 않을 거라 하더군요. 하지만 의사 말이 새빨간 거짓말이었다는 건 그날 바로 알게 되었습니다. 아내는 요구르트를 좋아해요. 수면제를 두 알이나 빻아 넣고 저녁에 건넸죠. 아내는 아무런 의심 없이 마셨어요. 제가 두 눈으로 똑똑히 봤죠. 잠깐, 의심 없이? 그러고 보니 요구르트를 받은 아내가 천장을 바라보며 입가에 슬쩍 미소를 지었던 것 같기도 하네요.

처음엔 아내가 이상하게 잠이 온다고 하더라고요. 침대에 눕고는 이내 깊은 숨을 내쉬며 잠에 빠져들었죠. 저는 그 옆에 누워, 눈을 감은 채 조용히 숨을 죽였습니다. 하지만 등 뒤로 느껴지는 그녀의 숨결이 이상했어요. 일정해야 할 호흡이 마치 누군가의 걸음처럼 느껴질 만큼 불규칙하게 다가왔다가 멀어졌죠. 숨이 제 등에 닿을 때마다, 저는 눈을 감은 채 더 깊이 몸을 묻었어요. 그러나 숨은 점점 더 또렷해지는 기분이었어요. 마치 제가 잠들었는지 확인이라도 하려는 듯이 말이죠.

참다 못해 조심스레 몸을 돌려봤어요. 아내는 등을 제게 보인 채 평온한 얼굴로 잠들어 있었습니다. 그제야 조금 안심이 되더군요. 흐트러진 머리카락 너머로 보이는 옆얼굴은 긴 하루 끝에 마침내 쉬는 사람의 고단함이 묻어 있었습니다. 아주 오래전 사랑에 빠졌던 그때처럼요. 괜히 마음이 먹먹해지더군요. 저도 그제야 긴장을 풀고, 머리를 베개에 묻었어요. 잠시, 정말 오랜만에 마음이 놓였습니다.

그런데도 또 그랬어요! 귓가에 말소리가 들려서 눈을 떴죠.

한밤중이었어요. 처음엔 아내가 옆에 누워 있는 줄 알았어요. 근데 없더라고요. 방 안엔 아무도 없고, 불은 꺼져 있었고. 근데 화장실 불이 켜져 있었어요. 살짝 열린 문 사이로, 희미한 조명이 새어나오고 있었죠. 그 안에서 무슨 소리가 들려오더라고요. 배수구에서 물이 빠지는 소리 같았어요.

꺽, 꺽, 꺽, 꺽

꺽, 꺽, 꺽, 꺽

이런 소리 아시죠? 조심스럽게 일어나서 다가갔어요. 문을 조금 더 열었고요. 그리고 봤어요.

어느 곳에서도 물은 빠지고 있지 않았습니다. 단지 아내가 거울 앞에 서 있었어요. 가만히. 등이 살짝 굽은 채로. 고개는 거울을 향해 고정돼 있었고요. 근데 입은 안 움직이고 있었어요. 정말로요. 아무 말도 하지 않고 있었는데, 속삭임은 여전히, 바로 제 귓속에서 계속 들려오고 있었어요.

그런데 거울 속 얼굴에는 아무 표정도 없었는데, 진짜 아내는 미소 짓고 있었어요. 정말입니다. 그리고 그때서야 들렸어요. 귓속에서 반복되던 그 말이요.

"나를…봤네?"

"나를…봤네?"

"나를…봤네?"

딱 그렇게, 제 안에서, 아무도 입을 열지 않은 채로.

그 순간, 확신이 들었어요. 아내는 정말 괜찮은 사람이에요. 단지, 너무 피곤한 거죠. 고된 아르바이트로 계속 잠을 설치니까, 그런 말도 안 되는 잠버릇이 생긴 거고요. 제 탓이에요. 제가 더 빨리 도와 줬어야 했어요.

그러고 보니 서 있던 아내를 어떻게 다시 침대로 데리고 돌아왔는지는 잘 기억이 안 나요. 아무튼 아내는 누워

밤이면 아내가 쳐다봐요

있었어요. 그냥 아내를 조금 더 푹 재우기로 했어요. 제가 옆에 있었으니까, 괜찮다고 생각했어요. 정말 조심스럽게 했어요.

아내가 좋아하던 베개였어요. 말랑하고 부드러운 거. 그걸 천천히 들어 올리는 순간, 익숙하지 않은 냄새가 코를 스쳤어요. 은은한데도 진한 향수 냄새였죠. 전 같으면 절대 쓰지 않을 향이었어요. 왜 오늘 향수를 바꿨을까?

그렇지만 그 생각은 제 머릿속에서 오래 머물지는 않았습니다. 베개를 내려야만 했거든요. 아내의 얼굴은 자세히 보지는 않았어요. 어둡기도 했지만, 아내의 입을 보고 싶지 않았어요. 정체 모를 말들은 계속 들려왔어요. 아내에겐 숙면이 필요했죠.

베개를 조심스레 들어다 아내의 얼굴 위에 포개듯 덮었습니다. 처음엔 살짝 위에 올려두었다가 양손으로 꼭 눌렀죠. 부드러운 베개 안에 아내의 코와 입이 완전히 파묻혔죠. 처음에는 아무 반응이 없었어요.

그다음, 숨을 쉬려는 것인지 머리가 들썩이더라고요. 아내의 잠버릇은 정말 못 말리죠. 기껏 곤히 재워주려는데도 말을 듣지 않잖아요. 저는 베개에 온 체중을 실어 누른 상태로 놔주지 않았죠.

아내의 손이 허우적댔어요. 저는 무릎으로 아내의 팔을

눌렀죠. 그 전에 아내의 손톱이 제 팔을 강하게 긁었는지 따끔한 통증이 느껴졌어요. 아내의 가슴이 들썩이며 헐떡대는 듯했는데, 드디어 움직임이 멈췄죠. 방 안에는 아무 소리도 들려오지 않았어요. 시계 소리도, 아내의 목소리도, 숨소리도. 처음으로 완전한 침묵이 찾아왔어요. 그걸로 됐다고 생각했어요. 이제야 드디어, 아내가 편히 쉴 수 있게 된 거죠.

"좀 더 자도 되는데."

다음 날 아침에 보니 아내는 잘 잔 것 같았어요. 그 말투, 그 표정, 너무 잘 알죠.

다른 날과 같았어요. 화장실에 들어가 세수를 하고 나왔죠. 아내가 밥을 퍼줬고요. 된장국은 약간 짰지만, 늘 그렇거든요. 순간 아내가 전날 잠을 잘 잤는지 궁금해졌어요. 그래서 물어봤지요.

"자기, 어젯밤 기억나?"

아내가 고개를 살짝 갸웃하더라고요.

"어제, 무슨?"

표정엔 아무 이상도 없었고, 정말 몰라서 묻는 것처럼 보였죠. 국을 한 숟갈 더 뜨더니 중얼거리며 말했어요.

"된장국… 좀 짜지 않아?"

그 말이 나오는 순간, 안도감인지, 허탈감인지 모를 감정이 슬쩍 올라왔어요. 늘 아침마다 짰고, 늘 아내는 같은 말투로 그렇게 말했으니까요. 어제의 향수 냄새도 나지 않았어요.

오늘도 짠 된장국, 그 한마디에 다시 현실로 돌아온 것 같았죠. 아무 일도 아닌 것처럼, 언제나처럼.

#

"선생님, 저는 진지합니다."

의사는 잠시 시선을 들었다. 말끝의 진동이 방 안에 퍼지는 동안 그는 조용히 영준을 바라봤다. 기록지 위의 펜은 그대로 멈춰 있었다. 눈썹은 아주 느리게 일그러졌고 입가에는 지우지 못한 연민이 얹혀 있었다.

영준은 셔츠 소매 아래로 손을 밀어 넣었다. 긁힌 자국 위를, 천천히 다시 문질렀다. 따끔한 감각은 엉켜있던 세계를 정돈했다. 그는 고개를 조금 들었다. 볼펜 끝을 바라보다가 시선을 조심스레 조금 더 위로 밀어 올렸다.

"영준 씨, 아내 분은 몇 주 전, 경찰의 보호하에 병원으로 이송됐습니다. 지금도 입원 치료 중이에요. 당신과는 그날 이후로 아무 접촉도 없었습니다."

방 안엔 쓸모를 다한 온기가 천천히 식고 있었다. 창문도 없는 방 안을 기억나지 않는 바람이 스쳤다. 영준은 의사를 똑바로 바라보았다.

"아내가… 당신도 섭외했군요."

의사는 아무 말도 하지 않았다. 그저 한 줄을 더 적었고 펜 끝에서 잉크가 잠시 번졌다. 진실은 타인의 글자가 되는 순간부터 천천히 굴절되기 시작한다. 식은땀이 한 방울 등줄기를 따라 흘렀다. 불쾌한 감각을 밀어내듯, 그는 등을 곧게 세웠다. 혀 밑이 아려왔다. 말이 오래 머무는 자리는 늘 염증처럼 붓는다. 영준이 입술 안쪽을 깨물었다. 말을 꺼냈을 때 생길 모든 오해를 계산하는 사람의 침묵이었다. 움직이지 않는 시선만이 볼펜 끝을 집요하게 눌렀다.

그때 의사의 시선이 아주 잠깐, 영준의 팔뚝 안쪽을 스쳤다. 반팔 셔츠 아래로 붉게 긁힌 자국 하나가 드러나 있었다. 영준은 반사적으로 팔을 조용히 당겼다. 자신의 말보다 의사의 노트가 먼저 적힐 것 같다는 불쾌한 예감이 들었다. 그래서 결국 입을 열었다. 방 안의 공기가 기우는 것만 같았다.

"선생님, 웃지 마시구요. 저는 진지합니다. 하, 미치겠네……."

형광등이 가볍게 깜빡였다. 아무도 고개를 들지 않았

다. 의사의 펜 끝이 종이 위를 움직이는 소리만이 방 안을 긁었다. 영준은 고개를 돌렸다가, 문득 놓인 차트를 흘끗 봤다. 짧은 메모를 하나 본 것만 같았다.

'환자 아내측 수면 이상 반응 재조사 요청'

영준은 눈을 가늘게 떴다. 그 문장이 진짜였는지, 자기 눈이 장난을 친 건지 알 수 없었다. 눈을 껌뻑이다가, 다시 팔뚝을 긁기 시작했다.

쾅쾅쾅

안녕하세요. 먼저 제가 겪은 기묘한 이야기를 들어주시겠다고 결심해 주셔서 감사합니다.

저 스물일곱 살의 김아영은 평범한 회사의 월급쟁입니다. 일하고 보고하고 까이고 다시 하는, 다람쥐 쳇바퀴 같은 일상을 살고 있어요. 제 지루한 회사생활에 유일한 활력소가 되어주는 존재가 있었으니, 바로 여섯 살 위 선배 이현정 팀장입니다. 결혼을 일찍 한 현정 선배는 성품도 온화하고 능력도 출중했지만 무엇보다 유머 감각이 정말 뛰어났습니다. 선배의 한마디에 사무실은 웃음꽃이 피었고, 제게 선배는 그야말로 생활의 활력소였어요.

그런 어느 날 현정 선배가 일주일간 여름휴가를 보내고 돌아왔는데요. 선배는 완전히 다른 사람이 되어 있었어요. 유머는커녕 말 한마디 제대로 하지 않았고 어두운 곳은 극도로 싫어했으며 무엇보다 사무실 안에 혼자 남겨지는 것을 극도로 두려워하는 듯 했습니다. 저는 선배가 피

쾅쾅쾅

곤해서 기가 허해졌나 싶어서, 근처 고깃집으로 데려가 술 한 잔하며 기분을 풀어주려 했었죠.

"선배, 오랜만에 소주 한 잔 어때요?!"

제가 노릇노릇 익어가는 삼겹살을 뒤집으며 애교를 피웠어요. 근데 현정 선배는 굳은 얼굴로 고기만 뒤적이는 거 있죠. 고민 있는 사람처럼 고개만 푹 숙이고 말이에요. 한참 고기만 먹던 선배가 갑자기 저를 빤히 바라보았습니다. 무언가 평가라도 하는 사람처럼 빤히요. 그러다가 묻더라구요.

"아영아. 있지. 너, 귀신 같은 거 어떻게 생각해…?"

"네?"

"아, 아냐. 내가 괜한… 잊어버려."

귀신이라니, 너무 뜬금없잖아요? 깜짝 놀라 젓가락을 떨어뜨릴 뻔했어요. 빠르게 말을 주워 담는 현정 선배를 보며 무언가 선배가 심상치 않은 일을 겪고 있음을 느낄 수 있었어요. 이야기라도 들어주는 게 선배에 대한 보답이라는 생각이 들어서 선배를 재촉했습니다.

"왜요, 선배. 이야기해 보세요."

그때부터 현정 선배는 본인이 겪은, 듣고도 믿기지 않는 이야기를 시작했습니다. 선배의 목소리는 낮고 떨렸으며 선배가 느낀 공포가 고스란히 전해져 왔어요.

"아영아, 진짜… 네가 믿어 줄 수 있을지 모르겠다. 아냐, 그냥 들어주기만 해도 괜찮아."

현정 선배가 잠깐 고개를 숙였다가 들었어요. 선배의 눈은 여전히 불안하게 흔들리고 있었죠.

#

내가 프로젝트 때문에 여름휴가를 좀 갑자기 썼잖아, 남편이랑 둘이서 어디든 떠나려고 했는데 일정이 다가와서 예약하려고 하니까 쉽지가 않더라구. 그래서 그냥 남편이랑 집에서 보내기로 했어. 근데 글쎄, 우리 남편이 얼마나 스릴을 좋아하는지 알잖아? 기어코 유명한 폐공장으로 공포 체험을 가자고 조르더라구. 거기가 무슨 공장이었더라. 에메랄드였나 자수정이었나. 하여튼 그 일제강점기부터 있었니 하는 곳 있잖아. 날도 더우니까 재밌을 것 같다고 자꾸 가자고 하는데…… 갑자기 내 휴가 일정이 바뀌면서 예약을 못한 것도 있으니까, 미안하기도 하구. 거기가 한우가 유명한 동네잖아. 잠깐만 들어가서 본 다음에 맛있는 한우나 배 터지게 먹고 오자는데, 결국 내가 진짜 마지못해 따라나섰지.

가는 길엔 좋은 일밖에 없었어. 가기 전엔 좀 긴장도 됐

쾅쾅쾅

는데, 휴게소에 사람도 별로 없어서 줄도 안 서고 가는 길에 라디오에 사연을 보냈는데 당첨이 된 거야. 거기다가 고속도로 톨게이트가 고장이 나서 요금을 안 받더라고. 아무튼 뭐 이런 신기한 일이 다 있나, 무서운 기분은 이미 다 잊었지. 약간 남편이랑 걸스카웃, 보이스카웃 하는 기분도 좀 들고 룰루랄라 노래를 부르면서 갔던 것 같아.

한 세 시간쯤 달렸나? 그냥 평범한 길을 달리는데 사람이란 게 참 희한하더라. 난 미리 사진을 찾아본 적도 없는데, 한눈에 저곳이구나 알아보겠더라고. 그 폐공장. 와, 남편에게 설빙을 돌렸을 때랑은 차원이 다르더라? 멀리서부터 훨씬 음산한 기운이 풍겼어. 거기가 어디 산골에 있는 것도 아니고 그냥 대로변 옆에 떡 하니 있는 곳인데도 근처에만 가도 기분이 되게 이상하다니까. 그때부터는 약간 침이 꿀꺽 넘어가더라고. 그래도 낮이니까, 잠깐은 괜찮겠지. 뭐 그 정도 생각이었던 것 같아.

폐공장 가까이에 주차하고 내렸지. 바깥에서 살펴보는데 으스스하더라. 콘크리트 벽이 세월의 흔적을 보여주듯이 이끼가 덕지덕지 껴 있었고, 깨진 유리창들은 꼭 이빨처럼 불규칙하게 박혀 있었어. 무성하게 자란 수풀은 바람에 이리저리 흔들리는데 꼭 손짓하는 것 같기도하고 섬뜩하더라고. 난 벌써 거기서부터 울상이었지 뭐.

남편이 잡아끄니까 억지로 움직이긴 했어. 낮인데도 햇빛이 제대로 안 들더라. 어떻게 그럴 수 있지? 그냥 정말 대로변에 있다니까? 해가 그렇게 쨍쨍한 날이었는데. 정문을 열 때도 그 소리 알지? 끼이익, 하는 소리. 그 녹슬어서 삐걱거리는 소리 있잖아. 또 하필 누가 우는 소리 같은 거야. 어휴, 기분이 나쁘더라고. 들어서자마자 후회했지. 남편은 옆에서 아이처럼 신나 가지고 팔짝팔짝 뛰면서, 참 내. 문워크까지 추더라고. 알지, 이렇게 뒤로 막 걸으면서. 저렇게 좋아하는데 뭐 여기까지 와서 어쩌겠냐 싶더라. 죽기 아님 까무러치기다. 진짜 그런 기분.

  근데 안은 더 끔찍하더라. 곰팡내랑 퀴퀴한 먼지 냄새가 코를 찌르는데 어우, 진짜 싫더라고. 걸을 때마다 여기저기 얽힌 거미줄이 막 얼굴에, 몸에 달라붙고, 아무리 조심스럽게 걸어도 아무렇게나 놓인 낡은 가구들이 막 발에 채이고, 진짜… 소름이 확 돋아서 남편 팔을 꼭 붙잡았잖아.

  근데 말이야. 남편이 밤에 한 번만 다시 오자는 거야. 낮이니까 느낌이 별로인 것 같다고. 나는 절대 싫다고는 했는데, 뭐 어쩌겠어. 결국 알겠다고 하니까 저녁을 제일 비싼 한우 집으로 가더라. 근데 남편은 잘 안 먹고 나만 맛있게 먹었어. 저녁에 그 폐공장에 간다는 게 그렇게 기

쾅쾅쾅

뻤나 봐. 아주 밥도 안 넘어갈 정도로. 아무튼 그래서 저녁 먹고 다시 폐공장에 도착했는데, 나야 남편 팔만 꼭 잡고 준비한 손전등만 붙잡고 있었지. 남편은 신이 나서 폐공장 구석구석을 탐험하는데 난 어찌나 불안한지.

게다가 자정이 가까워지니까, 폐공장 안은 더 숨 막히는 침묵이었어. 그렇게 조용할 수 있나? 이상한 거야. 그게 대로변에 있다니까? 근데 차가 지나가는 소리도 안 들리고 그럴 수가 있나 싶어. 진짜 침묵, 완전한 침묵, 고요. 겪어 본 적 있어? 바람 소리도 안 들리고 풀 벌레 소리, 자동차 소리, 뭐 아무것도 안 들리는 완전한 침묵. 남편의 숨소리까지 들리더라고. 지금도 생각하니까 머리카락이 쭈뼛 솟네. 분명 그 정도가 아니었던 것 같은데 정신 차려 보니 무슨 진공 상태의 공간 같더라고. 그 이상한 고요 속에서 우리는 거의 모든 곳을 훑었어.

근데 그 건물의 끝에. 가장 마지막 안쪽에 작은 방이 몇 개가 있더라? 아마 기숙사로 쓰였던 것 같아. 세간살이도 좀 남아 있던 것 같고. 그 방을 하나씩, 하나씩 열어보는데 다 똑같이 생긴 방이니까 뭐 특별히 더 볼 것도 없어서 그냥 빠르게 훑었어.

근데 그 마지막 방. 딱 하나 남은 방을 확 여는데, 그 방이 유독 기분이 나쁘더라구. 남편은 마지막 방이니까 이제 신나게 안을 구석구석 들여다보는데 나는 팔짱만 끼고 있었지. 그나마 방이 작으니까 손전등을 켜도 방 안이 거의 비춰지더라구. 그건 좀 다행이었어. 그런데 그때부터였어. 그 소리가 들리기 시작한 게.

쾅- 쾅- 쾅-

갑자기 방문에서 엄청난 노크 소리가 울리는 거야. 심장이 발끝까지 떨어지는 것 같더라. 진짜 얼마나 놀랐겠어. 그치? 둘 다 바짝 긴장해서 남편도 나를 바라보고 우리 둘 다 눈을 마주쳤지. 남편이 묻더라고.

"관리인 같은 사람이 있나?"

생각해 보니까 거기가 공포 체험도 많이 오고 하는 폐건물이라 그럴 수 있겠는 거야. 이게 대체 무슨 상황이지 파악도 하기 전에.

쾅- 쾅- 쾅-

또 한 번 노크 소리가 울렸어. 문밖에 누가 서 있을지 모르니까 무섭긴 하더라. 나는 남편 팔뚝을 진짜 세게 꽉 잡았어. 숨 막히는 긴장 속에서 남편이랑 살금살금 걸어서 문을 이제 열었지. 근데, 밖에는 아무도 없었어. 칠흑같은 어둠만이 휑하니 펼쳐져 있고 말야.

나는 아무래도 기분이 너무 이상하고 빨리 그냥 차로 돌아가자고 하는데, 남편이 진짜 뭐에 홀린 사람처럼 화

쾅쾅쾅

를 내는 거야. 처음에는 자기가 바짝 겁을 집어먹었던 게 창피했나 보다 하고 생각했어. 느낌이 좀 이상했어.

"당장 나와!"

쩌렁쩌렁한 목소리로 당장 나오라고 소리를 질러대는데 와 진짜 미치겠더라. 나는 그냥 가고싶은데 누구 장난이면 뭐 어때.

그때 반대편 복도 끝에서 쾅- 쾅- 쾅- 소리가 들렸어. 벽이 찢어져 나갈 듯한 엄청난 소리.

"방금… 반대쪽에서 소리가 들리지 않았어?"

그 큰 소리를 잘못 들었겠냐만은, 뭐라도 말해야 할 거 같아서 남편에게 떨리는 목소리로 말을 걸었어.

"무슨 소리야. 옆쪽 방인 거 같은데."

남편은 단호했어. 내가 잘못 들은 것처럼. 그렇지만 이 고요한 폐건물에서 소리를 잘못 들을 수가 있었을까.

"아니야, 옆쪽에서는 아무 소리도…"

내 말을 자르듯이 이번엔 천장에서 소리가 났어. 마치 천둥이 내려꽂히는 것만 같아서 나는 반사적으로 상체를 아래로 숙였지.

남편은 달랐어. 오히려 고개를 빳빳이 들고서 천장을 노려보고 있더라고. 난 그런 남편의 얼굴을 처음 봤어. 걸리면 가만 안 두겠다는 그런 얼굴이었거든. 남편의 눈빛은 공포가 아니라, 뭔가를 찾아내려는 집착처럼 보였어.

"그래, 저기 있군."

남편이 벼르던 것을 찾았다는 듯이 중얼거렸어. 순간 남편의 손이 내 손목을 세차게 움켜쥐었지. 뼈가 으스러지는 줄 알았다니까. 어디서 그런 힘이 나왔는지.

"여보, 그만해. 제발 그냥 나가자."

남편은 미세하게 웃다가 나중에는 티가 날 정도로 웃음을 감추지 못했어.

"드디어 찾을 수 있겠어. 들었잖아. 맞지?"

남편은 내가 아는 사람이 아닌 것만 같았어. 어쩌면 평소에 내 말을 거의 다 들어주는데 이 날만 그래서 내가 그렇게 느꼈던 건지도 모르지. 아무튼 "쾅쾅쾅" 하는 소리가 그의 안에 있는 무언가를 건드리는 듯했어.

남편은 폐공장 이곳저곳을 미친 듯이 뒤졌어. 앞에서 들리는 것 같다가, 다가가면 뒤에서 들리고. 이번엔 바로 옆이다 싶으면 또 다른 곳에서 들리고. 진짜 미치겠더라. 나중에는 사방에서 쾅, 쾅, 쾅 소리가 들리더라니까. 천장에서, 바닥에서, 계단에서… 진짜 폐공장 자체가 살아 숨쉬면서 울부짖는 것 같았어. 나중에는 귀로 소리가 들리는 게 아니라 머릿속에서 누가 직접 두드리고 있는 것만 같았지. 이상하게 숨이 가빠지는 기분이 들었어.

쾅쾅쾅

소리가 여기저기서 나자 남편도 바빠졌어. 남편은 뛰기 시작했어. 나는 남편을 놓치기도 하고 다시 붙잡기도 하고 그랬는데, 갑자기 손전등이 꺼지더라고. 나는 다급하게 남편을 불렀지.

"여보!"

타다닥, 뛰는 남편의 발자국 소리는 멀어지는데 거기가 진짜 어둡거든. 정말 눈앞에 보이는 건 아무것도 없고. 그때는 진짜 기절할 뻔했어. 발에 뭐가 자꾸 채이니까 더듬더듬 걸으면서 여보-! 여보-! 부르는데 대꾸도 없고… 그때쯤 내가 울기 시작한 것 같아.

멍하니 서서 계속 우는데 그때였어.

"괜찮아?"

남편이 다정하게 물으면서 내 팔을 딱, 잡더라고. 남편이 린넨 셔츠를 입고 있었는데, 그 바스락한 촉감이 느껴졌어. 내가 안도감에 남편의 팔을 양팔로 매달리듯 꽉 붙잡았어. 근데 문제는 말이야. 그 폐공장 밖에서 또 다른 남편 목소리가 들렸어.

"여보! 어딨어! 여보!!"

선명하고 절박한 목소리였어. 그러니까 나에게는 동시에 두 개의 목소리가 들리는 거야. 옆에서 괜찮냐고 물어보며 나를 끌어안은 남편 목소리랑, 밖에서 들리는 남편 목소리… 온몸의 피가 차갑게 식더라고. 너무 무서워서 나를 안고 있는 남편의 얼굴도 쳐다볼 수가 없겠더라. 아니면 어떡해. 근데 사람이 참 대단해. 살아야겠다는 일념이 있어서 그런지 정신을 똑바로 차리자, 마음먹으니까 말야. 어둠 속에 가려 보이지 않았는데도 지금 나를 안고 있는 남편이 가짜라는 게 느껴졌어. 정말 느껴진 거야. 점점 알 수 없는 섬뜩함이 온몸을 감싸면서, 아, 이 사람이 아니다. 이런 느낌이 들더라고. 그래서 무조건 목소리가 들리는 진짜 남편에게로 뛰어야겠다고 결심했어.

그래서 하나, 둘, 셋. 속으로 외치고 그때부터는 뭐 미친 듯이 뛰었어. 나 이거 봐봐, 상처 보여? 그때 계단에서 굴러 떨어졌는데 아픈지도 모르겠더라. 뛰는 내내 여기저기 쾅, 쾅, 쾅 소리가 계속 나는데 진짜 미치겠더라. 그렇게 뛰어 나오다가 누군가와 부딪히면서 비명을 질렀어. 으아악! 하고 말야. 근데 그 누군가가 황급히 나를 끌어안더라고. 남편이었어. 그 따뜻한 온기, 정말 이 사람이 맞다. 생각이 절로 들더라. 같이 바깥으로 뛰어나와서 서로 얼굴을 확인하는데 남편도 엉엉 울고 있더라. 그렇게 바로 차를 타고 달아났지.

쾅쾅쾅

#

 근데 진짜 웃긴 게 뭔지 알아? 남편 말로는 내가 그곳에 다시 가자 그랬대. 낮에 우리가 폐공장을 같이 잠깐 둘러보는데, 내가 이왕이면 제대로 즐기고 싶다고 저녁을 먹고 다시 오자 그랬다는 거야. 남편은 내가 그렇게 말하는 경우가 거의 없으니까 바로 승낙했다고 하고. 그리고 저녁을 먹는데, 내가 무슨 미친 사람처럼 소고기 익지도 않은 걸 입에다가 막 처넣더래. 그리고는 빨리 폐공장으로 다시 가자고 조르고… 그렇게 어영부영 다시 폐공장으로 갔는데, 남편도 막상 해가 떨어진 폐공장을 보니까 오싹해서 좀 들어가기 싫더래. 근데 내가 자꾸 남편의 팔짱을 끼면서 구경만 한 번 하자고 그랬다는 거야.

 이게 말이 되니? 내가 그토록 무서워했던 곳을 또 가자고 했다고? 익지도 않은 고기를 미친 사람처럼 먹었다고? 내가, 내가 그런 짓을 했다고? 나는 온몸의 피가 역류하는 것 같았어. 내가 기억하는 나는 불안해하고 무서워했던 나였는데… 나는 억울한 마음에 울면서 남편에게 따졌지. 내가 왜, 내가 왜 그랬겠냐고. 나는 폐공장 안에 있는 내내 무서웠고, 그래서 남편 팔을 꼭 잡고 있었다고. 근데 남편이 그럴 리 없다고 하는 거야. 자기가 내 팔을 잡고 있었고, 내가 자꾸만 자기를 떼어놓으려고 했다는 거야. 마치 내가, 내가 아니었던 것처럼.

일단 가장 가까운 번화가로 나가서 호텔을 잡았어. 우리 얼굴이 너무 안 좋으니까, 호텔리어가 도와드릴 게 있냐고 무슨 일이냐고 묻더라고. 그래서 우리가 겪은 일을 대충 말했지. 쾅-쾅-쾅 소리에, 두 명의 남편… 그랬더니 그 호텔리어의 얼굴이 새파랗게 질리더라고.

"손님, 혹시 그 폐공장에 다녀오셨습니까?"

그 사람이 떨리는 목소리로 물었어. 우리가 고개를 끄덕이자, 그는 우리를 호텔 로비 안쪽으로 안내했지. 그리고는 조용히, 나지막이 이야기를 시작했어.

"그 폐공장은 일제강점기 때 지어진 건물입니다. 일본인 소유였지요. 공장이 잘 되길 기원하며 해마다 어린아이를 공장 벽 안에 봉인했다고 합니다. 아이의 울음소리가 공장 가동 소리와 섞여 밖으로 나가지 못하게 하려 했던 겁니다. 아이가 죽어가는 소리가 바로 쾅-쾅-쾅 이었다고 해요. 공장 벽에 손톱이 뜯겨나갈 때까지, 살려달라고 문을 두드리는 소리였다고……."

그의 말이 끝나자마자, 나는 온몸에 소름이 돋았어. 우리가 들었던 소리가 단순한 충격음이 아니었구나. 절규였구나. 울음이었구나.

쾅쾅쾅

"하지만, 그 귀신들은 모두 봉인되어 있었을 겁니다. 공장 안에 무덤처럼 제단이 만들어져 있었거든요. 일본인이 공장을 떠나면서 봉인을 했다는 소문이 돌았습니다."

호텔리어는 한숨을 쉬며 말을 이었어.

"그런데 몇 년 전, 폐공장이 공포 체험 장소로 유명해지면서 누가 그 제단을 부쉈다는 소문이 돌았습니다. 그때부터 기이한 일이 벌어졌다고 해요. 폐공장 안에서 쾅-쾅-쾅 소리가 들리고, 누군가 문을 열어달라고 한다는……."

그 말에 내가 되물었지.

"그럼, 우리가 들은 소리가 그 아이의 소리라는 건가요?"

호텔리어는 고개를 끄덕였어. 그리고 우리를 보고 뭐랄까, 되게 안쓰러운 표정을 짓더라고.

"그렇습니다. 아이는 봉인에서 풀려나면서 지독한 악귀가 되었을 겁니다. 그 원한이 얼마나 깊은지, 만나는 사람에게 달라붙어 평생 떨어지지 않는다고 하더군요……."

#

여기까지 말을 마친 현정 선배는 더 이상 말을 잇지 않았어요. 선배는 그저 나를 빤히 바라볼 뿐이었습니다. 하지만 저는 그런 건 신경 쓸 겨를도 없이 온전히 겁에 질려 있었습니다. 내가 아는 진실은 현정 선배의 이야기와 너무나 달랐기 때문입니다. 현정 선배의 남편은 몇 주 전에 스스로 목숨을 끊었습니다. 그 충격 때문에 선배가 갑자기 여름휴가를 쓰고 잠적했던 것이었는데요. 나는 무서워서 떨리는 목소리로 겨우 입을 열었어요.

"선배, 근데 선배 남편분은……."

제 말에 현정 선배의 얼굴이 굳어졌습니다. 그러다 이내, 내 말을 이해하지 못했다는 듯, 생글생글 웃는 얼굴로 나를 바라보았어요.

"응? 무슨 말이야, 아영아?"

저는 선배의 눈빛에서 차가운 공허함을 느꼈습니다. 그녀는 더 이상 내가 알던 현정 선배가 아니었어요. 기분이 오싹하여 이 자리를 어서 마무리하려는데 선배가 내게 몸을 기울이며 나지막이 속삭였습니다.

"아영아. 근데 어떻게 하면 그 저주가 없어지는지 아냐고 호텔리어에게 그거까지 들었다?"

저는 그때 보았습니다. 선배의 눈에서 번쩍이는 광기를요.

"그 저주는 이 이야기를 들어준 사람에게 옮겨갈 거야. 이제 너는 그 아이의 이야기를 듣게 될 거야. 영원히……."

기분이 나빠진 저는 황급히 식당을 뛰어나와 집으로 돌아왔습니다. 놀란 가슴을 진정시키는데.

쾅쾅쾅

쾅-쾅-쾅-

저는 너무 놀라 휴대폰을 떨어뜨렸습니다. 현관문을 향해 달려가 문구멍으로 밖을 확인했어요. 아무도 없었습니다. 하지만 제 귓가에는 절규하는 듯한 소리가 생생하게 들려오기 시작했습니다.

그 후로 저는 매일 밤, 쾅-쾅-쾅 소리에 시달렸습니다. 처음에는 환청이라고 생각했습니다. 하지만 그 소리는 점점 더 선명해졌고, 이제는 방 안에서, 머릿속에서 울리는 것처럼 느껴집니다. 그 소리는 잠을 자려 할 때, 혹은 혼자 있을 때, 제 존재를 위협하는 것처럼 들립니다.

저는 이제 현정 선배가 왜 어두운 곳을 싫어하고, 왜 혼자 있는 것을 두려워했는지 알 것 같습니다. 그 소리가, 그 공포가 그녀를 지독하게 괴롭혔을 겁니다. 그리고 이제 그 소리가, 그 공포가 저를 괴롭히고 있습니다. 저는 이 저주를 멈출 수 없다는 것을 압니다. 이 이야기를 다른 사람에게 온전히 들려주지 않는다면, 저는 영원히 이 소리에 갇히게 될 것입니다.

그래서, 이 글을 읽고 있는 여러분.

이제, 제 이야기를 들어주시겠다고 결심해 주셔서 감사합니다.

엄성용

공포소설 창작 그룹 '괴이학회'의 창립 멤버 가운데 하나로,
공포소설로 데뷔했다.
장편소설뿐만 아니라 다수의 단편집에 참여했으며,
각종 공모전에서 작품상을 수상하며 활약하고 있다.

2부 욕망

남자친구의 SNS · 75

버킷리스트 · 107

남자친구의 SNS

어느새 점심시간이 가까워졌다.

사내용 메신저로 새 메시지가 날아왔다. 입사 동기이자 친구인 소연이었다.

"구내식당 메뉴 개판 밖에서 먹자"

간단하게 답장한 뒤 힐끗, 스마트폰 화면 위 시간을 확인했다. 내가 자리에서 일어서자 옆에 앉아 있던 박정현 대리가 넌지시 말을 던졌다.

"유진 씨 구내식당 가실 거죠?"

"아뇨. 밖에서 먹을 거예요."

뭔가 아쉬워하는 기색이 눈에 띄게 보였지만 내색하지 않았다. 고개를 올려 저만치 보니 소연이도 일어서서 밖을 가리키는 게 보였다. 사무실을 나서자마자 소연이가 부리나케 달려왔다.

"파스타?"

"뭔 면이야, 점심에. 그냥 김치찌개나 먹으러 가."

남자친구의 SNS

"······차라리 돈가스를 먹겠다."

소연이 툴툴댔다. 회사 건물 주변에는 식당이 별로 없었기에 후보는 한정적이었다. 입맛이 무던한 내가 그래도 나와 준 게 기뻤는지 소연이 같이 걸으며 실없는 웃음을 지었다.

"실은 내가 재밌는 걸 하나 발견했는데······."

"애가 왜 이렇게 히죽거려?"

"야. 일부러 밖에서 먹자고 한 거야. 이거 땜에."

오늘따라 소연의 행동이 유달리 수상했다. 돈가스집에 들어가서 주문하고, 식사를 기다리는 동안에도 소연이는 실실 웃었다. 참지 못한 내가 소연을 보고 인상을 확 썼다.

"뭔데 그래. 빨리 말해 봐."

"크크큭······ 너 아주 대단한 애다, 야?"

"뭔 소리야?"

돈가스 접시가 도착했다. 소연이가 스마트폰을 들더니, 화면을 보여 주었다. 화면에는 사진이나 일상 영상을 올리는 것으로 유명한 SNS가 떠 있었다. 계정에는 사진들이 가득했다.

"독하다 독해. 절친도 깜박 속이냐?"

소연의 짓궂은 농담에도 나는 대답할 수 없었다. 그저 멍하니 화면을 보면서 천천히, 스크롤을 했다. 사진에는 집 안의 소품이나 냉장고 등이 보였고, 그에 걸맞게 다정한 멘트를 손 글씨로 적은 접착 메모지들이 있었다.

　냉장고에는.

　피곤해도 밥은 거르지 말기. 매일매일 먹고 싶은 음식 하나는 생각해 놔.

　책상 위에 올려진 커피에는.

　자기 전에 커피는 노노! 물이나 우유를 따뜻하게 데워서요.

　고급스러운 향초 옆에도.

　나쁜 꿈 꾸면 안 되니까 자기 전엔 10분씩이라도 켜 놔. 창문은 꼭 열어 놓고.

　침대 위 베개 곁에도.

　잠이 정 안 오면 널 안고 있는 나를 생각해. 그러면 포근해서 잠이 올 거야.

남자친구의 SNS

맨 위로 올려 SNS 계정주의 이름을 확인했다.

유진이남친.

"아악!"

나도 모르게 소리를 지르며 스마트폰을 떨구었다. 주변 사람들이 쳐다볼 정도였다. 깜짝 놀란 소연이 걱정스러운 눈빛으로 나를 봤다.

"야…… 왜 그래? 들켜서 그래? 네 남친?"

"……이게 뭐야……."

"뭐긴 뭐야 네 남친 SNS지. 나도 우연히 발견했어. 아니, 너 어쩜 나까지 속이냐? 남친 없는 척?"

"왜…… 내 방 물건들이랑…… 가구가 찍혀 있는 거야?"

"아 네 남친이니까 너희 집에도 가고…… 유진아. 너 상태 왜 그래?"

몸을 떠는 나를 보며 소연이 말을 하다 말고 멈췄다. 식사도 하지 않고 나는 곧바로 자리에서 일어섰다. 소연이 의아한 눈길로 나를 바라보았다.

"아니 숨겨 왔던 남친 들킨 게 그렇게 충격이야?"

"……나가자."

떨리는 목소리로 말하자 소연이 눈을 동그랗게 떴다. 내가 짐을 챙기자 소연이 당황하며 같이 자리에서 일어섰다.

"뭐, 뭐가? 아니 시킨 건 먹어야지 갑자기 어디 가려고?"

"경찰서."

"경찰서?"

곧바로 카운터로 향해 계산하는 내 모습을 식당 안 사람들이 지켜보며 수군댔다. 소연이 허둥지둥 내 뒤를 따랐다. 식당 밖으로 나서는 나를 붙잡은 소연이 물었다.

"상황을 설명해 봐."

"없어."

"아니 뭐가 없는데?"

내가 소연을 향해 고개를 돌렸다. 내 표정이 심상치 않았는지, 소연의 표정도 급격하게 굳어졌다. 여전히 입술에서 새어 나오는 내 목소리는 심히 떨렸다.

"남자친구 없다고. 근데…… 이 사진 속 배경들…… 다 내 방이야."

#

"……음 이게 계정주를 찾는 건 좀 힘들어요……. 개인정보 요청인데, 아무래도 외국계 계열 회사라서……. 절차가 복잡합니다."

"그럼 뭘 어떻게 해야 하나요? 이거 분명 집에 침입한 증거잖아요!"

남자친구의 SNS

흥분한 나머지 목소리 끝이 갈라졌다. 턱을 괴고 있던 형사가 뭔가를 생각하더니, 역시나 하고 고개를 절레절레 저었다.

"물론 피해자분 심정은 잘 아는데 확실한 물적 증거가 필요해요. 예를 들면 침입한 흔적이 기록된 영상이라든가?"

"지금 저도 모르는 미친놈이 제 방에 들어와서 멋대로 메모 남기고, 사진 찍고, 그걸로 제 남자 친구 행세를 하는데 저보고 다시 집에 들어가라는 말씀이세요?"

난처한 표정으로 형사가 소연을 힐끔 쳐다보자, 소연이 격앙된 나를 진정시키고자 조용히 말을 건넸다.

"……일단 돌아가자. 지금 점심시간 지나서 회사에서도 연락이 올 거고. 당분간 우리 집에서 지내면 되니까 응? 이 새끼 계정은 바로 신고했어. 금방 내려갈 거니 걱정하지 말고."

"소연아…… 나…… 너무 무서워……."

흐느끼는 나를 안으며 소연이 다독였다. 분위기가 어색한지 형사가 몇 번 헛기침하더니, 명함을 건네주었다.

"집을 그대로 방치하지는 마시고요. 제 말대로 물증 확보에 힘써야 하니까…… 그 감지 센서 달린 IP 카메라 같은 걸 설치해 보세요. 일단 영상만 찍히면 수사 들어가게요."

"네. 참, 일단 미친놈 계정 주소예요. 신고했으니 내려가겠지만 나중에라도 필요할지 몰라서."

"감사합니다. 친구분이 딱 부러지시네."

아무 말 못 하는 나를 대신해 소연이 대답해 주었다. 소연의 품 안이 따뜻해서 조금씩 진정이 되어 갔다. 돌아가면서 고개를 돌려보니, 형사가 태연하게 키보드를 두드리는 게 보였다. 그저 모든 게 관심 없는 표정이다. 소연이 내 팔을 꾹 움켜쥐며 속삭였다.

"맞는 말 했잖아. 증거만 확보하면 되니까."

"……센서 카메라 그런 거 잘 모른다고."

"나도 잘 몰라. 물어보면 되지. 전문가한테."

"전문가 누구?"

"박 대리님. 물론 지금 일들은 비밀로 하고. 내가 넌지시 물어볼게."

소연이 미리 연락해 둔 택시가 서 있는 게 보였다. 나와 달리 소연은 냉정하고 행동이 빨랐다. 회사까지 가는 내내 눈물이 멈추지 않았다. 소연은 계속 스마트폰으로 내 남자친구를 사칭하는 계정의 사진들을 유심히 살펴봤다.

도착하자마자, 나와 소연은 사무실로 빠르게 뛰었다. 사무실에 들어서자마자 인상을 쓰며 쳐다보는 팀장님의 모습이 눈에 들어왔다. 뭐라고 한마디 하려고 준비했는지 입을 열려던 팀장님이 충격에 빠진 내 모습과 허리를 꾸벅 숙이는 소연의 행동을 보더니 다시 다물었다.

"유진이가 갑자기 급체해서요……. 병원 가서 치료받고 왔어요. 미리 연락 못 드려 죄송합니다."

"……."

소연이가 내 자리까지 나를 부축해 주었다. 자리에 앉은 내가 깊은 한숨을 내쉬며 멍하니 있자 팀장님이 내게 말을 건넸다.

"유진 씨. 몸 안 좋으면 반차 써도 돼."

"……아닙니다. 감사합니다. 좀 쉬면 돼요."

집에는 죽어도 돌아가기 싫었다. 팀장님이 안쓰러운 표정으로 자리로 돌아갔다. 눈길이 느껴져 고개를 돌려보니 박정현 대리가 심각한 얼굴로 보고 있었다.

"괜찮아요? 되게 안 좋아 보이는데……."

"아 네. 괜찮아요. 감사합니다."

"……뭐 도와드릴 거 있으면 말씀하세요."

평소라면 웃으며 넘길 수 있는 상황이었겠지만, 오늘따라 몹시 예민해진 상태라 나는 그냥 답하지 않고 고개를 돌려 버렸다. 분위기를 파악했는지 박 대리도 더는 말을 걸지 않는다. 한동안 얼이 빠진 얼굴로 모니터만 쳐다보던 나는 다시 그 SNS 계정을 확인해 보려 했다. 스마트폰으로 접속해 보니, 계정이 보이지 않았다. 소연이 신고했다더니 빨리 대처한 모양이다. 계정이 사라진 걸 보니 조금은 가빴던 호흡이 돌아왔다.

"후······."

슬쩍 옆의 박 대리를 보니 모니터를 보며 뭔가 열심히 키보드를 두드리고 있었다. 사내 메신저로 소연에게 메시지를 보냈다.

"미친놈 계정 내려갔어."

잠시 후 답장이 날아왔다.

"잠만"

초조한 마음에 일이 손에 잡히지 않았다. 새 메시지 알람이 떠 보니 소연이었다.

"박 대리님이랑 채팅함. 그거 물어보려고. 고양이 키우는데 혼자 두기 걱정된다면서 핑계 대고. 그러니까 몇 가지 모델들 소개해 주더라. 설치 그렇게 안 어려운 거 같으니까 걱정하지 마."

"ㅇㅇ 고마워."

눈을 꼭 감았다.

예전에 스트레스를 받아 걸렸던 이석증 증상처럼, 머릿속이 빙글빙글 돌아가고 있었다.

남자친구의 SNS

#

다음날 나와 소연은 같이 연차를 잡았다. 낮에 내 집에 들어가서 필수품 등을 챙기고 IP 카메라까지 설치하고 나올 심산이었다. 소연이 둘러멘 가방을 가리키며 씩 웃었다.

"이거, 혹시 몰라서 집에서 설치하고 작동도 확인했다?"

"······고마워 진짜."

"너는 형광등도 못 갈잖아. 너 이렇게 충격받은 것도 뭐, 내 책임이니······."

미안한 표정으로 말꼬리를 흐리는 소연을 보며 나는 강하게 부정했다. 지금 기댈 수 있는 사람은 소연이밖에 없었다.

"무슨 소리야 그게. 너 아니었으면 그 미친놈이 계속 내 남자친구인 척 나댔을 거 아냐. 생각만 해도 끔찍해."

"······고맙다, 야."

소연이 멋쩍게 웃었다. 혹시 몰라 준비한 주머니 속 호신용품을 계속 만지작거리며 내 원룸이 위치한 건물 입구 앞에 섰다. 본능적으로 걸음이 딱, 입구 앞에서 멈췄다. 오래된 낡은 건물이다. 건물을 넌지시 훑은 소연이 당연히 아니겠지 하는 표정으로 중얼거렸다.

"······건물 CCTV 같은 건 없겠지······."

"없대. 물어보니까."

"참… 이런 데서 살려면 만반의 준비를 해야 한다니까? 그래서 요즘 막 상품도 팔고 그러더만. CCTV 약정 걸고."

"너는 그런 거 되게 잘 안다?"

"야. 나도 혼자 살잖아. 요즘 세상에 혼자 사는 여자들이 얼마나 위험한데."

소연의 눈빛이 진지해졌다. 내 원룸은 건물 2층이었다.

계단을 오르며 소연이 신호를 주었다. 내가 주머니에서 호신용품을 꺼내자, 소연도 가방에서 삼단봉을 꺼냈다. 착 펼친 삼단봉을 들고 소연이 긴장을 풀 겸 농담을 던졌다.

"차라리 그 새끼가 지금 여기 있으면 좋겠다. 대가리 깨 버리게."

"……농담이라도 그런 말은 하지 마."

달랑 손잡이만 있는 현관문을 보며 소연이 혀를 찼다.

"근데 너 안전 불감증이야. 도어락이라도 하나 달았어야지."

"맞아. 지금 엄청 후회하고 있어……."

"에효. 담부터는 신경 쓰자?"

소연이 경계하는 동안, 나는 열쇠로 현관 잠금장치를 풀었다. 소연이 귀를 기울여 인기척이 있는지 확인했다.

소연의 표정을 보건대 인기척은 없는 것 같았다. 그래

도 혹시 몰라, 일단 열쇠만 돌리고 잠깐 대기했다. 소연이 뒤로 물러나라고 손짓을 해 살짝 물러섰다. 퉁. 소연이 삼단봉으로 현관문을 가볍게 두드렸다. 퉁퉁퉁. 잠깐 기다려 보던 소연이 나를 보며 말했다.

"없는 거 같으니까 네가 문 열어. 내가 이거 들고 대기하고 있을게."

나는 소연의 말대로 현관 손잡이를 잡고 돌렸다. 그리고, 그대로 문을 힘껏 열었다. 바짝 긴장한 우리 둘의 눈앞에 보이는 건, 엊그제 출근하기 전의 내 방 모습 그대로였다. 심장이 두근거리기 시작했다. 그 SNS를 본 순간부터 이 시도 때도 없이 도지는 두근거림은 계속됐다.

소연이 괜히 삼단봉을 휘휘 휘저으며 방 안으로 들어섰다. 대뜸 침대 위로 올라간 소연이 방방 뛰었다. 아마도, 침대 밑에 숨어 있을지도 모른다는 생각에 한 행동일 테다. 나는 천천히 방 안을 둘러보았다. 모든 게 그대로였다.

아니, 그대로일까. 내가 떠나기 전과 지금 달라진 걸 알아차릴 수 있을까. 아니다. 그만큼 편안한 공간이었는데. 이제는 한시라도 벗어나고 싶은 곳이 돼 버렸다. 소연이 현관이 정면으로 보이는 위치를 가늠하더니 들고 온 가방을 벗어 IP 카메라 부품을 꺼내기 시작했다.

"설치하고 있을 테니 대충 급한 거 먼저 챙겨 놔."

나는 소연의 말대로 필요한 것들을 챙겼다. 우선 약부터. 우울증 약. 취업 때문에 본가를 떠나 홀로 상경한 순간부터, 나는 정신적인 스트레스에 지쳐 갔다. 우울 증세가 생겨 정기적으로 약도 타 먹고 있었다. 어느 순간부터 사람들과 대면하는 게 버거워졌다. 유일하게 편안한 이가 소연이었다.

옷가지 몇 벌이랑 이것저것 챙기면서도 계속 신경이 쓰여 몇 번을 머뭇거렸다. 원래 이 옷이 여기 걸렸었나? 내가 통조림 캔이 이렇게 많았었나? 머릿속이 터질 듯이 빙빙 돌았다. SNS에서 본 다정한 문구가 적힌 메모지들이 떠다니고 있었다. 구토가 올라올 거 같아 나는 곧바로 화장실로 달려갔다.

"토할 거 같아."

"괜찮아? 찬물로 세수라도 좀 해."

화장실에 들어서자마자 구토기가 몰려와 그대로 변기 뚜껑을 올렸다. 어지러워. 미치겠어. 울컥하며 뜨거운 게 올라와 그대로 입 밖으로 쏟아졌다. 먹은 게 없어서 나오는 건 오로지 물이었다. 너무 아파서 눈물이 나왔다. 캑캑거리며 세면대로 다가가 입가를 씻어 냈다. 밖에서 소연이 큰소리로 외치는 게 들렸다.

"설치 끝! 이 미친 새끼 걸리기만 하면 뒤지는 거야!"

남자친구의 SNS

소연의 말이 웃겨 피식 헛웃음이 나왔다.

"괜찮아?"

소연이 어느새 화장실 입구로 와 걱정스러운 눈으로 나를 보고 있었다. 내가 괜찮다는 답으로 미소를 짓자, 소연도 미소를 올렸다.

"얼른 가자 이제. 솔직히 나도 좀 그래."

"응."

대답하는 내 눈에, 세면대 위 수납장이 조금 열려 있는 게 보였다.

"소연아 여기……."

돌아봤지만 소연의 모습은 없었다. 다시 시선이 살짝 열린 수납장의 틈으로 향했다. 가만히 손을 뻗어 수납장 손잡이를 잡았다.

나는 단 한 번도, 수납장을 열어 놓은 적이 없었다.

다시 심장이 두근거렸다. 머리도 어지러웠다. 눈이 침침 해져 몇 번 깜박거렸다. 열면 안 될 것 같았다. 온몸에 힘이 빠지는 게 느껴지고 다리가 떨려 왔다. 겨우 힘을 내어 손잡이에서 손을 뗐다. 너무 무서워서 확인하기도 싫었다. 그대로 화장실 밖에 나서며 내가 흐느꼈다.

"……흑…… 세면대 수납장이…… 열려 있어…… 소연아……."

가방을 챙기던 소연이 내 말을 듣자마자 얼른 곁으로 다가왔다.

"너 가만히 있어 봐. 내가 확인할게."

별다른 설명 없이도 소연은 내 말의 뜻을 잘 알고 있었다. 소연이 화장실로 들어가 수납장을 여는 소리가 들렸다. 나는 바닥에 주저앉아 그저 울고만 있었다. 누가 이렇게 나를 괴롭히는 거야.

누구야. 왜. 왜 나야.

어지럼증이 심해져서 그대로 드러누워 버렸다. 천장이 빙글빙글 돌았다. 아, 이석증이 또 도졌나 봐. 갑자기 소연이가 분노 섞인 목소리로 소리치는 게 들려 벌떡 상체를 일으켰다.

"이 미친 변태 개새끼!"

소연이가 씩씩대며 나오더니 울고 있는 나를 덥석 안았다. 등을 토닥이며 소연이 조용히 속삭였다.

"이제 우리 집에 가자. 빨리 여기 뜨자, 응?"

나는 그저 고개만 끄덕였다. 왜 소연이가 화가 났는지 이유를 묻기도 싫었다.

빨리 내 집을 벗어나지 않으면 죽을 것만 같았다.

남자친구의 SNS

#

아이모처럼, 잔뜩 배달 음식을 시켰다.

"먹어. 먹는 게 풀리는 거고 먹는 게 남는 거다."

"……살로 남잖아."

"아이 씨, 진짜…… 뿜을 뻔했네. 이제 좀 괜찮아졌냐?"

내 대답에 캔맥주를 들고 마시던 소연이 콜록거리며 눈을 흘겼다. 희미한 미소를 올리며 젓가락을 들어 주문한 음식을 끄적였다. 입맛이 없었다. 말없이 소연은 맥주를 마시고, 나는 젓가락질만 했다. 캔 하나를 비운 소연이 가만히 나를 쳐다보았다.

"……말해도 돼?"

"……응."

"……진짜 지금은 나아진 거 맞지?"

"정신 차려야지. 나도."

사실 세면대 수납장에서 뭘 발견했는지는 알고 싶지도 않았다. 하지만 그건 함께해 주는 소연에게 실례였다. 숨을 고른 내가, 그대로 젓가락으로 탕수육 한 점을 들었다.

"이거 먹을 때 말해 줘."

"……맛있는 거 먹을 때가 제일 편안하지."

소연이 뭔가를 꺼내 들었다. 맛도 느껴지지 않는 탕수

육을 우물거리며 애써 시선을 고정했다.

접착식 메모지였다.

"그 새끼가 집에 한 번 더 드나들었던 것 같아."

메모지를 보며 우물거림을 멈췄다.

"……진짜 미친 새끼네 이거……."

우리 애기 이제야 알았네? 하지만 그래도 오빠는 유진이 남친 포기 못 해요.

내 표정이 구겨지는 걸 보며 소연이 메모지를 구겨 바닥에 내던졌다.

"……이 새끼 계정 새로 팠어. 다시 올라왔더라고. SNS에."

"아……."

"일단 바로 신고 때렸어."

눈물이 떨어지는 걸 본 소연이 황급히 냅킨을 들어 닦아 주었다. 잠자코 내 상태를 지켜보던 소연이 조심스레 물었다.

"약은? 먹었어?"

"……응."

"너 이러다 망가져 진짜. 원래 강한 앤데 딱 아플 때를 노리네, 이거. 아 별 이상한 새끼 때문에 이게 뭐야."

남자친구의 SNS

소연이 화를 내며 노트북을 열었다.

"이제부터 실시간으로 감시다 미친놈아. 걸리기만 해 봐."

소연이 나도 볼 수 있게 노트북을 탁상 위에 올렸다. 잘 하지는 못하지만, 술기운이 필요할 거 같아 나도 캔맥주를 땄다.

"이게 감지가 느껴지면 카메라가 움직이는 거거든? 용량 걱정 없이 클라우드 연동 뭐시기라서 계속 켜 놓아도 된다고 박 대리님이 그러더라고. 우리는 그 새끼가 들어오기만 기다리면 되는 거야. 맘 편히."

소연이 다시 캔맥주를 따 입에 가져갔다. 행동과 말투는 털털하지만 나를 위로하는 거라는 건 다 알 수 있었다. 어두운 화면만이 눈에 들어왔다. 집중해서 계속 보았다. 처음에는 그냥 캄캄했지만, 서서히 적응하니 익숙한 풍경이 보이기 시작했다.

"뭐 좀 먹어라 좀. 짜장면도 먹고. 불었다고 벌써. 야. 너 너무 안 먹어 요즘."

"……알았어."

소연의 걱정을 듣는 둥 마는 둥 나는 노트북 화면에 집중했다. 익숙한 현관문과, 익숙한 신발장과, 익숙한 옷장.

익숙한 풍경. 하지만 검은 안개가 퍼진 듯 어두운.

"일단 이거 불었으니까 내가 먹는다?"

소연이 불어 터진 짜장면을 들어 그대로 비볐다. 천천히 맥주를 입에 가져간 내가 한 모금 삼켰다. 그렇게 두 모금, 세 모금. 결국 빈속에 다 비웠다. 소연이 탕수육을 씹는 소리가 들렸다. 또, 눈이 침침해졌다. 눈을 비비며 정신을 똑바로 차리려고 노력했다. 시간은 자정에 가깝다. 여전히 보이는 건 검은 안개의 장막…….

소연이 다 먹고 스마트폰을 보고 있는 사이, 노트북 화면에 변화가 일어났다.

카메라가 움직이고 있었다.

"소연아!"

내가 놀라 소리를 지르자, 소연이 다급히 스마트폰을 내려놓고 노트북을 쳐다보았다. 카메라가 천천히 움직이며, 화면 역시 천천히 바뀌는 게 보였다.

"어? 걸렸다 이 새끼."

소연이 바로 녹화 버튼을 누르는 동안, 내 머릿속에는 오로지 한 생각뿐이었다.

현관문은 닫혀 있는 상태인데.

열린 적이 없었다. 방 안에는 아무도 없었다. 지금 보는 화면 안에도 아무도 없었다. 카메라가 센서 감지를 하고 돌아가고 있는데, 막상 보이는 건 아무것도 없었다.

"……아무도 없어."

남자친구의 SNS

녹화 버튼을 누르고 지켜보던 소연도 말이 없어졌다. 나와 소연은 둘 다 침묵하며 노트북 화면에 비치는 카메라 영상만 쳐다보았다. 좌, 우, 위, 아래. 카메라는 천천히 돌아가며 촬영 중이었다. 보고만 있어도 미칠 것만 같았다.

"고장인가? 다 확인했는데?"

소연이 당황하며 노트북에 깔린 프로그램을 만지는 동안, 나는 축 늘어졌다. 그때, 스마트폰 알림이 울렸다. 황급히 스마트폰을 들어 알림을 확인했다. 그 SNS에 새 소식이 뜨면 알림이 오게 설정해 놨었다. 이번에는 계정을 신고하지 않았다. 물증이 확보되면 바로 털어 버릴 계획이었다. 계정이 업데이트되면 모든 증거를 캡처하기 위해서. 떨리는 손으로, 알림을 확인했다.

IP 카메라 설치했네? 그래 우리 이참에 반려동물도 키울까? 우리 둘이, 너랑 나랑.

IP 카메라 옆에 붙어 있는 접착식 메모지에 쓰인, 다정한 손글씨.

"아."

머리가 쪼개질 듯 아파졌다.

쓰러지는 내 귓가에 소연이 뭐라고 외치는 소리가 들렸

지만, 뭐라는지 알 수가 없었다.

#

 자초지종을 모두 본가에 얘기했다.
 놀란 어머니와 아버지는 당장 돌아오라고 하셨고, 나도 그걸 생각하고 한 행동이었다.
 차라리 본가에서 지내며 아르바이트를 하며 지내는 한이 있더라도, 그게 내가 살 길이 아닌가 싶었다. 직장 커리어, 서울살이, 독립. 모든 게 의미 없어졌다.
 "……진짜 결심한 거야?"
 "응. 여기 계속 있다가는 죽을 거 같아."
 "……그래…… 나도 놀랐으니까……."
 몇 번이고 다시 되돌려 봤지만, 카메라에 누가 찍힌 장면은 없었다. 아무도 없을 때 돌아가던 카메라, 그리고 SNS에 조롱하듯 올라온 업데이트. 이건 내 의지로는 도저히 버티기 힘든 현상이자 상황이었다. 더는 버티다가 무너질까 봐, 나는 차선책을 택했다. 도망치는 걸로.
 "아니 어떻게 그랬지? 귀신이라고 쳐도…… SNS는 못 할 텐데."
 "괜찮아. 이제 괜히 파고들 필요 없어."

남자친구의 SNS

감당 못 할 상황이면 건드리지 않는 게 좋아. 내 생각이었다. 소연은 내심 아쉬운지 연신 내 손만 잡았다. 나는 힘없는 미소만 보였다. 이미 팀장님께 사직서를 제출한 상태였다. 팀장님도 아쉬운지 다가와 나를 포옹했다. 우리 팀에서 여성 직원으로는 나와 소연, 그리고 팀장님 셋뿐이라 유대감이 돈독했기에 당연한 반응이었다.

"……오래 같이했는데 우리."

"죄송해요, 팀장님."

"아프다니 어쩔 수 없죠. 몸조리 잘해요, 유진 씨."

팀장님이 다독이더니 물러났다. 퇴근 시간이 가까워진 참이었다. 나는 사무실을 돌며 각 팀원에게 안부 인사를 전했다. 모두 걱정스러운 표정들이다. 하긴, 그동안 약해진 몸과 정신이 암암리 같은 팀원들에게도 알려졌을 터다. 아마도 약까지 먹는 것도. 돌아와 자리에서 짐을 챙기는 내게, 옆자리 박 대리가 넌지시 말을 건넸다.

"뭐라고 말씀을 드려야 할지…… 너무 아쉽네요."

"아쉽다뇨?"

"아…… 그냥 혼잣말이에요. 신경 쓰지 마세요."

박 대리가 눈길을 피했다. 머리가 아파서 신경 쓸 겨를이 없었다. 퇴근 시간이 다 돼서 그대로 챙긴 짐을 들고 몸을 돌렸다. 소연이 이미 다가와 나를 도우려고 기다리고 있었다. 그때, 박 대리가 더듬거리며 내게 다시 말을 건넸다.

"저기…… 괜찮으시면 식사라도……. 제가 대접하겠습니다."

"네? 아뇨 저는……."

"이제 못 보잖아요. 마지막이고. 그동안 저 많이 도와주셨는데 갚을 기회 한 번이라도 주시죠."

당연히, 싫었다. 구태여 왜. 하지만 나를 보는 소연의 눈빛을 보고 마음이 꺾였다. 소연은 박정현 대리를 좋아하고 있었다. 소연의 애타는 눈빛을 보며 나는 속으로 고심했다. 그만큼 나를 도와준 친구인데 서로 친해질 자리라도 만들어 주면 좋겠지.

"……제가 몸이 좀 안 좋아서요. 제 친구 집에서 보는 건 어때요?"

"네? 친구 집이요?"

"그게 더 편하고…… 이참에 술도 한잔하는 자리 만들어요, 우리. 마지막 회식 겸."

"어…… 네! 저는 좋습니다!"

소연이 어벙한 표정으로 나를 봤다. 내가 미소를 짓자, 소연도 눈치챈 듯 미소 지었다.

"저 요즘 소연이 집에서 지내고 있거든요."

남자친구의 SNS

"아…… 소연 씨……."

"그럼 퇴근하고 볼게요."

박정현 대리가 나를 좋아한다는 건 눈치채고 있었다. 하지만 나는 관심 없었다. 더군다나 절친인 소연이 좋아하는 사람인 것도 알고 있었으니까. 이참에 서로 좋은 관계로 이어 주고 싶었다. 그게 떠나기 전 소연에게 갚을 마지막 선물이었다.

"……너 미쳤어?"

박 대리가 떠난 후 바로 소연이 내게 말을 던졌다.

"갑자기 왜 술 모임?"

"너도 좋잖아. 박 대리 좋아하는 거 다 아는데."

"……야…… 아무리 그래도 이건 좀……."

"싫어?"

내 대답에, 소연이 인상을 팍 쓰며 말했다.

"죄책감 느껴서 그래."

"아냐, 고마워."

"뭔 뜬금 고마워야."

"……이렇게라도 너한테 조금이나마 보답하고 싶으니까."

소연이 활짝 웃으며 나를 꼭 안았다.

"나도 고마워."

퇴근하고 소연의 집에 도착한 지 두 시간이 흘렀다.

나는 조절해서 마셨지만, 박 대리와 소연은 거나하게 취했는지 얼굴이 새빨갰다.

"아니 저는 그게…… 너무 아쉽고…… 유진 씨랑 안 친해진 게……."

"유진이랑 왜 친해지려고 했어요?"

"음…… 그냥 아는 사람이랑 많이 닮아서요."

"나는요? 나는 닮은 사람 없나?"

박 대리가 술잔을 들어 입에 털어 넣더니 곧바로 소연의 말에 답했다.

"……있긴 해요."

"아하. 누구요? 옆집 아줌마?"

"아하하! 재밌으시다 소연 씨."

슬그머니 스마트폰을 꺼내 살폈다. 그 SNS 계정이 다시 올라왔나 하고. 하지만 없었다. 이유를 알 수 없지만 '유진이남친'의 계정은 내려갔다. 소연에게 신고했냐고 물었지만 아니라고 들었다. 마치 내가 떠나려고 결심한 순간을 맞춰서 SNS를 떠난 것도 같았다. 차라리 잘된 걸까? 내가 떠나려고 하는 걸 알고 포기한 걸까? 본가에 들어가면 나를 감싸 주는 많은 이들이 있으니 어렵다고 판단한 걸까?

그렇다면.

그놈이 원하는 것은 그냥 내가 떠나는 거였을까?

남자친구의 SNS

"……내가 떠나는 걸 원했나 봐."

내가 중얼거리자 박 대리와 소연 둘 다 시선을 내게로 돌렸다.

"……여기 오지 마. 여기 위험해. 여기 오면 무서워 이런 거처럼."

"유진아. 그거 먹었어?"

소연이 조심스레 물었다. 정신과에서 처방받은 약을 뜻한다는 건 안다. 내가 씩 웃자, 소연도 웃었다.

"놓치지 말고 꾸준히 챙겨 먹자?"

"뭡니까? 뭐 보약이라도 됩니까?"

"아이 박 대리님. 화제 돌리지 마시고…… 나 누구 닮았어요?"

"아…… 옆집…… 누나요."

"오! 박 대리님 되게 노스텔지어 맨이네?"

피식 웃으며 안주를 끄적이는데, 젓가락이 툭 떨어졌다. 쥘 수가 없었다. 힘이 들어가지 않았다.

"아, 소연아 이거……."

잠이 쏟아졌다. 그대로 고개를 떨궜다.

눈을 떴다.

바닥에 누운 내 눈앞에 바짝 보이는 건, 일그러진 표정으로 굳어 있는 박정현 대리의 모습이었다.

"아아…… 꺄악!"

비명을 지른 이유는 따로 있었다. 박 대리의 등에 꽂힌 칼을 뽑은 소연이 천천히 리듬감 있게, 계속 여기저기 찌르고 있었으니까.

"조용히 해."

"……왜…… 뭐야 소연아, 왜…… 무슨 일이야."

"닥치고 있어, 그냥. 이 새끼가 기어코 싫다잖아."

식칼을 들어 박 대리의 목을 내려찍은 소연이, 허탈한 표정으로 웃었다.

"내가."

"왜…… 소연아……."

"야. 입 다물어. 입 열면 아가리 찢어 버린다?"

소연이 나를 보며 입꼬리를 올렸다. 처음 보는 그 표정에 나는 그대로 입을 닫았다. 그러고 보니, 내 몸은 빨랫줄로 이미 묶인 상태였다. 소연이 식칼을 들고 나를 내려다보며 말했다.

"아니 그냥 조용히 나가면 될 걸 왜 나를 극단적으로 모는 거야. 너 원래 그런 애 아니잖아. 씨발 막판에 오지랖이라도 벅차올랐냐? 어?"

나는 아무 말도 할 수 없었다. 오로지 모든 건 지금, 소연의 주도였다.

남자친구의 SNS

"아, 그래. 이참에 고백해 볼까 했어. 어차피 너 쫓아내는 거 계획대로 됐고. 박 대리 이 병신이 미련 갖지 못하게 깔끔하게! 예상 못 했지만 네 제안도 괜찮았어. 어차피 너는 꺼질 사람이잖아……. 그리고 나는 계속 같이 있을 사람이고……. 이 씨발!"

소연이 식칼을 들어 다시 한번, 박 대리의 등에 박아 넣었다. 미동도 없었다. 이미 죽어 있는 상태니까.

"……너 재우고 내가 고백했거든? 근데 죽어도 너래. 왜? 아니 왜 너 같은 걸?"

소연이 고개를 까닥거리며 자조하다가, 갑자기 식칼을 저만치 내던졌다.

"아아악!"

소리를 지른 소연이 술상을 그대로 엎었다. 안주와 집기가 여기저기로 튀었다. 소연은 내 목을 졸랐다. 소연의 눈빛이 탁해 보였다. 몇 번 본 적이 있어 잘 아는 눈빛이다.

바로 내가 약을 먹기 전 보던 눈빛, 그대로였다.

"그냥…… 너랑 박 대리를 떨어지게 하려는 거였어. 나도 너 좋아해. 너 내 친구야. 근데 씨발, 야. 내가 좋아하는 사람이 딴 년한테 눈 돌리면 내 눈 돌아가 안 돌아가. 응?"

"으윽……."

"그래서 니가 떠나면 되겠거니 하고 좀 계획을 짜 봤어.

어차피 네 집 다 알고 몇 번이나 드나들던 곳이니까. 열쇠 하나만 가지고 사는 거도 알고. 뭔 말인지 이해되지? 다 내가 한 거야."

존재하지 않는 남자 친구의 SNS. 모든 것은 소연이 꾸민 일이었다.

"너 정신적으로 아프잖아. 응? 자극하면 못 참고 떨어질 줄 알았지. 응? 어떻게든 너한테 스트레스를 주려 했어! 네 집에 놀러 갈 때마다 하나하나 작업해서 사진을 찍었어! 응? 세면대 수납장? 아무것도 아니야! 내가 들어가서 메모지에 끄적인 게 전부지. 모두 다. 카메라? 원격 조작은 쉬워. 넌 그냥 내 올가미에 걸려든 것뿐이야."

"하하……."

헛웃음만 나왔다. 전혀 몰랐고, 의도도 아니었지만, 어쨌든 확실한 것은, 이대로 파국.

"하하하……."

언제부터였을까?

그냥 편하게 뒷담화로 친구에게 저 사람 나 좋아하는 거 같아 말한 적부터?

아니면 감이 좋아서 아, 얘가 이 사람을 좋아하는구나 내심 짐작한 그 순간부터?

뭐랄까, 확실한 것은, 소연이가 저지른 일이라는 걸 전혀 예상치 못했다는 거다.

절친으로서, 실격이다.

"미친년."

하지만, 내 입에서 나온 것은 그저 본능이 섞인 분노다.

당연하다는 듯, 소연이 실실 웃으며 두 손을 내 목 위로 가져갔다.

"가지지 못하면 망가트리는 거야. 그리고 이거 다, 너 때문인 거 알지? 왜 이 자리를 만들었어!"

"아악!"

서서히 조임이 느껴졌다.

SNS의 사진들, 카메라의 비정상적인 움직임의 조작, 남친 사칭범을 처음 알려 준 소연의 행동부터 모든 것들이 내 머릿속에 빙글빙글 돌며 숨겨졌던 답을 제시하고 있었다.

구역질이 다시 올라왔다. 하지만 뱉어낼 수 없었다.

의식이 흐려질 정도로 강하게 목을 조이는 와중에, 뭔가를 뱉어낼 수는 없다.

소연의 눈과 마주쳤다.

그건, 모든 걸 포기하고 본능에 맡긴 동물의 눈 그대로였다.

버킷리스트

면접 시간까지는 아직 여유가 있었다.

혹시 몰라 출발 시간을 앞당기긴 했는데 너무 일찍 도착했다. 면접을 보기로 한 빌딩 위치를 확인한 뒤, 성식은 빌딩 뒤편으로 천천히 걸으며 흡연을 할 만한 장소를 찾았다.

긴장되니 담배가 몹시도 당겼다. 담배 냄새가 영향을 끼칠까 초조한 마음에, 성식은 반도 채 안 피우고 그대로 담배를 비벼 껐다. 향수를 뿌린 뒤 옷매무새를 다시 한번 살폈다. 스마트폰을 꺼내 시간을 보니 아직도 30여 분이 남았지만, 성식은 그냥 일찍 들어가기로 했다. 일찍 왔다고 이상하게 보지는 않을 거다. 면접 장소는 빌딩 맨 위층에 있는 사무실. 성식이 깊게 숨을 들이쉬었다가 다시 뱉었다. 취업도 아니고 이직도 아니다. 성식은 그저 평범한 대학생일 뿐이며 지금 면접은 단지, 아르바이트에 불과하다.

버킷리스트

빌딩에 들어서자 1층 로비에 있던 경비원이 무표정한 얼굴로 성식을 멀뚱히 쳐다보았다. 나이가 꽤 들어 보였다. 방문 목적을 물어보려나 생각한 성식이 잠깐 머뭇거리자, 경비원이 아무 말 없이 그냥 시선을 아래로 내렸다.

뭔가 불편한 분위기라 성식도 조용히 그런 경비원을 스쳐 지나가려 했다.

"……어데요?"

고개도 들지 않고 갑자기 질문해서 성식이 순간 놀라 걸음을 멈췄다.

"아, 저…… 12층요."

"여 방문 목록에 서명요."

성식이 서명을 끝내자 경비원이 그대로 손을 들어 어딘가를 가리켰다. 로비 정면에서 좌측으로 꺾어 들어가라는 거 같았다. 성식이 고개를 꾸벅했지만, 경비원은 아무 반응도 없었다. 어색해진 성식이 걸음을 빨리했다. 좌측으로 들어서자 엘리베이터가 보였다. 버튼을 누르고 내려오길 기다리는 동안, 성식은 스마트폰에 북마크해 둔 이번 아르바이트 공고를 재확인했다. 구인 사이트에 올라온 공고가 아니라, 독특하게도 대학교 커뮤니티에 게시글 형태로 올라왔었다.

운전이 가능하신 재학 중인 남학생분을 구합니다. 2박 3일 일정이며 가족 동반 여행의 운전을 맡아 주시면 됩니다. 지원 자격은 키 180 이상, 몸무게 75에서 80 사이 건장한 분. 기타 상세 조건은 면접 시 확인. 급여 300만 원 지급. 밑의 메일 주소 참고하여 문의하시면 면접 장소와 시간 전해 드립니다.

300만 원. 2박 3일간 운전만 해 주면 받는 보수로는 엄청난 금액. 당연히 이 공고는 뜨거워졌고 수많은 댓글이 달렸다. 대부분은 장난 글이라며 무시하는 내용이었지만, 성식처럼 밑져야 본전이라는 생각으로 메일을 보낸 이들도 많을 터였다. 그리고 답신을 받았다. 진짜 면접을 보러 오라는 거였다. 면접 장소와 시간까지 확인하니 진짜일지 모른다는 확신이 들었다. 엘리베이터 문이 열리고, 안으로 들어선 성식이 12층 버튼을 눌렀다. 올라가는 동안 성식은 심호흡을 거듭했다. 도착하고 문이 열리자, 인상을 쓰고 있는 남자가 보여 흠칫했다. 내리는 성식 곁으로 남자가 안으로 들어서는데, 혼자 짜증을 내며 뭐라고 중얼거리는 게 들렸다.

"아니 씨 운전만 잘하면 되지 키가 뭔 상관이야. 177이나 180이나 큰 차이도 없는데 더럽게 까다롭네."

면접에서 탈락한 이로 보였다. 시차를 두고 내리 면접

을 보는 거다. 그만큼 지원자가 꽤 있다는 얘기도 된다. 혹시 합격자가 나왔을까 싶어 걱정된 성식이 얼른 면접 장소인 사무실의 문을 열었다.

"안녕하세요. 아르바이트 면접 보러 왔습니다."

검은색 안경을 쓴 젊은 남자가 소파에 앉아 가만히 성식을 올려다봤다. 남자가 손을 들어 성식을 맞이했다.

"반가워요. 키는 딱 봐도 180이 넘겠네요. 앉으세요. 신체 조건도 자격에 맞아 보이고. 몸무게가 몇이죠?"

"아, 78 나갑니다."

맞은편에 앉은 성식이 답하며 고개를 꾸벅했다. 남자가 성식의 얼굴을 가만히 쳐다보았다. 시선을 어디 둬야 할지 몰라 당황하는 걸 보며 남자가 피식 웃었다.

"······대부분 반신반의하거나 장난으로 생각하더라고요. 자격 요건부터 무시하고. 왜 그리 시간을 버리는지."

"아, 네."

"좀 창피하지만 제가 운전을 못 합니다."

멋쩍은 표정으로 웃으며 남자가 안경테를 매만졌다. 성식은 눈치껏 가만히 경청했다.

"저희 아버님이 오랫동안 해외에 계시다가 이번에 귀국했어요. 어머니가 좀 아프셔서요. 가정사라 자세히는 말씀드리기 뭐하지만."

"아. 괜찮습니다."

"……어머니가 꼭 이루고 싶은 버킷리스트가 있는데 이번에 이뤄 드리려 하거든요. 그래서 가족 여행을 떠날 건데 아버님도 해외 생활을 오래 하셨고 저도 운전을 못 하니……. 그래서 급하게 모집하게 됐네요."

약간 우울한 표정으로 말하는 남자의 눈빛이 흔들리는 게 보였다. 어머니가 매우 편찮으신 걸까. 아들로서 제대로 된 효도를 하고 싶지만, 여건이 안 되니 무리해서 보수를 올린 거라면 이해가 되기도 했다. 하지만 굳이 왜 대학교 커뮤니티에? 성식의 생각을 아는지 남자가 희미한 미소를 지으며 다시 입을 열었다.

"대학 커뮤니티에 올린 이유는 별거 없어요. 이상한 사람들 꼬일까 봐요. 명문 대학 재학생분들이면 믿을 만하고."

"그렇군요. 그런데 굳이 우리 대학교를 선택하신 게……."

"여동생이 한때 다녔던 곳이라 그냥 떠오르더라고요. 다들 장난 글로 알고 넘어가기에 좀 놀랐습니다?"

남자가 손을 내밀었다. 엉겁결에 성식이 남자의 손을 잡았다.

"합격입니다. 잘 부탁드립니다. 이번 주 금요일 오후 한 시까지 빌딩 앞으로 와 주세요."

"아! 감사합니다!"

"저야말로 감사하죠. 시간이 별로 없거든요."

남자가 성식을 보며 미소를 지었다.

#

여행의 목적지는 동해 바닷가였다. 어머니의 버킷리스트가 바다로 놀러 가는 거라고 했다. 준비된 차량도 고급 SUV였고 남자의 부모님도 성식을 반겼다. 점잖은 분들이었다. 자신을 준석이라 소개한 남자가 조수석에, 준석의 부모님이 뒷좌석에 자리를 잡았다. 성식이 운전석에 오르자 준석이 운전대를 잡기 전 성식에게 뭔가를 건넸다. 작은 가방이었다. 성식을 쳐다보는 준석의 눈빛은 매우 진지했다.

"이번 여행에서 필수로 지켜야 하는 규칙입니다. 이 가방을 항시 착용하세요. 언제 어디서나."

"네?"

"꼭 지켜야 합니다."

일단 가방을 받긴 받았지만 백팩 타입이라 뒤로 메면 운전하기 불편해서 앞으로 착용한 성식에게, 준석이 다시 낮은 목소리로 말했다.

"그리고 가방을 절대 열어 보지 마세요. 이 두 조건만 지켜 주시면 됩니다. 보수가 높은 이유기도 하고요."

"……알겠습니다."

이유를 묻고 싶었지만, 준석의 표정과 말투에 눌려 성식은 그냥 대답만 해 버렸다. 갑자기 조건을 걸으니 꺼림칙했지만 인제 와서 못 하겠다고 하기도 좀 그랬다. 무엇보다도 300만 원이면 중견 기업 월급에 해당하는 금액이었다. 성식 같은 항상 배고픈 자취생에게는 천금 같은 기회다. 뭐 범죄를 저지르는 것도 아니잖아. 성식은 되도록 긍정적으로 생각하기로 했다. 성식이 슬쩍, 룸미러로 뒷좌석을 살폈다. 준석의 부모님들도 준석처럼 진지한 얼굴이었다. 분위기 전환 겸 성식이 애써 밝은 목소리로 말했다.

"그럼 출발하겠습니다!"

"……드디어 바다에 다 가 보네요. 진작에 우리 다 같이 갈 걸 그랬어요."

"늦었지만 지금이라도 가는 게 어디야. 맘 편히 가져요. 몸 좀 추스르고."

준석의 부모님이 대화하는 게 어렴풋이 들렸다. 시동을 걸고 그대로 출발했다. 도로를 지나 고속 도로를 타는 동안 준석은 아무 말도 하지 않았다. 성식도 마찬가지였다.

차 안은 조용했다. 문득 생각난 듯, 준석의 어머니가 준석의 어깨를 톡톡 건드렸다. 준석이 돌아보자 어머니가 엷은 미소와 함께 말했다.

"클래식 틀어야지."

"참…… 맞네요. 깜박했어요. 어머니. 이것도 버킷리스트였죠? 여행길 드라이브에서 같이 좋아하는 클래식 듣기."

준석이 웃으며 답한 뒤, 차량에 스마트폰을 연결했다. 스마트폰 화면을 쳐다보던 준석이 대뜸 성식에게 물었다.

"뭐 좋아하는 클래식 음악 있어요? 그걸로 틀어 줄게요."

"네? 아, 저는 괜찮습니다. 아무거나……."

"그냥 골라 봐요. 모르면 번호라도 찍어요."

준석의 말은 단호했다. 당황한 성식이 준석을 쳐다보았다. 준석이 눈이 마주치자 씩 웃었다.

"2…… 2번으로 할게요."

준석이 알았다는 듯 고개를 끄덕이더니, 음악을 틀었다. 잔잔한 클래식 음악이 흘러나왔지만, 성식은 이 곡이 뭔지도 몰랐다. 다시 다들 입을 다물었다. 성식도 운전에만 집중했다. 그렇게 몇 시간을 달려, 목적지가 가까워지자, 준석이 그제야 입을 열었다.

"바로 식당으로 갈 거예요. 예약해 뒀으니까."

"아…… 숙소에 짐부터 내리는 게…….."

"예약에 맞춰야죠. 늦으면 안 되니까. 바다에서 일몰을 감상하며 저녁을 먹는 거도 버킷리스트라서."

준석이 들은 척도 않고 내비에 주소를 찍었다. 성식은 준석이 시키는 대로 핸들을 돌렸다. 한참을 달리니, 탁 트인 바닷가가 훤히 보이는 고급 식당이 모습을 드러냈다.

주차하자마자 준석과 부모님이 곧바로 내려 식당으로 들어갔다. 뒤따라 가방을 멘 성식이 들어서니 이미 자리를 잡고 앉아 있었다. 어머님이 성식을 보며 손짓했다.

"어서 와요. 여기 자리 마련해 놨어. 풍경이 제일 잘 보이는 자리야."

"아, 네. 감사합니다."

잠시 후, 고급 요리가 식탁 위에 가득 들어찼다. 준석의 어머님이 회를 한 점 집더니, 성식의 그릇에 담았다. 당황하는 성식을 보며 밝은 미소로 말했다.

"많이 먹어요. 참 고맙네…… 내가."

"아 전 뭐…… 그냥 아르바이트일 뿐입니다."

"그냥 아르바이트가 아니라우. 버킷리스트를 이뤄 주고 있잖아. 그게 고마워."

준석이 편히 먹으라는 듯 성식의 어깨를 툭툭 쳤다. 마지못해 회를 들어 입에 넣고 씹었지만 뭔 맛인지도 몰랐다. 요리는 먹지도 않고 넋 놓고 풍경만 바라보던 준석의 어머니가 감탄을 내뱉었다. 바다에 해가 지고 있었다. 준석이 성식을 툭 건드렸다.

"봐요. 밖에 일몰. 잠깐 먹는 거 멈추고."

"아, 네."

멍하니 보고 있는 사이 일몰이 끝나자, 곧바로 준석이 자리에서 일어섰다. 요리는 거의 그대로였다. 준석의 부모님도 미련 없이 일어서는 건 같았다. 성식도 눈치를 보며 일어섰다. 그대로 계산을 마친 준석이 식당을 나갔다.

성식이 일른 먼저 뛰어가 SUV에 올라탔다. 모두 착석하자 준석이 말했다.

"이제 숙소로 가죠."

"알겠습니다."

뭔가 이상했다. 약간은 조급해 보였다. 몸이 편찮다는 어머니도 멀쩡해 보이고, 유달리 굳은 표정의 아버지도 심상치 않았다. 슬슬 성식은, 이 아르바이트가 수상하다는 생각이 들었다. 버킷리스트라면 보통은 여유 있게 즐기는 게 당연하지 않나? 일단은 준석의 지시대로 숙소로 출발했다. 어차피 2박 3일이니까. 숙소는 멀지 않았다. 다들 내리고 성식이 내리려는데, 가방끈이 손잡이에 걸렸다. 순간적으로 항상 착용하라는 규칙을 잊고 성식이 가방을 벗었다.

"가방 챙기라고!"

준석의 고함이 들려, 깜짝 놀란 성식이 가방을 땅에 떨어뜨렸다. 경악한 표정으로 준석이 허둥지둥 달려와 가방을 챙기더니 황급히 열어 안을 살폈다. 일그러진 얼굴로 준석이 울상이 돼서 소리쳤다.

"엄마! 엄마! 아빠! 어떡해요? 이거 어떡해요?"

순간, 성식의 입을 누군가 젖은 천으로 틀어막았다. 그대로 성식은 정신을 잃었다.

#

성식은 눈을 떴다.

보이는 건 자신을 보며 서 있는 준석과, 좌우로 나란히 앉아 있는 준석의 부모님이다. 성식이 뭐라 입을 열려 했지만, 재갈이 물려 있어 소리를 낼 수 없었다. 몸도 묶인 상태였다. 준석이 공허한 표정으로 성식을 보며 뭔가 말하고 있었다.

"……예상보다 좀 이르긴 했지만 그래도 버킷리스트를 이뤘으니 편히 가거라. 같이 바다로 놀러 가기…… 드라이브하면서 클래식 듣기…… 일몰을 바라보며 식사하기……."

버킷리스트

"우우웁!"

준석의 시선이 성식의 옆으로 향했고, 성식도 따라 고개를 돌렸다.

항상 착용하라고 한 가방이 열려 있는 게 보였고, 부서진 검은 함과 하얀 가루들도 보였다.

"생전에 챙겨 주지 못한 이 오빠가 미안하다. 항상 말했었지. 대학교에서 남자친구를 사귀면 하고 싶다는 버킷리스트. 네 이상형에 맞춰서 골랐어. 마음에 드니?"

이제야 모든 걸 깨달았다. 성식의 동공이 흔들렸다. 준석이 품에서 뭔가를 꺼냈다. 성식의 동공이 요동치기 시작했다. 그건, 면접 당시 방문 기록차 서명했던 서류가 분명했다.

"……49일이 다 되어 떠나니 너 가는 길 외롭지 않게 같이 붙여 줄게. 그곳에서 함께 잘 지내렴. 이미 혼인 신고서에 서명은 받아 놨단다."

몸부림치는 성식을 두고 준석과 부모님이 웃으며 손뼉을 치기 시작했다.

죽은 딸이 외롭지 않게 보낼 예정인, 새로 맞이한 사위와의 영혼 결혼식을 축하하는 의미였다.

송한별

장르소설 작가 겸 기획 편집자.
오컬트 호러소설 「가닥가닥 사각사각」이
2022년 고즈넉이엔티의 '올해의 장르소설' 중
한 편으로 선정되었다.

3부 소음

지하실의 마네킹 · 123

큰 소리 내지 마세요 · 135

인생 시뮬레이션 게임 · 147

지하실의 마네킹

늦은 밤. 루프탑 테라스 바에 모여 앉은 세 사람이 밝게 웃으며 잔을 부딪혔다.

"결혼 축하해!"

유현은 칵테일을 조금 마신 뒤 살짝 피곤한 듯이 웃고 있는 여동생, 그리고 그런 여동생과 다음 주에 식을 올릴 예정인 남자에게 다시 한번 축하 인사를 건넸다.

"정말로, 축하해 세인아. 네가 나보다 먼저 갈 줄은 몰랐지."

"고마워 언니. 다 이 사람 덕분이지 뭐."

"그러게. 고마워요, 도진 씨."

"에이, 뭘요. 저야 세인 씨 믿고 사랑한 것밖에 없는데요."

유현은 입으로 우우, 소리를 내며 사랑꾼인 예비 부부를 놀렸다. 도진은 아무렇지도 않게 말했지만 유현은 도진이 대단한 일을 해냈다고 생각했다.

세인은 어려서부터 신경이 과민하고 몸이 약했다. 식사

지하실의 마네킹

량이 남들의 반도 채 되지 않아 팔다리는 뼈가 드러나 보일 정도로 말랐고, 아무것도 없는 데서 넘어지기도 일쑤라 온몸에는 항상 밴드나 붕대를 달고 살았다. 조금만 힘들어도 쉽게 쓰러졌고 헛것을 보는 일도 잦았다. 당연히 학과 과정을 따라잡는 것도 힘들었다. 세인은 사정을 이해하는 교사들이 편의를 봐준 덕분에 간신히 고등학교를 졸업했고, 대학에 입학한 이후에는 한 학기 걸러 한 번씩 휴학을 해야 했다. 그렇게 친구도 없이 어렵게 지내던 세인의 앞에 나타난 것이 바로 도진이었다.

"처음 봤을 때 세인이는 금방이라도 사라져 버릴 것 같았어요. 그런데 사라지게 내버려 두면 후회할 것 같더라고요."

세인이의 어떤 점에 끌렸는지 물어보자 도진은 그렇게 대답했다. 도무지 부끄러운 줄을 모르는 도진의 사랑꾼 기질은 그때부터 시작되었다. 도진은 세인을 쫓아다니면서 작은 것까지 하나하나 챙겨 줬다. 성격이 서글서글한 도진에게는 학과 안팎으로 친구가 많았는데, 도진은 그렇게 알게 된 정보 중 세인에게 도움이 될 만한 것들을 꼼꼼하게 정리해서 건네줬다. 세인이 몸이 아파 강의를 듣지 못한 날은 따뜻한 죽과 이온 음료를 사서 집으로 찾아왔다.

유현을 비롯한 세인의 가족들은 그렇게 도진과 안면을

익혔다. 그런 날들이 1년 가까이 이어졌고, 세인은 도진에게 마음을 열었다. 그렇게 시작된 두 사람의 연애는 많은 고비를 겪어 가면서도 끊어지지 않았고, 다음 주면 성대한 결혼식이라는 결실을 맺게 될 예정이었다.

"넌 진짜 도진 씨한테 잘해야 해."

"아이 참, 나도 안다니까."

유현이 다시 한번 강조하자 세인이 질렸다는 듯이 웃었다. 도진과 사귄 이후 신경과민 증상이 많이 호전된 세인은 어릴 때보다 한결 건강하게 살이 붙은 양팔로 팔짱을 꼈다.

"언니. 나 되게 이상하게, 다음 주면 식이라서 바빠 죽겠는데도 자꾸 딴생각이 든다?"

"예를 들면?"

"음…… 나 어릴 때 있었던 사고라든가?"

그 순간, 루프탑에서 나던 웃음소리는 희미하게 잦아들고 바람 소리만이 뚜렷했다. 세인에게 드리운 그림자가 평소보다 길고 어두워 보였다.

"세인아."

유현은 짐짓 아무 일도 없다는 듯이 말하는 세인의 팔을 붙잡았다. 그러나 가슴속에서는 알 수 없는 불길함이 감돌았다. 유현은 자기도 모르게 몸이 바짝 긴장해 힘이 들어가는 것을 느꼈다.

"네 살 때쯤, 그 일이 있었잖아? 내가…… 납치된 사건이."

세인의 말소리는 애써 담담했지만, 목소리의 끝이 갈라지며 끊겼다.

"낮잠을 자고 있었어. 집 안은 조용하고 아무 소리도 나지 않았어. 살포시 잠이 깨어 가서 몸을 뒤척여 보려고 했는데, 이상하게 움직이면 안 될 것 같은 기분이 들더라. 눈도 뜨면 안 될 것 같은 기분이었어. 눈을 감고 있는데 바로 옆에서 거칠게 숨 쉬는 소리가 들렸어. 땀 냄새와 곰팡내가 섞인 듯한, 그런 숨소리였어."

세인은 순간 주먹을 움켜쥐었다.

"그 공간엔 낯선 숨소리와 내 숨소리, 두 소리뿐이었어. 도저히 못 참겠고 눈을 떴는데, 곧바로 시야가 새까매지면서 정신을 잃었어."

세인의 모습은 마치 지금도 그 순간을 떠올리면 의식을 잃을 것만 같았다.

"눈을 떠 보니 여전히 아무것도 보이지 않았어. 꿈인가 했는데…… 공기가 차갑고 축축했어. 곰팡내와 땀 냄새도 코에 파고들었어. 몸을 움직여 보려고 했지만 힘이 없었고."

유현은 괜히 고개를 돌려 테라스 난간 너머를 바라보았

다. 어둠 속에서 누군가 지켜보는 듯한 시선이 느껴졌다.

"춥고 배고파서 막 울었는데, 아무도 안 오는 거야. 엄마도 아빠도 없고, 문도 잠겨 있고……. 너무 울다 보니 숨이 막혀서 헐떡거렸어. 아무것도 못 먹고 몸에 기운이 하나도 없으니까 헐떡거리지도 못하더라고. 그땐 정말…… 무서웠어."

세인의 목소리는 점차 작아지고, 주위 공기마저 차갑게 식어가는 듯했다. 세인이 평생에 걸쳐 고통받아 온 신경과민 증상은 모두 그때의 끔찍한 경험 때문이었다. 유현은 그 눈빛에서, 여동생이 아직 지하실에 갇혀 있는 듯한 기분이 들었다.

"그런데, 창고에 아무것도 없던 건 아니었어."

세인의 시선이 허공을 헤매듯 떨렸다.

"구석에 뭔가가 있었어. 가만히 나를 보고 있는 시선이 느껴졌지. 어두워서 정확히 보이지는 않았지만 분명 나를 보고 있었어. 집 안에서 들렸던 거친 숨소리는 들리지 않았어. 천천히 가까이 다가가 봤지. 희미하게 들어오는 빛줄기에 사람 피부인지 반들거리는 플라스틱인지 알 수 없는 것이 보였어. 어둠 속에선 피부 같기도 했고, 빛이 스치면 플라스틱 같기도 했어. 찢어진 옷도 함께 보였지. 가만히 보고 있으면 숨을 쉬고 있는 것 같았어. 사람이 아니

지하실의 마네킹

라 마네킹 같았어. 여자 옷을 입은 마네킹과 남자 옷을 입은 마네킹이었지. 관절이 이상하게 꺾여 있어서 어린아이가 난폭하게 가지고 논 뒤 버린 장난감 같았어. 둘 다 아무렇게나 바닥에 던져져 있었지. 차갑고 딱딱했어."

칵테일 잔에 맺힌 이슬이 흘러내렸다.

"창고 안은 너무 조용했어. 마네킹 옆에서 울다 지쳐 목이 쉬었고, 남은 건 차디찬 공기와 어둠뿐이었어. 시간은 멈춰 버린 것만 같았고 창고 밖으로 다시는 나갈 수 없을 것만 같았지. 혼자인 것이 너무도 무서웠어. 들리는 건 내 심장 소리뿐이있이. 그때 구석에 있던 마네킹을 보다가 문득, 사람이면 좋겠다고 생각했어. 누군가가 날 지켜보고 있다면 그게 차갑고 딱딱한 몸이어도 상관없었어. 그렇게 속으로 몇 번, 아주 조용히 불러 봤어. 엄마, 아빠. 처음엔 그것들을 엄마, 아빠라고 부른 내 말이 너무 무서웠어. 그런데 계속 중얼거리다 보니 정말 엄마와 아빠가 곁에 있는 것만 같았어. 차갑게 굳어 있던 그 얼굴들이 숨을 쉬며 나를 지켜봐 주는 것만 같았지."

세인이 말하다 숨을 삼켰다. 유현은 순간 세인의 어깨 뒤로 두 개의 그림자가 스쳐 지나가는 것만 같은 기분을 느꼈다. 도진이 세인의 어깨를 부드럽게 쓰다듬었다. 세인은 도진이 전해 주는 온기를 느끼며 도진에게 살짝 기댔다.

"울다가 지치면 엄마 곁에 가서 자고, 아빠 다리를 툭툭 건드려 보고, 그랬던 것 같아. 마네킹이니까 차갑고 뻣뻣했지만, 그거라도 있어서 얼마나 다행이었는지 몰라. 응, 정말 아무것도 없었다면 아예 미쳐 버렸을지도 모르고."

세인은 솟아오르는 감정을 어쩌지 못하고 눈물을 흘렸다. 손가락으로 꾹꾹 접은 냅킨 끝으로 눈물을 훔치며 세인은 마른 웃음을 터트렸다.

"진짜 결혼한다고 생각하니까 별의별 생각이 다 나나 봐. 그렇게 어린 시절도 떠오르고. 근데 그 지하실에서 있었던 일은 끔찍하기도 하지만, 나한테는 굉장히 중요한 기억이기도 하니까. 너한테는 꼭 말해 주고 싶었어. 그런 일이 있었다고."

"응, 그렇구나. 말해 줘서 고마워."

도진은 세인을 끌어당겨 품에 안았다. 그게 기폭제가 되었는지 세인은 아예 마음을 놓고 엉엉 울기 시작했다. 울음보는 한참이나 이어질 것 같았고, 세인은 마음을 추스를 시간이 필요했다. 그런 동생이 안타까웠으나, 유현은 여기서부터는 도진에게 맡기기로 하고 슬그머니 자리에서 일어났다. 도진은 미안하다는 듯이 작게 눈인사를 건넸다.

지하실의 마네킹

#

 유현은 두 사람으로부터 멀리 떨어진 흡연 구역으로 자리를 옮겼다. 동생을 만나는 날만큼은 참았는데, 오늘은 한 대 태우지 않으면 버티지 못할 것만 같은 기분이었다. 유현은 담배 끝에 불을 붙이면서 오래전에 헤어진 고모 부부를 생각했다.

 세인은 원래 유현의 사촌동생이었지만, 유현의 부모님이 입양한 아이였다. 유현의 아버지에게는 여동생이 하나 있었다. 남매는 보기 드물게 사이가 좋은 편이었고, 두 부부 역시 손발이 잘 맞았다. 그래서 두 부부는 함께 사업을 시작했다. 동대문에서 주문을 받아 물건을 납품하는 봉제공장이었다. 사업은 그럭저럭 잘됐지만 직원 하나가 문제를 일으켰다. 회사 공금을 빼돌린 것이다. 그 직원은 곧바로 해고되었지만, 자기 잘못을 인정하지 않고 다시금 사건을 저질렀다. 유현의 고모 부부를 상처 입히고 그 딸을 납치한 것이다.

 직원은 오래된 창고 지하실에 부부를 내던져 두었다. 그리고 어린 딸까지 같은 곳에 가둬 둔 채 덜컥 겁이 나 달아났다. 그 지하실을 찾아내고 유일한 생존자인 딸을 구출하기까지는 꼬박 이틀이 걸렸다. 유현의 부모님은 이런 말을 했다.

"나중에 들었어. 감식반에서 그런 이야기를 했다고. 부부는 이미 치명상을 입고 쓰러져 있었지만, 아이와 함께 갇혀 있던 동안 아주 희미한 호흡이 남아 있었을 가능성이 높다고. 어둠 속에서 아이가 붙잡고 있던 건 조금 전까지 살아 있던 부모의 몸이었다는 거야. 구출이 조금 더 빨랐다면, 세인이 아이가 아니라 성인이었다면 네 고모 부부는 살아남았을지도 모른다는 거지."

유현이 연달아 담배를 세 대쯤 태우자 저 멀리서 도진이 손을 흔들어 보였다. 세인이 진정되었다는 신호였다. 유현은 아직 길게 남은 장초를 재떨이에 거칠게 문질러 끄고는 자리에서 일어났다. 가까이 다가가자 눈가가 붉게 물든 세인이 민망하다는 듯이 웃었다.

"미안."

순간 유현은 가늘게 떨리는 유현의 어깨너머로 두 개의 그림자를 똑똑히 보았다. 결혼 기념 사진처럼, 세인을 사이에 두고 한 쌍의 남녀가 등 뒤에 서 있는 것만 같았다. 그러나 다시 바라보자, 세인의 뒤에는 아무도 없었다. 유현의 목덜미에는 누군가 스치고 지나간 것만 같았다. 그 순간 유현은 세인에게 마네킹의 정체를 알려 주지 않기로 결심했다. 마네킹들도 그러길 바랄 것이라는 확신이 들었다. 유현은 말하지 못하게 된 어떤 사람들을 대신해 하나뿐인 동생에게 나지막하게 말해 주었다.

"결혼 축하해, 세인아."

큰 소리 내지 마세요

지금으로부터 2년쯤 전의 일이다. 그때의 나는 갑작스러운 부동산 문제 때문에 골머리를 썩고 있었다. 마음에 들어서 계약하기로 한 집이 알고 보니 나 말고 다른 사람하고도 계약을 진행 중이었던 것이다. 계약금 입금 시기는 그 사람이 더 빨랐기 때문에 나는 졸지에 갈 곳 없는 사람이 되어 버렸다. 부동산 사장은 이걸 어떻게 해야 하나, 정신을 놓은 나에게 미안하게 되었다며 새 집을 찾을 때까지 살 집을 구해다 주겠다고 이야기했다. 소송을 걸든 뭘 하든 할 수 있었지만 나는 당장 살 집이 필요했고, 길었던 군 휴학을 마치고 복학하기도 전에 일을 키우고 싶지는 않았다. 다행히 부동산 사장이 보여 준 집은 내가 처음 골랐던 원룸보다 훨씬 넓은 아파트였다. 최대 3개월까지 월세도 부담해 주겠다고 해서 나는 부동산 사장의 제안을 흔쾌히 받아들였다.

이제 와서 생각해 보면 그러지 말았어야 했다. 낡았다

고는 하지만 멀쩡한 아파트를 공짜로 빌려주는 데에는 그만한 이유가 있기 때문이라는 것을 알아야만 했다.

이사 첫날은 별일 없이 지나갔다. 대학 생활을 시작한 이래 원룸만 전전하던 내게 방이 두 개나 있는 24평형 아파트는 지나칠 정도로 넓었다. 본가에 맡겨 두었던 내 자취 짐을 전부 풀어놓아도 아파트는 썰렁하기만 했다. 넓은 거실에 드러누워서 팔다리를 퍼덕거려 보아도 해방감은 들지 않았다. 건물이 낡은 탓인가 오히려 을씨년스러운 분위기만 더해졌다. 결국 나는 처음 보는 동네 치킨집에서 치킨 한 마리와 맥주를 사다가 혼자만의 이사 기념 파티를 하고 작은방에서 잠들었다. 그날 먹은 닭은 말라비틀어져서 퍽퍽했고 맥주에서는 기분 나쁘게 시큼한 맛이 났다.

이상한 소리는 그다음 날부터 들려왔다.

처음에는 내가 아직 꿈에서 덜 깬 줄 알았다. 무언가 바닥을 울리는 묵직한 소리가 반복적으로 들려왔던 것이다.

지난밤 마구 마셔 댄 맥주 때문에 숙취가 올라온 것인가도 생각해 봤다. 그러나 잠이 덜 깬 것도 아니었고, 두통 때문에 머리가 울리는 것도 아니었다. 정말로 어디선가 쿵쿵거리는 소리가 나고 있었다. 2~3초에 한 번씩, 천천히, 하지만 끊임없이. 소리는 벽을 타고서 뼛속으로 스며들었다. 집 안 공기가 진동하고 있었다.

 나는 소리가 나는 곳을 찾아 휑한 집 안을 돌아봤다. 눈에 띄는 것은 없었다. 애초에 내가 가진 물건 중에는 그런 소리가 날 만한 것이 없었다. 이전 세입자는 세탁기와 냉장고 빼고는 아무것도 남겨 놓지 않았고, 세탁기와 냉장고는 조용했다. 나는 그제야 천장을, 윗집인 602호를 올려다봤다. 남의 집에서 나는 소리가 틀림없었.

 시간은 아침 열한 시쯤이었다. 나는 잔뜩 인상을 찌푸렸다. 지은 지 오래된 아파트라더니, 방음 설계도 제대로 되어 있지 않은 모양이었다. 손바닥만 한 원룸을 전전하면서 가장 피곤했던 것 중 하나는 방음 문제였다. 나는 정말로, 이웃집 사람이 라면을 끓이느라 냄비에 물을 받는 소리, 젓가락을 부딪치는 소리, 라면을 반쯤 먹다 말고 화장실에 가서 볼일을 보는 소리 같은 것을 공유받고 싶지 않았다. 아파트로 이사 오면서 더 이상 층간 소음 때문에 고통받을 일은 없을 줄 알았는데, 내 착각이었다.

 602호 사람은 뭘 하는지 내가 어제 먹고 남겨 놓은 것들을 치우고, 씻고, 간단하게 나갈 준비를 하는 동안에도 계속해서 쿵쿵, 반복적으로 소리를 냈다. 홈 트레이닝을 거창하게 하기라도 하는 걸까? 궁금한 게 많았으나 전입 처리 같은, 이사 후 해야 하는 일들이 많았기에 나는 금방

큰 소리 내지 마세요

집을 나섰다. 층간 소음은 내가 생각했던 것보다 심각했다. 쿵쿵거리는 소리는 하루도 빠짐없이 매일 아침 열한 시마다 들려왔다. 문제는 그 시간이 딱 내가 잠들 무렵이었다는 것이다. 당시 나는 편의점 야간 아르바이트를 하면서 생활비를 벌고 있었다. 가까운 편의점에서 밤 열한 시부터 다음날 아침 아홉 시까지 일하고 집에 돌아와 가볍게 씻고 누우면 아홉 시 반쯤이었다. 그러고 한 시간쯤 자다 보면 어김없이 쿵쿵거리는 소리가 들려왔다.

처음 며칠 동안은 신경 쓰지 않으려고 했지만 그럴 수가 없었다. 일정한 간격을 두고 쿵쿵거리는 소리는 내 꿈속 세계까지 파고들어 왔다. 그 소리를 듣다 보면 악몽을 꾸거나 가위에 짓눌렸고, 그러면 어쩔 수 없이 피곤한 상태로 깨어났다. 귀마개를 해도 소용없었다. 정기적으로 쿵쿵거리는 소리는 이미 내 몸에 새겨져 버려서 귀가 아닌 몸이 반응했다. 거실이나 큰방에 가서 자면 조금 나았지만 그것도 그렇게 오래가지는 않았다. 낡고 오래된 아파트답게 층간 소음은 내가 어디로 가든 끈질기게 따라붙었다.

공짜로 빌려준다기에 무언가 사연이 있는 매물일 것이라고는 생각했지만 피할 수 없는 층간 소음은 참을 수 있는 수준을 한참 넘어선 하자였다. 나는 부동산 사장에게 몇 번이나 전화해서 따졌으나 얻을 수 있는 것은 없었다.

부동산 사장은 이제 곧 정리하고 나갈 집이니까 참으라고 나를 다독였고, 집주인은 해외에 나가 있어 연락이 안 된다고 했다. 부동산 사장은 내가 전화를 걸 때마다 어떻게든 말을 돌리다가 달아나듯 전화를 끊고는 했다. 결론적으로는 공짜로 사는 주제에 문제를 일으키지 말라는 것이었다. 나는 자기들 실수 때문에 피해를 본 사람인데, 어째서인지 무리한 요구를 하는 진상이 되어 있었다.

그대로 보름쯤 잠을 제대로 자지 못하는 나날이 이어지자 머리가 멍해지기 시작했다. 일을 하다가도 자주 실수했고, 편의점 점장에게 혼나는 빈도도 늘었다. 이대로는 안 될 것 같았다. 나는 마음을 굳히고, 쿵쿵거리는 소리가 들려오기 시작하자마자 602호를 찾아갔다. 그간의 분노를 담아 대문을 쾅쾅 두들기자 잠시 뒤, 쇳소리를 내며 문이 열렸다.

"뭐예요?"

비좁은 현관문 안전 고리 틈으로 날카로운 목소리가 삐져나왔다. 실내가 어두운 탓에 모습이 자세히 보이지는 않았으나 40대쯤 되는 여자 같았다. 표독스러운 표정 때문에 놀랐으나 마음을 다잡고 용건을 말했다.

"아랫집 사람인데요. 매일 이 시간마다 천장이 울려서요. 뭘 하시는지는 모르겠지만…… 신경 좀 써 주시죠."

큰 소리 내지 마세요

"남이사 집에서 뭘 하든 무슨 상관이야? 그쪽이야말로 신경 꺼요!"

여자는 그렇게 말하고는 문을 쾅 닫아 버렸다. 그러고는 보란 듯이 쿵쿵거리는 소리가 들려오기 시작했다.

"저기요? 저기요!!"

이게 도대체 무슨 경우인가 싶어서 주먹으로 현관문을 쾅쾅 두들겨 봤지만 여자는 아랑곳하지 않았다. 오히려 소리가 쿵쿵거리는 속도만 더 빨라질 뿐이었다. 결국 나는 대화를 포기할 수밖에 없었다.

그 이후 나는 전략을 바꾸었다. 602호가 쿵쿵거릴 때마다 나도 천장을 두들기기 시작한 것이다. 인터넷에서 본 층간 소음 대책들이 도움이 되었다. 저음이 강한 우퍼 스피커를 새로 사는 건 부담되었지만 튼튼한 빗자루를 구해다 휘두르는 것 정도는 나도 할 수 있었다. 그때마다 602호에서 들려오는 쿵쿵 소리가 더 빠르고 더 커졌지만 상관없었다. 어차피 열한 시부터 열두 시까지는 잠을 잘 수 없었다. 그럴 거면 차라리 복수라도 하는 게 정신 건강에 이로웠다.

아파트 주민들은 그런 내 복수를 안타까워하면서도 약간은 달갑게 여겼다. 602호는 벌써 1년 넘게 그 짓을 반복하고 있다고 했다. 낡은 아파트답게 소음은 다른 집에도 퍼졌다. 하지만 집주인은 연락이 안 되고, 602호는 찾아가 봤자 말 한마디 하기 힘들고. 대부분의 주민들은 602호를 자연재해 취급하기로 했다고 했다. 오전에 하루 한 시간만 참으면 된다는 것이다. 결국 제일 큰 피해를 보는 것은 나였고, 아무도 나를 위해 602호에 같이 항의해 주지 않았다.

그렇게 외로운 싸움을 이어 가고 있던 어느 날이었다. 아파트 근처 상가에 장을 보러 갔다가 돌아오는 길이었다.

횡단보도 건너편에 602호 여자가 있었다. 밝은 햇빛 아래에서 본 그 여자는 나뭇가지처럼 비쩍 말랐고, 신경질적으로 입을 꾹 다물고 있었다. 깐깐하고 까탈스럽고 예민한 성격이 온몸으로 드러나는 여자였다. 602호 여자 옆에는 작은 여자아이가 하나 서 있었다. 대여섯 살이나 되었을까, 아직 유치원을 다닐 만한 나이 같았는데 얼굴 요모조모에서 602호 여자가 느껴졌다. 아이는 꼬질꼬질한 벙거지 모자를 머리에 푹 눌러쓰고 있었다. 그동안 602호에 아이가 있는 줄은 몰랐다. 아이가 불쌍했다. 저렇게 성질 더러운 여자랑 함께 사는 게 행복할 리가 없었다.

신호가 바뀌자 602호 여자는 나를 완전히 무시하는 건지 아니면 원래 다른 사람에게 관심이 없는지, 꼿꼿하게 세운 고개를 돌리지도 않고 횡단보도를 건너왔다. 거기에

큰 소리 내지 마세요

아는 척을 하는 것은 뭔가 억울해서 나도 여자를 완전히 무시하기로 했다. 그렇게 모르는 척하고 지나가려고 했는데, 횡단보도 한가운데에서 여자아이가 내 옷소매를 붙잡았다. 그러고는 까치발을 들고 내게 작게 속삭였다.

"천장 두들기는 거 아저씨죠?"

"뭐?"

"하지 마세요. 큰 소리 내지 마세요."

아이는 그러고는 아무 일도 없었다는 듯 쪼르르 엄마 곁으로 달려갔다. 나는 내가 제대로 들은 것이 맞나 의심스러워서 눈을 동그랗게 뜨고 횡단보도를 건너는 모녀의 뒷모습을 바라봤다. 그러다 신호등 신호가 끝나 버려서, 자동차가 경적을 울려 대는 소리를 듣고 황급히 횡단보도를 마저 건넜다. 602호 모녀는 길 건너편에서 무표정한 얼굴로 나를 지켜보다가 휙 고개를 돌려 버렸다. 나는 얼굴이 시뻘게졌다. 내가 틀렸다. 그 엄마에 그 딸이었다. 아주 이기적이고 재수 없는 게, 똑 닮은 모녀였다.

나는 그 뒤로 한 달쯤 더 지내다 새집을 구해 지긋지긋한 아파트를 떠났다. 그 아파트에서 보낸 시간은 다 합쳐서 두 달쯤 될 것이다. 그동안 나는 빗자루가 부러질 때까지 천장을 쿵쿵 두들겼지만 층간 소음은 조금도 변하지 않았다. 소음은 심해지면 심해졌지 절대로 덜해지지는 않았다. 602호 아이와는 몇 번인가 더 마주쳤지만 아이는 나를 보면 모자를 눌러쓰기만 할 뿐 더 이상 말을 걸거나 아는 척을 하지는 않았다.

그 두 달 사이에 나는 신경증이 심해져서 정신과 약을 지어 먹어야 할 정도로 피폐해졌고, 이사하는 날이 정해지자마자 군말 없이 짐을 뺐을 정도로 마음의 여유가 없어졌지만 지금은 다 괜찮다. 그 아파트에서 있었던 일들을 술자리 안줏거리 삼아 친구들에게 말해 주기도 했을 정도다. 그런 이야기를 2년이나 지난 지금 꺼낸 이유는 바로 어제 경찰이 찾아왔기 때문이다.

"2년쯤 전에 영마아파트 502호 사셨죠? 층간 소음 때문에 주변에 상담도 많이 하셨고."

그런 내용으로 시작된 경찰이 꺼내 놓은 말은 너무나도 충격적인 것이었다.

"602호에 살던 모녀 아시죠? 그 집 엄마가, 딸을 죽였어요."

"예? 죽였다고요?"

"이걸 뭐라고 해야 하나……. 몇 년 전부터 꾸준히 학대가 있었던 것 같거든요. 일상적으로 애 머리를 막 이렇게, 바닥에 내리치고 그러다가 애가 그만 잘못되어 버린 거죠."

경찰은 농구공을 바닥에 튕기듯이 가볍게 손짓을 하더

니만 불쾌한 일이라는 듯 인상을 찌푸렸다.

"그 건 관련해서 증인을 찾고 있는데, 증언 좀 해 주실 수 있으실까요?"

"아니, 잠깐만요. 애 머리를, 바닥에 막 내리쳤었다고요?"

"예? 예에. 애 엄마가 정신이 좀 온전치 않아서 서술이 정신없긴 한데. 매일 오전에 시간을 정해 놓고 학대를 한 것 같아요. 남편이 바람을 피워서 아내랑 딸을 버리고 집을 나갔다는데, 딸 얼굴만 보면 남편 생각이 나서 화를 참을 수 없었다나 뭐라나. 하여튼 그렇게, 애 머리를 쿵쿵 소리가 나게 사정없이 막 내리쳤다네요."

경찰의 이야기를 듣는 동안 내 머릿속에는 횡단보도에서 내 옷소매를 붙잡았던 아이가 떠올랐다. 나를 볼 때마다 모자를 푹 눌러쓰던 습관을 떠올렸다. 내가 천장을, 602호를 빗자루로 두들길 때마다 점점 더 커지고 빨라졌던 층간 소음을 생각했다.

그 아이는 내게 큰 소리를 내지 말라고 했을 때 얼마나 큰 각오를 했던 걸까?

부탁을 했는데도 계속해서 천장을 두들겼던 나를 보면서 어떤 생각을 했을까?

나는 그것을 영영 알 수 없게 되었다.

인생 시뮬레이션 게임

[질문게시판] 룸메이트가 죽었을 때는 어떡해 얘들아??

급하게 궁금한 일이 생겼는데

같이 살던 룸메가 죽었어, 어떡해??

둘이 같이 살고 있는 집인데

내가 남자친구 데리고 오는 걸로 사이가 안 좋았거든

그러다 이번에는 좀 크게 싸워서

몸싸움을 좀 하다가 넘어졌는데 애가 죽었어

이런 일이 처음이라

뭐부터 해야 하는지 잘 모르겠는데

이럴 때는 어떻게 해야 해??

인생 시뮬레이션 게임

답변1 다음부터 카페에 이런 글 올릴 때는

    인생 시뮬 게임 이야기라고 먼저 말 좀 해라...

답변2 진짜 ㅋㅋㅋ 나도 깜짝 놀랐네 ㅋㅋㅋ

답변3 근데 게임 하다 보면 은근 잘 죽긴 해

질문자 너네끼리만 이야기하지 말구

    이럴 때는 뭐부터 해야 해??

답변3 일단 시체부터 치워야 함

    캐릭터가 시체 발견하면 역겨워하면서 토하는데

    그러면 컨디션도 박살 나고 토한 것도 치워야 해서 끔찍함

    일단 눈에 안 띄는 데로 옮기는 게 좋음

질문자 ㅇㅎ 시체는 치워야 하는구나

    눈에 안 띄기만 하면 아무 데나 상관없어?

    상하거나 하지는 않아?

답변3 아웃도어 확장팩까지 샀으면 썩을 수도 있어

    냉장고에 집어 넣으면 음식을 다 빼야 해서 불편하고

    지금 계절이 겨울이면 베란다나 정원 같은 실외에 둬도 ㄱㅊ

질문자 ㅇㅋㅋ 지금 옮기고 올게! 베란다에 꺼내 놨어!

답변3 ㅇㅇ 그렇게 해 두면 한동안 괜찮음

    나는 지하실에 대형 냉동고를 하나 지어 놓고

    남친이 생길 때마다 하나씩 얼려 놓는데

    가끔 들어가서 살펴보면 옛날 생각도 나고 좋더라 ^^

답변1	게임 살벌하게 하네
답변2	냉동 남친 대박
질문자	나나 또 궁금한 거 있어!!
	룸메가 죽었잖아, 그러면 룸메 물건은 어떻게 되는 거야?
	내가 그냥 가져도 돼?
답변1	캐릭터가 죽으면 소유권 초기화되지 않아?
답변2	같이 사는 사람한테 넘어갈걸?
답변3	ㅇㅇ 맞음 동거인 물건이 됨
	그러니까 전 남친을 얼리기 전에 동거부터 하는 거
	잊지 말기야 ㅇ_<
답변2	얼음 여왕 플레이 진짜 정신 나갔다
질문자	그럼 내가 가져도 되는 거지? 아싸!!
	내가 갖고 싶었던 가방
	걔가 얼마 전에 사서 자랑했는데
	노트북이랑 다 챙겨야지 ㅎㅎㅎ
답변1	질문자도 별로 제정신 같지는 않음
답변2	그러게
질문자	아니, 룸메가 워낙 금수저란 말이야
	지금 집도 내가 살짝 얹혀 들어간 건데
	엄청 고급스럽고 교통편도 완전 좋음 ㅎㅎ
답변2	그 집도 이제 질문자 거네

인생 시뮬레이션 게임

답변3 내 집 마련 축하한다!!!

답변2 내 집 마련ㅋㅋㅋㅋㅋㅋㅋ

답변1 좀 찝찝하긴 한데

공짜로 집이 생긴 건 맞지

답변3 원래 인생 겜에서 집은 내 돈 주고 사는 게 아니라

남한테서 상속받는 거야 :D

답변2 냉동 남친이 해 준 집 ㄷㄷ

질문자 아 잠깐만

뭐야 옆집 사람 왔어.

무슨 일 없었냐고 엄청 꼬치꼬치 캐묻네.

답변1 아는 사람이야?

질문자 나 말고 룸메랑

룸메한테 자꾸 아는 척하는 못생긴 아저씨인데.

아 몰라, 아무 일 없다는데 자꾸 꼬라 보네.

답변3 그거 좀 짜증 나는데 어쩔 수 없음

캐릭터가 죽으면 시스템적으로 다른 캐릭터들이 눈치를 깜.

장례식 열어 줄 때까지 계속 그렇게 귀찮게 굴더라.

답변2 그러면 어떻게 해?

답변3 그런 애들 때문에 우리 집에는

냉동 창고 옆에 출구가 없는 얼음 미로가 있음 ^^

미로에 갇히면 귀찮게 굴지를 않아요 ^^

답변2	ㄷㄷㄷㄷㄷㄷ……
질문자	옆집 사람, 아무래도 계속 기웃거리는 거 같은데
	짜증 나네, 시체 들키면 좀 그렇겠지?
답변3	뭐 좋을 건 없지?
	남의 집에서 엉엉 울고 토하고 난리 날 텐데
질문자	시체를 어디 숨길까?
답변3	피크닉 확장팩도 깔았어?
	그럼 여행용 캐리어에 시체를 집어넣을 수 있는데
질문자	룸메가 미국 갈 때 썼던 캐리어가 있어!
	거기 집어넣으면 되겠다!
답변1	피크닉 확장팩에 시체 은닉 옵션이 있었어?
답변2	인생 겜에는 별게 다 있네. 역시 갓겜.
질문자	야, 이거 안 되는데?
답변2	뭐가 안 돼?
질문자	룸메 시체가 딱딱하게 굳어서
	캐리어에 안 들어가
	된다며? 왜 안 돼??
답변3	??
답변2	그거 사후경직인가 뭔가 아니야?
	죽고 나서 시간이 지나면 몸이 딱딱하게 굳는다던데
질문자	그런 거야?

인생 시뮬레이션 게임

	잠깐 있어 봐, 좀 더 밀어 보고 올게
답변3	아니 잠깐
	인생 게임에는 사후경직 같은 기능이 없는데……?
답변2	엥??
	진짜??
답변3	내가 인생 겜 10년 했는데
	그런 기능은 들어 본 적도 없어
답변2	어떻게 된 거야??
답변1	저기 그런데
	시체가 '딱딱하다'는 게 무슨 말이야……?
	우리 게임 이야기하고 있는 거 아니었어……?
답변2	……
답변3	……
	야 질문자
	너 지금 뭐 해
질문자	어? 가방에 룸메 시체 집어넣고 있는데?
답변3	아니 그게 아니라
	너 게임하고 있는 거 맞아???
질문자	무슨 소리야?
	아까부터 이야기했잖아
	룸메가 죽었다니까?

답변3	…….
질문자	아, 아까 그 사람 또 왔네
	저 사람은 내 캐리어에 넣을까 싶어.
	경찰? 경찰도 올 거라는데? 진짜일까?
	캐리어가 하나 더 필요하겠는걸.
	옆집 사람도 집에 캐리어 하나 정도는 있겠지?
답변1	야,
	너네 지금 당장 채팅 내용 다 지워
	카페도 탈퇴하고 아이디도 삭제해 그냥
답변3	나는 게임 이야기밖에 안 했어
	내가 말한 건 전부 게임 속에서 일어난 일들이야,
	알지??
답변1	됐으니까 빨리 나가.
질문자	얘들아?

―답변2 님이 댓글을 삭제했습니다―

질문자	어?

―답변3 님이 댓글을 삭제했습니다―
―답변1 님이 댓글을 삭제했습니다―

인생 시뮬레이션 게임

질문자 잠깐만 다 어디 가는 거야,

어떻게 해야 하는지 알려 줘야지.

—삭제된 댓글입니다—

시체가 가방에 안 들어가서 억지로 꺾다가 좀 잘랐네.

가위보다는 칼이 낫구나.

밖에서 옆집 아저씨가 문을 또 두들기네.

역시 내 캐리어도 써야 할 거 같아.

조금만 더 큰 걸로 사둘걸.

얘들아? 진짜 아무도 없어, 얘들아??

에이, 일단 아까 하라고 했던 대로 또 해볼게! 기다리고들 있어!

휴, 해결하고 왔어.

하 경찰 신고는 진짠가? 경찰까지 오겠어. 어떻게 해볼까?

얘들아?

대답해대답해대답해대답해대답해대답해대답해대답해대답해대답해대답해대답해

대답해대답해대답해대답해대답해대답해대답해대답해대답해대답해대답해대답해

대답해대ㄷ

윤 산

장르와 형태를 가리지 않는 이야기 세공사.
미스터리 게임의 시나리오 라이터이며 이제는 공포소설 창작 등
다양한 분야로 활동 영역을 넓혀가고 있다.

4부 침잠

수영을 못 해서 · 159

왼손의 기록 · 173

무엇이든 해결해 드립니다 · 187

택시 · 213

수영을 못 해서

가만히 있어도 땀이 흐르는 무더운 여름. 오랜만의 가족 나들이를 위해 남편은 짧지만 휴가를 냈다. 긴 한숨이 났다. 물론 여름휴가는 좋다. 문제는 장소였다. 괜찮을 거라고 밝게 말하는 남편의 표정은 내 기분과는 정반대였다. 여름휴가가 다가올수록 가슴을 조이는 답답함에 숨이 막혀온다.

 가만히 침대에 누워 꺼진 천장 등을 멍하니 바라보니, 그림자가 서서히 물결처럼 일렁인다. 이어 발끝부터 허리까지 차가운 물이 차오른다. 그 끔찍한 상상을 떨쳐내려, 눈을 질끈 감았다가 힘겹게 입을 뗀다.

 "여보, 자?"

 남편의 중저음이 뒤통수 너머로 작게 들려온다. 물속에 잠긴 듯, 차갑게 가라앉은 소리. 그 소리에 불을 끄기 전보다 더 선명하게, 시야에 쏟아지는 물줄기 사이로 잠겨가는 어린 수진의 뒷모습이 떠올랐다.

수영을 못 해서

이십 년 전, 그날도 이렇게 습한 여름밤이었다. 조용한 산속의 계곡. 거칠게 부딪히는 물소리가 시원하게 귓가를 스쳤다. 그러나 그 시원함도 잠시. 이내 서늘함으로 바뀐 감각과, 발아래 이제 일곱 살이 된 어린 수진이의 손이 힘없이 툭 떨어져 놓였다.

그때의 기억… 동생을 잃은 사건이 불쑥불쑥 수면 위로 튀어 올라 괴롭혔다. 사건은 끝이 났지만 내게는 끝나지 않았다. 계곡이라는 말만 들어도 심장이 죄인다. 몇 해 전에는 가족과 드라이브하다 차창 너머로 계곡 물소리를 들은 적이 있었다. 바로 귀를 막았지만 물소리는 머릿속에서 사라지지 않았다. 차가운 물 속에서 내 몸과 심장은 차갑게 식어간다. 누군가의 손이 뻗어 나와 나를 놓아주지 않는다. 벗어나려고 해도 소용없다, 이제는 내 차례라고 말하는 것만 같았다.

그 뒤로 계곡가에 간 적도 있었다. 대학 친구들이 다 함께 MT를 간다고 해서 혼자 빠지기가 싫었다. 발끝이라도 담가 보려 했지만, 물이 닿는 순간 눈앞이 하얘지며 숨이 막혀 그대로 주저앉아 버렸다.

이십 년간이나 계속되었던 그때의 기억을 딛고, 남편의 설득에 이제는 아들을 위해 계곡에 가보려 했지만….

"왜…"

작게 웅얼거렸음에도 대답 없는 내가 불안해서일까. 남편이 아까보다 더 크게 중얼거렸다. 목구멍이 말라붙어 겨우 뱉은 한 음절. 등을 돌려 자던 남편이 뒤척이며 자세를 바꾸더니, 팔을 뻗어 어깨를 감쌌다. 따듯한 체온이 스며들었지만, 끈적한 불안감이 짙게 느껴졌다.

"내일 짐만 챙기면 돼. 아들 봤지? 얼마나 들떴는지 계속 텐트 챙겼냐고 물어보더라."

피곤함이 잔뜩 묻어나는 목소리에도, 아들을 향한 사랑이 느껴진다. 그 애정 어린 말에, 파란색 튜브를 끌어안고 방방 뛰던 연호 모습이 겹쳐 보였다. 이제 일곱 살인 우리 아들. 내년에는 꼭 물놀이를 가자고 크리스마스에도 소원을 빌던 녀석의 모습.

"여보."

남편이 힘겹게 눈꺼풀을 치우고 시선을 마주해 주었다. 미안함과 이해가 뒤섞인 잔잔한 눈빛. 그는 이미 무슨 말을 하려는지 알고 있었다. 그럼에도 굳이 듣기를 바라는 것처럼. 조용히 기다려 주었다.

"혹시……."

울컥하고 올라오는 속마음을 억누르며, 그의 품으로 고개를 파묻었다.

"지금이라도 다른 데로 가면 안 될까? 바다라든지… 그

수영을 못 해서

냥 워터파크라도."

남편은 가만히 듣고만 있었다.

"뭐라고 표현하면 좋을지 모르겠어. 내게 다시… 같은 일이 찾아올까 무서워."

에어컨을 켜둔 실내인데도, 이마에 식은땀이 맺힌다. 남편은 한숨을 쉬었다. 잠시 고민하는 척하더니, 이내 안심시키려는 듯 꼭 껴안으며 말했다.

"자기."

그가 정수리에 볼을 문지르며 말했다.

"연호가 이번에 진짜 계곡 가고 싶다고, 학교 방학 내내 노래를 불렀던 거……. 기억하지?"

품속에서 고개를 가볍게 끄덕이자, 그가 말을 이었다.

"자기 트라우마 이해하지. 나도… 그렇게 하긴 싫었는데, 계곡이 아니면 싫다고 하니… 좋은 추억을 위해서라도 한 번만 참아줄 수 없을까? 우리 둘이 옆에 있으면 괜찮아. 최대한 얕은 곳이고, 구명조끼도 챙겼어."

우리 둘.

그 말끝에 묘한 울림이 있었다. 아들이 그토록 원하던 계곡 물놀이. 이미 세월이 오래 지난 내 공포심 때문에 아이의 설렘과 추억을 망치고 싶지 않았다. 물론 그렇기에 허락한 물놀이였지만… 그럼에도 공포와 뒤섞인 죄책감에 칭얼대었다.

알고 있다. 어차피 가게 될 거란걸. 억지로 고개를 끄덕이자, 남편은 곧 잠이 들었다. 내 마음은 뭐라고 표현하기 어려운 감정으로 복잡했다. 결국 다시 가게 되는구나. 잠이 도통 올 것 같지가 않았다. 남편이 태평하게 코 고는 소리가 들려왔다.

다음 날 아침, 해가 떠오르기 시작할 때 세 가족은 산길의 맑은 공기를 한껏 들이켜며 포장된 도로를 달렸다. 라디오에서는 한여름 히트송이 흘러나왔고, 연호는 뒷좌석에 박자를 맞춰 두 손을 두드리며 흥얼거렸다.

커브를 돌 때마다 너울지듯 솟아오르는 산자락 사이, 은빛 실선의 계곡이 눈에 들어왔다. 마침내 남편이 찾아봤다는 계곡에 도착했다. 매미 우는 소리와 나뭇잎이 스치는 바스락거리는 소리 사이로, 계곡 물소리가 점점 더 크게 울려 퍼진다. 소리들이 모두 하나로 어우러져 함께 귀 안을 진동시키자 심장도 가쁘게 뛰기 시작한다. 이 소리, 이십 년 전에도 귀 안에 메아리치던 소리였다. 눈앞을 스치던 푸른 빛이 눈을 깜빡일 때마다 잿빛으로 변해 보인다.

"괜찮아. 안전한 곳이니까."

계곡에 내려가며 남편이 나를 위로하며 말했다. 나는

수영을 못 해서

일단 고개를 끄덕였지만, 여전히 두려웠다.

오는 사람이 드물어 조용하게 즐기기 좋은 곳이라고 남편이 고르고 고른 곳이었다. 평일 이른 오후, 절벽 바로 위 작게 다져진 공터엔 다른 차량이 하나도 없었다. 내려놓은 창문으로 시원한 공기 속, 물줄기를 스치는 바람 소리가 묻어났다. 그 시원한 소리가… 내겐 귀 바로 옆에서 칼날을 가는 듯 날카롭게만 들려왔다.

계곡 바닥에는 널찍한 바위들이 흩어져 있었고, 틈새마다 검게 패인 웅덩이가 입을 벌리고 있었다. 얕은 물인데도, 그 속은 끝을 모르게 깊어 보였다. 손 하나만 대면 누군가를 삼켜 버릴 것처럼 아득했다.

그사이 연호는 계곡으로 뛰어나갔다. 본능적으로 아이에게 소리쳤다.

"천천히! 넘어져!"

그런 소리마저 바람에 밀려 허공으로 흩어지는 느낌. 공허한 마음이 들기 전, 남편이 손목을 가볍게 쥐었다.

"괜찮아. 안전한 곳이니까 바로 아래로 내려가지 말고, 자리부터 잡자."

절벽 아래까지 이어진 가파른 산길. 아이가 통통 튀며 내려갔던 산길을 조심스레 걸어 내려가자, 흙길 틈새로 벌레 우는 소리와 나뭇잎이 맞부딪히는 바스락 소리가 이어졌다. 결국 오고 말았구나. 한쪽에 꾹 눌러 놓았던 기억들이 다시 스멀스멀 기어 나오는 느낌이 들었다. 알 수 없는 한기에 어깨를 움츠렸다.

남편의 손에 이끌려 조심스럽게 바닥까지 내려오자 계곡 전경이 눈에 들어왔다.

계곡 바닥에 놓인 여러 개의 바위. 겉으론 평평해 보였지만 중간중간 웅덩이가 파인 듯, 어두운 곳이 보였다. 물이 맑아 바닥 돌멩이와 물고기 비늘까지 비쳐 보이고, 나뭇잎 사이로 비친 햇살이 아른거리며 반짝였다. 고개를 들자 계곡 위에서 쏟아지는 물줄기가 보였다. 사람 없는 한적한 곳, 이런 멋진 풍경이 있는 곳이라면……. 조금은 긴장이 풀렸는지 불안하던 기분이 조금은 가라앉으면서 약간은 그리운 듯한 기분이 들기까지 했다. 눈앞의 물결이 잔잔히 속삭이는 듯한 기분도 들었다.

"여보! 여기!"

주변을 살피던 내게, 남편이 소리쳤다. 근처 평평한 바위 위에 선 채 이리 오라는 손짓. 햇볕이 잘 들지만 물가 특유의 시원함이 느껴지는 자리였다. 남편이 돗자리를 깔고, 그를 도와 곧바로 버너와 함께 점심 준비를 시작했다. 냄비에 부대찌개 재료를 넣고 끓이는 동안, 고개를 들어 아들을 살폈다.

수영을 못 해서

발목까지 오는 얕은 물가에서 연호가 물을 튀기며 남편과 함께 까르르 웃음을 터트렸다. 행복한 모습인데도 어찌나 불안한지, 그 물소리가 청각을 뒤흔들 때마다 근육들이 팽팽해졌다가 풀어지기를 반복했다. 식은땀이 등에 달라붙어 기분 나쁜 끈적임을 남기고, 좋아하던 라면 스프 향이 피어오르는데도 입맛이 돌지 않았다.

아들의 모습을 유심히 지켜보고 있을 때, 수면 언저리에 잔물결이 원형으로 번졌다. 미세한 물보라. 떨어지는 물줄기 사이, 누군가 숨을 쉬는 듯 거품이 인다. 눈을 가늘게 뜨고 응시하자, 햇빛이 비스듬히 비치는 물 아래 어두운 그림자가 스쳐 사라진다. 물고기 떼… 겠지. 그런 생각과 함께 떨쳐보려 했지만, 아무래도 사람의 실루엣을 닮은 그것.

여기로 와. 같이 해.

누군가가 이렇게 말하는 소리가 들렸다.

#

불안감이 계속된 것 때문인지, 점심식사를 대충 마치자 눈꺼풀이 내려앉으려 했다. 남편은 식기와 휴대용 랜턴을 챙기겠다며 다이빙 포인트 옆, 세워둔 차로 향했다. 연호는 '송어 가족 찾기'라며 채집용 통을 들고 수면 위에 콧대만 적신 채 집중하고 있었다.

연호가 물가에서 까르르 웃으며 물을 튀겼다. 그 웃음소리에 마음을 조금 놓던 찰나, 물결 아래서 갑자기 둥그런 기포가 연달아 피어올랐다. 누군가 물속에서 깊은 숨을 내쉬는 것처럼.

본능적으로 시선을 뗄 수가 없었다.

맑은 물 아래로 어두운 그림자가 어른거리며 스쳐 지나간다. 물고기 떼도 아닌, 사람의 팔이 휘젓고 지나간 것만 같다. 등 뒤로 한기가 타고 올라온다.

"연호야, 거기서 잠깐만 나와!"

목소리가 쇳소리로 갈라져 나오는데, 연호는 고개를 돌려 손을 흔들었다.

그 순간, 계곡에서 떨어지던 물줄기가 잠시 어두운 빛을 보이더니, 다시 연호가 있던 물 아래로 어두운 그림자가 빠르게 지나갔다. 심장이 덜컥 내려앉는 순간, 연호의 발이 미끄러졌다.

"연호야!"

연호는 물속의 한 바위 위에서 발을 헛디뎌, 바위 틈에 발목이 낀 상태로 얼굴을 수면에 처박고 있었다. 팔과 다리를 마구 휘젓고 있었지만 여전히 얼굴은 물밑에

수영을 못 해서

있는 채였다. 작은 거품이 아래에서부터 연달아 터져 올라왔다.

"연호야! 어떡해!"

목이 터져라 불렀지만, 목소리가 닿지 않는 느낌이었다. 우려했던 일이 눈앞에 펼쳐지자 몸이 얼어 붙었다. 이십 년 전 수진과 같은 나이인 연호. 얄궂은 우연이란 이런 것일까. 물속에 있는 어떤 그림자가 연호를 끌어당기고 있는 것 같기도 했다.

무언가가 내 발목을 낚아챈 채, 놓아주질 않았다. 기억 속 폭포 아래, 어린 수진이의 손등처럼 창백한 연호의 손이 겹쳐졌다.

"뭐 해, 연호 잡아!"

멀리 있던 남편이 상황을 알아차리고 소리를 질렀지만 내 몸은 말을 듣지 않았다. 다급하게 소리치던 남편이 어깨에 걸친 카메라 가방을 내던지고 허겁지겁 내려왔다.

남편이 다급히 뛰어와 연호를 붙잡으려 몸을 숙였다. 그 순간 나도 팔을 뻗었다. 잡으려던 건지, 막으려던 건지 알 수 없었다. 손끝이 그의 어깨를 스치자, 남편이 균형을 잃고 말았다.

"아!"

짧은 외침과 함께 그는 미끄러운 바위 위에서 발을 헛

디디고 말았다. 몸이 앞으로 고꾸라지며 둔탁한 소리가 났다. 넘어진 남편이 연호 옆으로 쓰러지면서 돌에 머리를 세게 부딪힌 소리였다.

종아리밖에 오지 않는 얕은 물이었다. 그러나 두 사람 모두 얼굴을 수면에 처박은 채 꿈적도 하지 않았다. 잠시 일던 물보라는 그새 고요히 가라앉았다. 수면 위로 붉은 피가 서서히 퍼져나갔다.

이 모든 광경을 눈앞에서 보면서도 나는 한 발자국도 내디디지 않았다.

가슴속에서 되살아난 건 울음도, 절규도 아니었다.

남편을 밀쳐내던 그 잠깐의 감각이 손끝에서 맴돌고 있었다.

이십 년 전의 그날처럼.

몸속 어딘가에서 오래전의 기억이 되살아났다.

"붙잡는 게 아니라, 미는 거야."

물속의 어두운 그림자가 이렇게 귓속에 속삭였다.

그 목소리는 다시 바람과 섞여 계곡 너머로 퍼져나간다. 두 사람의 몸이 물속에 고요히 잠겨 있는 동안, 나는 내 손바닥을 바라보았다. 차가운 손바닥 사이로 알 수 없는 온기가 올라오는 것도 같았다. 마치 고향에 돌아온 것만 같은 안도감마저 들었다.

수영을 못 해서

정적 속에서 물만은 아무 일도 없었다는 듯 맑게 흐르고 있었다.

왼손의 기록

회복 훈련 1일 차

왼팔을 치료하러 왔다. 의사 선생님께서 글 쓰기 자체가 운동이고 회복이라면서 예쁜 공책을 주셨다. 무엇을 써야 할까? 훈련이라고 하셨지만…….

누군가에게 이런 선물을 받는 건 오랜만이다. 형광등 아래에서 바라보니 노트 종이가 반짝였지만, 오래 바라보고 있자니 눈이 시리듯 아파 왔다. 들어보니 내 병이 나을 가능성은 2퍼센트라고 했다. 잘은 모르겠지만 치료가 어려운 병인 거 같다.

회복 훈련 3일 차

하얀색 방에 형광등이 켜질 때마다, 팔에 이 빛이 스며드는 것 같다. 연필을 드니까 괜히 무겁고 그 감각이 더 심해진다.

어제 치료를 받고 나니까 아프던 곳들이 더 아픈 것 같

왼손의 기록

다. 근육들이 쿡쿡 찌르면서 빛이 싫어 뼛속으로 숨으려는 것처럼 아프다.

근육이 무서워서 숨어버리기 전에 매일 불러내야 한다고 했다. 친구들을 불러 놀았던 것처럼 매일매일 불러줘야 한다고. 병이 완치되기 전까지는 조금 더 아플 수 있다고 하셨다.

내게 이런 병이 생긴 이유는 뭘까? 정말 내가 나쁜 아이라서 생긴 병일까?

선생님은 엄청 유명한 의사라고 했다. 그 선생님이 나에게 꼭 나을 수 있을 거라고 했으니 괜찮았으면 좋겠다. 선생님은 내가 반드시 나을 수 있게 해주겠다고 했다.

이제 시작인데, 나 잘할 수 있겠지?

회복 훈련 8일 차

오늘은 일기를 진짜 많이 쓰라고 하셨다. 왼팔의 근육을 깨우는 연습을 글쓰기로 해야 한다고 했다. 의사 선생님이 팔을 만질 때마다 눈 안에 형광등이 켜진 것처럼 반짝반짝해서 눈물이 나왔다. 정전기에 찌릿 맞는 느낌인데, 아픈 정도는 그것과는 비교할 수 없다. 살 어딘가에서 불꽃이 튀고 타오르는 것만 같다.

선생님은 신경이 깨어난다고 손뼉을 치셨다. 그런데 이

렇게 아픈데… 왜 깨워야 할까? 차라리 그대로 잠들어 있었으면 좋겠다고 생각했다.

내가 참아야 하는데 그걸 잘 못하는 것 같다. 깨어난 근육과 신경은 정말로 자기주장이 강하다.

손가락 마디 하나하나가 따로 떨어져 나갈 듯하더니, 손톱 아래를 칼로 찌르는 것처럼 아팠다. 그다음엔 손등 힘줄이 뜨겁게 달아올라서 다른 곳의 아픔을 모두 잊을 정도가 되는 식이다.

연필을 잡는 손이 자꾸 떨린다. 글씨를 처음 배울 때로 돌아간 것 같다. 연필을 잡는 것부터 열심히 연습했는데. 힘껏 쓰면 종이에 자국이 파이고 노트가 축축하게 젖고 만다.

다시 어린아이가 된 것만 같다.

회복 훈련 10일 차

선생님은 밥 먹을 때마다 "단백질 폭탄이다!" 하고 외치면서 닭가슴살을 올려주신다. 맛없는 닭가슴살. 선생님은 씩 웃으면서 꼭 먹으라고 하지만 내 몸도 닭가슴살을 싫어하는지 뱉어내고, 토해낸다.

그럴 때마다 선생님은 안타깝다는 표정을 지으며 다시 숟가락을 들려 주신다. 분명 나를 위해서 하시는 일인데, 몸이 밥을 받아주지 않아서인지 밥 먹는 게 이렇게 싫을 줄은 몰랐다.

그냥 맛없는 것이면 상관없는데, 닭 치고는 묘한 누린내가 더 난다. 다른 메뉴도 주지 않는다.

오늘도 훌쩍이면서 닭가슴살을 먹었다.

오늘은 팔에 전극을 붙였다. 초록색 불이 번쩍할 때마다, 마치 팔이 강제로 움직이는 것만 같다. 점점 더 낫고 있다고 해주셨는데… 왜 나는 더 아플까? 선생님을 위해 참고 있기는 하지만 그냥 다 그만두는 것이 낫겠다 싶을 때가 많다.

회복 훈련 15일 차

꿈을 꿨다. 누가 내 팔뼈를 투명한 유리로 바꾸고 있었는데, 깨고 나니 팔 안이 서늘해서 진짜인지 꿈인지 헷갈렸다. 정말 팔 안이 비어 있는 것 같았지만, 왼팔에는 선생님이 치료해 주신 붕대가 정성스레 감겨 있다.

선생님께서는 치료 때문에 민감한 시기니까 붕대를 함부로 풀지 말라고 하셨다. 선생님의 말을 잘 들어야 병이 나으니까 붕대를 건드리지 않으려고 하는 중이다. 하지만 정말 팔이 잘 낫고 있는 건지 궁금해서 붕대를 풀고 싶은 마음이 계속 든다.

오늘은 선생님이 새 주사를 보여주셨다. 왼팔은 이제

천천히 낫기를 기다리면 된다고 했고, 그동안 오른팔에 있는 작은 병을 치료해야 한다고 하셨다.

내 병은 왼팔에만 있는 줄 알았는데 오른팔에도 비슷한 게 있나 보다. 내가 걱정할까 신경이 쓰이셨는지 의사 선생님은 웃으며 오른팔의 증상에 대해서도 자세히 설명해 주셨다.

솔직히 무슨 말인지는 잘 모르겠지만, 선생님의 말씀이니까 알겠다고 했다.

오른팔에 놓은 주사약은 투명하기가 물처럼 맑은 약인데, 몸에 들어오자마자 서늘한 감각이 팔을 타고 올라왔다. 주사액이 몸의 어디로 향하는지 모두 알 것 같은 느낌이었다. 그 느낌을 따라 뒤늦게 올라오는 감각은, 몸에 불이 붙은 것처럼 뜨거웠다. 팔 대신 마음이 아픈 느낌이다.

왼팔은 붕대를 감고 있으니 오른손으로 글씨를 썼다. 그렇지만 오른팔도 치료를 시작해서 글씨 쓰기가 어렵다. 뭔가 나아지는 느낌을 받고 싶은데, 갈수록 힘이 든다. 언젠가 이렇게 구겨진 페이지를 보면서도 '잘 견뎠구나' 하는 날이 올까.

나는 너무 힘들 때면 붕대를 만지면서 기도한다. 나을 수 있다고 낫게 해줄 거라고 속삭이면, 그 목소리가 들리는 것인지 왼팔이 움찔거리는 것 같다.

왼손의 기록

회복 훈련 22일 차

오늘 목표는 두 페이지다. 어젯밤에는 촬영을 해서 수면이 부족하다. 선생님은 내가 쓰는 문장이 치료 진전 그래프라고 했다. 뭔가 멋있는 말인데, 이제는 잘 모르겠다. 요즘엔 선생님이 하는 말도 귀에 잘 들어오지 않는다. 선생님은 나에게는 관심이 없고 치료에 관심이 있는 것 같은 느낌이 든다. 촬영이나 차트, 약은 정말 자세하게 설명해 준다. 내가 잘 안 듣고 있어도 말을 그칠 줄 모른다. 어제 촬영 때도 너무 힘들고 피곤해서 다른 날 촬영하면 안 되냐고 물었지만 선생님은 단호했다.

선생님은 희망을 잃지 말라고, 이 병을 극복한다면 과학서의 한 페이지를 장식할 수 있다고 했다.

자주 쓰는 표현인데 이제는 살짝 지겹다.

촬영은 내 팔에 주사를 놓는 장면을 찍는 거였다. 카메라 렌즈가 살을 가까이 찍는 게, 영화 속 괴물의 거대한 눈알 같기도 했다. 주사액이 내 팔을 일자로 불태우고 지나가면, 렌즈도 내 살을 핥으며 지나간다. 팔에 불이 나는 느낌이 들면 이제는 '또 올 게 왔구나' 싶다. 물론 그렇다고 해서 아픔까지 사라지는 건 아니다.

오른손으로 쓰는 건 아직 어색하다. 왼손은 붕대에 감겨서 잘 안 보이지만 쓰리고 간질거리는 감각이 계속 있다. 지렁이가 타고 흐르는 것처럼 가렵다. 긁지 말라고 했지만, 나도 모르게 정신을 차리면 어느새 피가 묻어있는 손톱이 보였다.

못 본 척해 봤자 쓰라린 고통과 간질거림이 괴롭히면, 후회의 한숨이 절로 나온다. 솔직히 이렇게 힘들 줄 알았으면 치료를 안 받았을 것 같다.

회복 훈련 29일 차

오늘은 별로 기분이 좋지 않다. 선생님은 실험 그래프가 롤러코스터처럼 재밌다고 했다. 뭔가 위아래로 크게 움직이는 것이 보였지만, 나한테는 재미없다.

손가락이 코코넛 나무에 매달린 원숭이들 같아 보인다. 달랑거리는 것 같은 느낌과 저린 느낌인데도 열심히 글을 써야 한다.

주사나 수술은 그냥 누워 있으면 되는데, 일기는 그렇지 못하다. 뭘 하든 팔을 떨어져 나갈 것 같으니 차라리 주사나 수술이 낫지 싶다. 일기를 그만 쓰고 싶다. 그렇지만 선생님이 내게서 떨어지지 않고 지켜보고 있으니까 별수 없다. 한 글자 한 글자 쓰는 수밖에.

요즘엔 내가 쓰다가 피가 나서 못 쓰겠다고 하면 딱히 위로로 해주지 않고 그냥 다가와서 손에 다시 펜을 쥐여

준다. 미칠 노릇이다. 조금 쉬게 해주면 안 되나? 어차피 훈련을 한다고 해도 바로 낫는 것도 아닌데.

지금 내 왼손은 느낌이 아예 없는 것 같다. 손가락이 있는지 없는지 모르겠다. 가끔 붕대를 만지면 뭔가 딱딱한 게 만져지는 것 같은데 뼈인가? 아니면 붕대가 굳은 걸까? 붕대는 자고 일어났더니 한 번 새 걸로 바뀌어 있었다. 며칠 전이었는데, 선생님은 왼팔은 잘 낫고 있으니 걱정하지 말라고 한다. 글쎄, 그런 이야기는 나도 할 수 있다. 입원하기 전에 차에 치인 길고양이를 봤다. 옆에 있던 친구가 너무 발을 동동 구르길래 "걱정하지 마. 괜찮을 거야"라고 말해줬다. 그렇지만 그 고양이는 결국 죽었다.

오늘은 '팬텀 테스트'라는 것을 했다. 없는 손가락이 가려운 기분이 들면 버튼을 누르라고 했다. 나에게는 없는 손가락이 없는데 무슨 소린지 잘 모르겠다. 진짜 가려워서 누르니까 선생님은 좋다고 했다.

신경이 만든 착각도 데이터라고 말하면서 실험했다. 희귀병이니가 치료가 어려울 수는 있지만 없는 손가락은 무슨 말인지 모르겠다.

회복 훈련 33일 차
또 새벽에 촬영했다. 선생님은 내 오른팔을 지도처럼

그려가며 메스로 선을 긋고 있었다. 울고 싶지만, 울 수 없었다. 울면 팔이 덜덜 떨려서 더 아프다. 참아야 덜 아프다는 걸 아니까 꾹 참을 수밖에 없다.

선생님은 조금만 참으라고, 결과가 나올 거라면서 나를 위로했다. 결과? 결과가 나오면 예전처럼 팔을 덜렁거리면서 흔들 수 있을까? 철봉에 매달리고, 내 손으로 밥을 먹을 수 있을까?

왼손이 없어진 것 같아서 선생님을 찾았다. 눈에는 보이는데, 안 보이는 왼손이 어떻게 된 거지? 거울 속에선 여전히 붕대 묶인 팔이 보이는데… 느낌이 없다. 선생님은 착각이라면서 나를 꼬옥 안아 주셨다.

선생님은 분명 울고 있었는데, 안겨 있는 동안에 왠지 지금은 웃고 있는 것만 같다고 생각했다. 생각해 보니 나는 원래 팔에 문제가 없었던 것도 같았다. 선생님이 나를 처음 진단할 때, "네 팔이 아픈 걸 잘 모르겠니?"라고 물었다. 그때부터 팔이 무겁고 아팠다. 아프니까 별 쓸데 없는 생각을 다 하는 것 같다.

왠지 숨쉬기가 힘들어 그대로 안겨서 잠에 들었다.

회복 훈련 35일 차

오늘은 몰래 붕대를 풀어 보기로 했다. 팔이 어느 정도 나았는지 눈으로 직접 보고 싶었다. 천을 한 겹, 두 겹 벗길 때마다 묘한 약품 냄새와 피 냄새가 더 진하게 풍겨 오는 걸 느낀다.

그렇지만 정신 차려 보니 어느새 선생님이 곁에 와 있었다. 어떻게 알고 타이밍 좋게 온 건지 알 수가 없다.

선생님은 나를 빤히 바라보더니 말없이 붕대를 감아 주었다.

그리고 나서는 말했다.

"너는 보통 아이가 아니야. 세계 최초의 케이스가 되는 거야."

그가 견뎌내면 나는 세계 최고의 의사가 될 것이다. 그 말을 들으니 조금은 기뻤다. 역시 환자와 의사는 서로를 도와야 하지 않겠는가. 내 이름은 교과서와 역사서에 실릴 것이다. 커다란 고통이지만 누구에게나 위대한 기회가 주어지는 것은 아니니까.

회복 훈련 40일 차

오늘은 선생님이 TV를 가져와 보여주셨다.

여러 의사 선생님이 모인 자리에서 내 이름과 함께 '케이스 제로'라고 말했다.

무서운 선생님들이 가만히 있다가 갑자기 웃더니 박수

를 친다. 선생님은 알아들을 수 없는 말로 뭔가 설명하면서, 내 팔을 찍었던 사진들을 하나씩 보여줬다. 선생님은 세계 최초라면서 기뻐했다.

모두가 축하하고 있는 걸 보니 아마 이제야 내가 완치됐나 보다. 오래도 걸렸다.

그래서인지 붕대를 감고 있는 내 왼팔에서도 아무 고통도 느껴지지 않는다. 마찬가지로 붕대를 감게 된 오른팔에서도 아무 고통이 없다. 선생님이 명의는 명의인가 보다.

사람들의 환호와 박수 소리가 내 뼛속까지 울린다. 그럼 그렇지, 나는 이제 세계 과학사에 이름을 남기게 될 것이다.

그날 밤엔 조명을 켰다. 하얀 벽과 흰 조명. 핏빛 등이 반사돼 벽이 분홍색 같다.

흥분했던 건지, 일기를 쓴 기억이 없는데 오늘 일기가 쓰여 있다. 그래, 기록이 훈련이고 모든 것이니까 써야만 한다. 그래야지 언젠가 이 노트를 보면서 기뻐할 수 있잖아. 세계 최고의 의사가 탄생한 이 순간을. 일기에는 강하고 자신만만한 필체로 이렇게 쓰여 있었다.

나는 길이요 진리요 생명이라.
Ego sum via veritas et vita.

왼손의 기록

#

[사건 기록]

책상 위에서 발견된 노트.

지하실에는 성인 한 사람이 장기간 거처한 흔적이 있었음.

노트와 함께 발견된 성인의 시체에는

왼팔과 오른팔이 모두 없었음.

무엇이든 해결해 드립니다

"제 아내가 바람을 피우고 있는 것 같습니다."
"상대가 누구인지 알고 계십니까?"
"아마도… 접니다."

아내가 본인과 바람을 피우고 있다. 이게 무슨 소리인가 싶기도 했지만, 이야기를 들어보니
의외로 정상적이고도 이상한 사연이었다.

인적이 드문 시장 안, 세월의 흔적이 고스란히 남아있는 건물들 가운데 눈에 띄는 신축 건물. '무엇이든 해결사'라는 다소 황당한 흥신소 간판이 걸려있는 곳이다. 건물의 다른 호실은 어찌된 일인지 모두 공실이었다.

그늘지고 묘한 싸늘함이 감도는 사무실. 중세 탐정 사무소 컨셉이라도 잡고 싶었던 건지, 사무실의 내부는 앤티크하면서도 다소 정리되지 않은 분위기를 풍겼다. 사무실 현관문의 자석 문 종이 울리는 소리에, 부스럭거리며 남성이 일어난다. 너무도 숙면을 취하고 있었던 듯해, 문

무엇이든 해결해 드립니다

을 열고 들어간 손님이 미안해지는 나른함이 느껴졌던 것도 순간, 남자는 순식간에 지저분했던 책상과 자리를 정리하고 음료를 내놓고 있었다. 이게 프로라는 건가. 아니면 일거리가 별로 없는 걸까. 마치 거미줄 한 가닥의 흔들림을 듣고 달려오는 거미를 본 느낌이었다. 사무실에서 상담만 나누고 자리에서 일어나기에는 틀린 것만 같다.

사무실을 찾은 의뢰인은 멀끔한 중년의 남성이었다. 170센티미터 중반 정도의 보통 키에, 깡마른 체격. 현관문에서 나는 종 소리에 잠시 찌푸리는 표정을 지었을 뿐, 의뢰인도 금세 제 정신을 차린 흥신소 사람을 뭐라할 생각은 없었던 건지, 그것마저 신경 쓸 여유도 없었던 건지, 아니면 손님을 빠르게 낚아챈 이 거미에게 당하고 만 것인지, 되돌아가려는 기색 없이 자리에 앉았다.

그 후, 처음 입 밖으로 꺼낸 말이 바로 아내가 자신과 바람을 피고 있는 것 같다는 말이었다.

"아내 분께서 본인과 바람을 피고 계시다고요?"

그 황당한 물음에 의뢰인이 고개를 끄덕였다. 깔끔한 정장 차림에 아직 한창 일할 중년, 여느 회사의 중역은 되어 보이는 그의 모습과 달리 머리에 이상이 있는 건가?

"솔직히 모르겠습니다. 사진 속 사람과 거울 속 나는 누가 봐도 동일 인물인데 동시에 두 장소에 존재할 수 없는데도…"

 본인이 뱉은 말을 곱씹으면서도 머리를 감싸 쥐던 그가 깊은 한숨을 뱉어낸다.

 "이야기를 들려주시죠. 어떤 골치 아픈 문제든 해결하기 위해 이 사무소가 있는 것 아니겠습니까."

#

 출근한 사무실은 여느 때처럼 썰렁했다. 출근길 도로 위에 갇혀 있느니, 차라리 좀 일찍 출근하는 것이 낫다. 출근 시간이 남들보다 빠른 탓에 사무실에는 아직 인적이 없다. 유일한 예외라면 입사한 뒤부터 남들보다 한 시간씩 일찍 출근하는 막내 직원이다.

 사무실 자리에 가방을 두고 탕비실로 향했더니, 막 커피를 내리고 있던 막내가 반갑게 인사했다.

 "부장님, 어제 카페 얘기 진짜 웃겼어요."

 "…카페 얘기?"

 신입이 피식 웃었다.

 "회사 앞에 새로 생긴 데요. 부장님 닉네임을 잘못 불러서 '김부자님 커피 나왔습니다' 그랬다고 하셨는데. 커피 받으시면서도 태연하셨다는데, 진짜예요?"

무엇이든 해결해 드립니다

나는 멈칫했다. 어제, 나는 그 근처에 간 적도 없었다. 그 카페 이야기를 따로 사람들과 했던 기억도 없었다. 퇴근 후 곧장 집에 가서, 아내와 밥을 먹고 재미없는 드라마를 보다가 잠을 청한 것이 다였다.

점심시간에는 대리 하나가 비슷한 이야기를 했다.

"부장님 진짜 의외였어요. '부자 되라고 일부러 그랬나 보다' 하고 웃으신 거, 다들 빵 터졌어요."

나는 말없이 자리로 향했다. 안경을 천천히 고쳐 썼다. 머릿속이 혼란스러웠다. 나는 카페를 갔던 것도, 카페 이야기를 한 적도 없었다. 하지만 벌써 몇 명이 모두 '나'를 어제 봤다고 말하고 있었다. 술자리 이야기였으면 취해서 기억을 못 했으려니 했을 것이다. 그러나 내가 기억하는 나도, 사람들이 기억하는 나도 술을 마셨던 걸로 보이진 않았다.

게다가 그 '나'는 내 말버릇, 내 유머 스타일, 심지어 내 말투까지 비슷했다. 서서히, 등줄기를 따라 냉기 같은 게 올라왔다. 그 자리에 있었던 사람은, 내가 아니었다.

저녁에는 설거지를 마친 아내가 거실 소파 옆에 앉으며 말을 꺼냈다. 식사할 때도 말 한마디 나누지도 않기가 일쑤인데 무슨 재미있는 이야기라도 있는 걸까.

"오늘 수미 엄마랑 이야기했는데, 그 집 남편이 당신 애기를 했대."

나는 눈을 감은 채 조용히 말했다.

"…내 얘기?"

"응. 어제 간단히 식사들 하고서 들른 카페에서 당신이 엄청 웃겼대. 이름 잘못 불려서 '김부자님~' 이랬다나? 당신이 '부자 되라고 일부러 그랬나 보다. 나도 이제 돈 좀 벌어야죠' 해서 막내들이 박장대소했다며."

나는 천천히 눈을 떴다. 숨을 깊이 들이마셨다가, 조용히 내쉬었다.

"내가 한 이야기가 아니야."

아내는 잠시 눈을 껌뻑이다가, 어깨를 으쓱했다.

"그래? 분명히 들었는데. 너무 심각하게 받아들이지 말고."

그녀는 가볍게 웃었다. 하지만 나는 웃지 못했다. 나는 분명 어제 집에 일찍 들어와 식사를 했을 텐데, 아내는 그 일을 기억하지 못하는 듯, 내가 밖에서 식사하고 온 것이 자연스러운 일이라는 듯 이야기하고 있었다.

내가 하지 않은 말이 어딘가에 퍼지고 있었다. 내가 아닌 누군가가, 내 말투로, 내 얼굴로 말하고 있었다. 내가 그 자리에 없었는데, 모두가 내가 거기 있었다고 말한다. 내가 그 자리에 있었는데, 아내가 내가 없었다고 말한다. 정신이 어디 이상해지기라도 한 것일까?

무엇이든 해결해 드립니다

며칠이 지난 토요일 저녁. 아내는 장을 보러 나갔다. 무슨 저녁 시간 다 되어서 나가나 했더니, 없는 식재료가 있어서 장을 봐와야 한다고 했다.

거실 창밖에는 붉고 탁한 노을빛이 천장을 물들이다 사라지고 있었다. 거실은 막 어두워져가는 바깥에 적응하지 못한 듯, 어두웠다. 나는 혼자 남은 집 안에서 TV를 켜지도 않은 채, 조용히 스마트폰을 만지작거리고 있었다.

그때, 거실 옆의 작은방 문이 반쯤 열려 있는 걸 눈치챘다. 몇 분 전만 해도 문이 닫혀 있었던 것 같은데, 아내가 나가면서 굳이 문을 열어 놓고 간 걸까? 나는 아무 생각 없이 천천히 다가갔다. 스탠드 조명이 뒤통수 쪽에서 길게 그림자를 드리웠다. 내가 문 앞에 섰을 때, 어둠 속에서 뭔가 미세하게 움직였다. 눈이 어둠에 익어가던 그 순간, 나는 그 안에 누군가가 서 있다는 걸 알아차렸다.

그는 나였다. 정확히 말하면, 내 얼굴을 한 누군가. 실루엣만으로도 알아볼 수 있을 만큼 똑같았다. 어깨 너머로 고개를 약간 숙인 채, 어두운 방 안에서 나를 똑바로 바라보고 있었다. 표정은 정확히 알아볼 수 없었다. 빛이 닿지 않아 눈동자도 보이지 않았지만, 나는 느낄 수 있었다. 그 눈은 나보다 먼저, 오래 전부터 이쪽을 보고 있었다는 걸. 내가 한 발짝 다가서자, 그도 마치 거울처럼 따라 움직였다. 소리도, 숨도 없이. 모든 동작이 소름 끼치도록 나와 똑같았다. 일전에 다른 사람들이 보았다던 '나'의 정체는 이것이었을까. 당장이라도 달려들고 싶은 마음도 들었지만, 내가 그런 위인이 못 된다는 것은 사실 누구보다도 내가 제일 잘 안다. 나는 조용히 물러나 거실로 나왔다. 작은방 안이 시야에서 사라졌다. 숨을 좀 가다듬어 보았다. 나는 심장약을 예전에 먹었다. 혹시나 해서, 가슴을 움켜쥐어 본다. 심장이 내가 감당하지 못할 정도로 빨리 뛰고 있는 것 같지는 않다. 다시, 그 방 안을 확인해야만 할 것이다. 그렇지만 방 안에 아까 그대로의 또 다른 내가 나를 바라보고 웃음이라도 지으면, 나는 제정신으로 있을 수 있을지 자신할 수 없었다.

고민의 정적을 깨고 현관문이 열리는 소리가 들렸다. 비닐봉지 비비는 소음, 익숙한 목소리.

"왔어. 무거워서 혼났다."

나는 현관문을 바라보았다가, 다시 작은방으로 향했다. 그 사이, 방 안은 텅 비어 있었다. 창문은 잠겨 있었고, 커튼도 꼼짝하지 않았다. 나는 몇 초간, 그대로 서 있었다. 자신의 몸이 아직 거기 있는지 확인하듯, 발끝을 내려다보았다. 거울도, 유리도 없던 방 안에서 나는 분명히 나와 마주쳤다.

무엇이든 해결해 드립니다

"왜 어두운 데서 그렇게 서 있어?"

아내의 목소리가 멀게 들렸다.

"…아무것도 아니야."

나는 천천히 거실로 돌아와 불을 켰다. 불은 단번에 어둠을 물리쳤지만, 내 안에는 어쩐지 아직 꺼지지 않은 어둠이 있었다. 아까 보았던 또 다른 '나'의 그림자는 입을 움직이는 것만 같았다. 그 입 모양은 이렇게 말하는 것만 같았다.

"여긴 내 집이야."

#

"그 뒤로는 집에서 제대로 잠을 자지 못한 날도 많았습니다. 주기적으로 제가 가지 않은 곳에서 저를 보았다는 이야기도 많이 들었지요. 물론 모든 것이 환상 같기도 했습니다. 그렇지만 그날 집안에서 보았던 남자의 실루엣이 너무도 또렷합니다. 언제 어디서 나타날지 모르겠어요. 하지만 병원을 가보니, 제 머리는 매우 정상이라고 하더군요."

"정신 상담이 아니라서 다행입니다. 무엇이든 해결해 드리기는 하지만, 정신 상담이라면 어렵기는 한 문제이니까요."

'무엇이든 해결사' 주인이 만족스러운 듯 손을 비비며 말했다. 거미줄을 치는 거미의 노련한 손놀림 같다. 이 기세면 솔직히 정신 상담이어도 맡아서 해결하겠다고 할 것만 같다.

"쉽게 말씀하시지만, 얼마나 고통스러웠는지 모르실 겁니다. 이미 몇 군데 흥신소를 다녀왔습니다."

"그것 참 안타깝군요. 제 사무실부터 오셨으면 한 곳으로도 충분하셨을 텐데."

"제가 갔던 다른 사무소들에서 주었던 증거들입니다."

그가 준비해 온 증거들을 테이블에 쏟자, 사진과 함께 USB와 프린트된 서류가 보였다.

"우연히 명함을 보고 왔습니다."

의뢰자가 품 안에서 꺼낸 명함 하나. '무엇이든 해결사'가 크게 쓰여있는 명함이었다.

"무엇이든 해결해 준다고요?"

"예. 말 그대로 무엇이든 해결사입니다. 어떤 일이든 해결해 드릴 수 있죠."

"저는 정신 이상도 뭣도 아닙니다. 그렇지만 아내는 이미 제가 그때 보았던 그 '실루엣'과 자주 외출을 하고 있어요. 무리도 아니지요. 저도 순간 저와 똑같다고 생각했을 지경인데……."

의뢰인은 먼저 사진을 집어 내민다. 경기가 끝난 저녁, 야구장의 전광판을 배경으로 친한 사이로 보이는 커플과 의뢰인, 의뢰인의 부인으로 보이는 사람이 다정하게 찍힌 사진이 있었다.

"이 사진이 찍힌 날. 저는 야근을 하고 있었습니다. 기록도 그렇고 CCTV도 제가 찍혀있죠. 시간은 열한 시."

사진 속 시간은 10시 59분. 사진이 잘못됐다고 말하기엔 편집한 흔적도 보이지 않았고, 시간과 함께 나와 있는 전광판의 기록을 보면 언제 어디서 했는지조차 바로 알 수 있었다.

"의뢰인께서는. 지금 이 사람이 본인이 아니라는 말씀이시지요?"

"예. 저는 분명 그때 회사에 남아 야근을 하고 있었습니다."

사진 속 남자는 누가 봐도 앞에 있는 남자와 닮아있었다. 아니, 동일 인물이라 해도 믿을 만큼 똑같았다. 같은 시간에 다른 장소에서 찍힌 동일 인물.

"쌍둥이신가요?"

누구라도 생각할 만한 질문에 그가 고개를 저었다.

"아뇨. 쌍둥이라고 해도 말이 안 됩니다."

"말이 안 된다?"

"예. 제 말버릇이나 행동거지가 완벽히 일치합니다. 제가 몰랐던 쌍둥이가 있다고 하더라도 이렇게 똑같을 수는 없습니다."

확신이 가득 찬 어조. 자신을 흉내 낼 수 없다는 말에 해결사가 고개를 끄덕였다. 오랜만에 흥미로운 사건의 냄새를 맡은 것인지 만족스러워 보였다.

"음… 그렇군요."

제법 프로다운 모습 때문일까, 중년에게서 신뢰의 눈빛이 느껴졌다. 이상한 눈빛으로 바라보던 사람들과는 다르다. 어쩌면 이런 무한한 신뢰를 원하고 있었는지도 모르겠다. 의뢰인의 말이 무조건 진실이라 믿어주고 사건에 다가가는 신뢰 관계.

"같은 시간… 다른 장소에서 찍힌 동일 인물. 게다가 특이한 습관 때문에 본인임이 확실한 상황. 부인께서도 알고 계십니까?"

프린트된 서류의 출퇴근 기록과 USB에 담긴 CCTV 영상을 찬찬히 살펴보던 해결사가 물었다. 야구장 속 사진과 그가 회사에 있었던 증거. 그가 가져온 이 증거들이 진실이라 가정했을 때. 분신술이라도 쓰지 않는 이상 한 명은 반드시 거짓말을 하고 있는 것이다.

"예. 의처증이라면서 미친 사람 취급을 했습니다. 그렇지만 그뿐이 아닙니다. 저녁에 영화관을 함께 간다거나, 이와 비슷한 증거가 여럿 더 있습니다."

"정리를 좀 해볼까요. 정확히 어떤 것을 의뢰하고 싶으신 겁니까?"

"제가 미친것만 아니면 됩니다. 어떻게 이 증거들이 나올 수 있는지. 그 사실을 밝혀주세요."

바람보다 사건의 진실을 바라는 그의 모습에도 해결사는 조심스럽게 물을 뿐, 그의 대답을 듣자 상관없다는 듯 질문을 이어갔다.

"혹시 의뢰인께서 복용하고 있는 약이 있습니까?"

그 물음에 의뢰인이 쏘아붙이듯 되묻는다.

"…해결사님도 절 의심하고 있는 겁니까?"

"아뇨. 사실을 밝히려는 것뿐입니다."

사람 좋은 미소와 함께 대응하자 한숨을 짧게 쉰 뒤, 품 안에서 약통을 꺼낸다.

"여기 있습니다."

시중에서 판매하는 약의 모습은 아니었다. 처방을 받은 듯 불투명한 통에 들어있는 알약들. 중간에 붙은 스티커에 약에 대한 정보가 적혀 있었다.

"이건 무슨 약이죠?"

"심장약입니다."

심장약… 해결사가 중얼거리며 약통의 성분들을 살폈다.

"이거. 복용하신 지는 얼마나 되셨나요?"

"이 사건 때문에 재발해서 처방받은 지 이제 이 주쯤 됩니다."

"재발이라면, 이전에도 문제가 있으셨나 보네요."

"예. 약을 의심하는 거라면 부작용은 없습니다. 이 사건 이후로 복용하기도 했고요."

"확실히… 정신과에서 쓰는 약물이나 성분은 아닌 것 같네요. 어이쿠, 이런."

해결사가 빈틈없을 것 같은 구석과는 달리 약통을 떨어뜨렸다. 의뢰인이 도와주려는 듯 재빨리 다가간다.

"어이구, 괜찮습니다. 어디 별로 흘린 것은 없습니다."

해결사가 약통을 살펴보더니 개수대로 약통을 가져간다.

"그대로 앉아 계시지요. 먼지가 묻었군요. 제가 겉면을 닦아 드리겠습니다. 이거 죄송하게 되었습니다."

약간의 해프닝이 지나갔다. 의뢰인의 정신, 복용하고 있는 약, 가지고 온 증거. 이상이 있는 것은 없다.

"가지고 오신 출퇴근 기록과 CCTV도 확인해 보겠지만 이 사진이 조작되었는지 밝히면 확실하겠네요. 아마도 경기 내용은 직접 찾아보셨을 테고."

여기까지 찾아온 것이라면, 조작에 대한 부분은 이미

무엇이든 해결해 드립니다

몇 번이고 확인했을 터. 해결사의 물음에 그간 헛걸음했던 기억들이 떠올랐는지 힘 빠진 목소리로 대답했다.

"예. 확실하게 같은 시간, 같은 날짜에 진행된 것이 맞습니다. 다른 업체에서도 셋 다 증거가 조작된 것이 아니라고 결론 내렸습니다만… 더 이상은 조사해도 나올 것이 없다면서 다들 발을 뺐습니다."

사무실에 들어온 지 얼마 되지도 않았는데, 의뢰인의 얼굴에서 다양한 감정이 스쳐 지나갔다. 이번엔 해결사의 대답에 실망한 듯한 모습이다.

"둘 중 하나는 거짓이라는 건데, 그쪽 실력이 부족했던 거겠죠."

해결사의 시원한 대답에도 만족스럽지 않은 듯, 의뢰인은 힘 빠진 눈으로 해결사를 쳐다본다. 마치 무엇이라도 더 달라는 아이처럼. 그 눈빛을 읽은 해결사도 어쩔 수 없다는 듯 어깨를 으쓱이며 제안한다.

"좋아요. 이렇게 하죠. 그만해 달라고 하실 때까지 달라붙어서 해결해 드릴 거고, 그럼에도 마음에 들지 않으신다면 무보수로 진행해 드리겠습니다."

그의 지금 상황상 돈은 그렇게 중요해 보이지 않았지만, 그럼에도 무보수란 말에 그늘졌던 얼굴이 제법 밝아졌다.

"그리고 하나 확인할 사항이 있습니다."

"무엇인가요?"

"아내 분이 의뢰자 분께 의처증이 아니냐고 화를 내셨다고 했는데, 지금 두 분의 관계는 원만하신가요?"

"글쎄요… 잘 모르겠습니다."

"잘 모르겠다니 무슨 말씀이십니까?"

해결사가 모를 말을 들었다는 듯 물었다.

"저와 아내의 관계는 그리 좋지 못합니다. 그렇지만, 또 다른 저와는 어떤지… 그 정체 모를 것과 무슨 일을 하고 있는지 알 수 없지요. 분명 냉랭한 상태였다고 생각했는데 와서 친숙하게 말을 붙이고, 아무 일도 없었던 것 같은데 화를 내고 있고… 모든 것이 엉망진창입니다. 제 삶에서 '그것'을 빨리 찾아 내쫓고 싶습니다."

"그렇다면, 숙제를 하나 드리겠습니다."

"숙제요?"

"아내 분을 안심시키는 게 중요합니다. 이 사건의 진실이 무엇인지는 파헤치기 전에는 정확히 알 수 없습니다. 그러나, 의뢰자께서 말씀하시는 '그것'과 아내 분께서 긴밀히 접촉하고 있다는 데에는 의심의 여지가 없습니다. 아내 분께서는 어떤 위화감도 느끼시지 못하고 계시고요. 그러니 아내 분이 의심을 품지 못하도록 해, '그것'과 다양하게

무엇이든 해결해 드립니다

접촉하도록 놔두고 조사를 진행하는 것이 좋겠습니다."

"두 달 동안 하지도 않았던 말과 행동, 목격담까지. 저는 지쳤습니다."

해결사의 말과는 무관한 의뢰인의 답변. 해결사는 그럼에도 친절한 태도를 잃지 않았다.

"그럼 이렇게 하죠. 일단 사과로 먼저 관계를 회복하시고. 의뢰인께서 주장하신, 부인이 바람을 피웠다는 게 확실하면 제가 무보수로 처음부터 끝까지. CCTV와 사진의 증거 조작 같은 것부터 시작해서 다른 목격담에 대한 진실과, 원하시면 이혼. 혹은 개인적인 복수. 원하시는 모든 것을 해결해 드리겠습니다. 우선 오늘은 휴가를 내시고 오신 건가요?"

"네, 맞습니다."

"그러면 오늘은 들어가서 제가 말씀드린 일을 해주십시오. 저도 제 할 일을 하도록 하겠습니다."

"알겠습니다."

의뢰인은 마음이 한결 가벼워진 표정으로 일어났다.

"사진 조작 여부는 이틀이면 알아낼 수 있습니다. 그때까지 다음 계획을 세워놓고 있겠습니다."

"꼭 좀 부탁드립니다. 저도 제가 할 일을 하고 있겠습니다."

# #

집에 가까워질수록 손 떨림이 심해진다. 약발이 다 된 것인가, 자존심 때문인가. 중년 남성은 떨리는 손으로 약통 뚜껑을 열어 손바닥에 털어놨다. 메마른 입속, 텁텁한 상황에도 억지로 삼킨다.

사실 아내는 피해자일지도 몰랐다. '그것'은 눈으로 보아도, 사진이나 CCTV로 보아도 그와 판박이었다. 그러나 '그것'과 아내가 자신이 야근하는 사이에 자신은 모르는 일들을 하고 돌아다녔었다고 생각하면, 아내가 전혀 구분하지 못하고 함께했다고 생각하면 그저 답답하고 가슴이 죄어 왔다.

이내 깊은 한숨을 내뱉고, 그가 현관문을 열었다. 낡은 경첩이 비명을 내지르며 현관문이 열리자, 그는 순간 알 수 없는 한기가 스며드는 것을 느꼈다. 사람은 있을 텐데, 너무도 고요하고 정적이 흘렀다. 집안이 얼어붙은 것만 같다.

"여보. 자?"

방문을 조심스럽게 열어젖혔다.

"여… 여보! 여보!"

그의 낮은 시야에 흔들리는 두 개의 발등이 보인다. 이

무엇이든 해결해 드립니다

내, 시선을 올리자 믿기 힘든 현실이 눈앞에 나타난다. 천장에 묶은 등산용 로프, 그것에 매달린 채 축 늘어진 중년 여성의 인영. 얼굴을 확인하지 않아도 누구인지 알 수 있었다.

"끄악! 여…보……."

아내는 그토록 고통스러웠단 말인가. 자신이 자신의 감정에 사로잡혀 있는 동안, 아내는 서서히 죽어가고 있었던 것이다. 이런 상황을 바란 것이 아니었다. 그의 앞에 펼쳐진 믿을 수 없는 상황에, 두 손으로 명치를 감싼다. 누군가 심장을 움켜쥐고 쥐어짜 내는 것처럼 극심한 고통이 숨통을 조여온다. 끄륵거리며 신음하던 그의 소리가 점점 잦아들다가 이내 고요해졌다. 어떻게든 약의 힘을 빌려보려 했지만, 그는 끝내 약을 한 번 더 털어 넣지 못하고 그 자리에 쓰러졌다.

싸늘하게 식어가는 그의 귓속으로, 현관문의 도어락을 누르는 소리가 들려왔다. 죽어가는 와중에도 그는 그것이 남성의 발자국 소리임을 느꼈다. 자신이 걷는 걸음 소리와 똑같았다.

"어휴, 이거 변장을 괜히 하고 왔나."

해결사의 목소리였다.

"백업 대안까지 마련해 왔는데 아내 분 선에서 정리됐

군요."

 해결사가 매달린 아내를 바라보며 말한다.

 아내는 천장에 매달려 있었다. 백열등 아래, 흔들리는 그림자가 벽을 길게 긋고 있었다. 발끝이 바닥에서 떠 있고, 머리카락은 축 늘어진 채, 얼굴은 창백하게 질려 있었다. 그녀의 무릎은 살짝 굽혀져 있었고, 발뒤꿈치는 턱없이 떠 있었다. 고개는 기묘하게 기울어 있었고, 팔은 양옆으로 힘없이 늘어졌다. 목에는 두꺼운 스카프가 감겨 있었고, 스카프 끝은 천장의 철제 후크에 연결된 밧줄과 묶여 있었다.

 해결사가 아내를 툭툭 건드린다. 아내의 팔을 들어 올리자, 어깨 부근 어딘가에서 딱, 하는 이질적인 소리가 났다. 옷 안쪽에서 뭔가 금속성 구조물이 스쳐 움직이는 느낌이 전해졌다. 아내의 스카프 안, 옷깃 안쪽에는 폭이 좁고, 단단한 가죽 하네스가 손에 잡혔다. 그것은 목을 조른 게 아니었다. 몸을 지탱하는 장치였다.

 "빨리 좀 내려주세요."

 아내의 손가락이, 천천히, 아주 미세하게 움찔하는가 했더니, 눈을 뜨고서 해결사에게 말을 건다. 그 얼굴엔 공포도, 죄책감도, 연민도 없었다. 그저, 기다렸다는 듯한 표정 하나만 남아 있었다.

무엇이든 해결해 드립니다

"네, 내려드립니다."

"정말… 끝난 건가요?"

아무렇지 않은 듯 목에 감긴 줄을 풀어헤치고 내려온 그녀가 해결사에게 물었다. 해결사는 죽어가는 그를 내려다보며 싸늘하게 대답했다.

"예. 아직 죽어가는 상태지만."

"…놀랍네요. 설마 말씀하신 대로 될 줄은 몰랐어요. 처음엔 말도 안 된다 생각했는데."

"익숙합니다. 그럼에도 믿고 따라 주셨으니 여기까지 온 겁니다. 완벽하게 제가 말씀드린 대로 됐으니… 그래도 이건 조심하셨어야죠."

"아…"

화장대 위에 널브러진 종이 한 장. 아내의 의뢰서와 해결사가 짜놓은 그의 사망 시나리오였다. 공식 문서라고 하기에는, 소설 쓰기 연습이라도 해야 할 것만 같은, 감성 노트의 한 장 같은 디자인이 된 종이였다. 요청자 이다해.

보험 등록 및 서류 준비와 동시에 연기를 위한 행동 분석까지 세 달. 직장 인물 중 입이 가벼운 사람들을 골라 의도적인 목격담 생성. 기존 지병이었던 심장약 재복용시 지시대로 해결사의 명함을 남편이 발견할 수 있는 곳에 흘리기. 사무실 방문 시 신호하면 준비해 준 장치로 자살 연출.

해결사는 계약 당시 작성했던 종이를 천천히 남편 앞에서 읽은 뒤, 품속에 집어넣었다.

"이곳엔 제 의뢰인이 두 분 계십니다. 한 분의 의뢰만을 달성하는 것은 불공평하니 이렇게 남편 분께도 사건의 진상을 알려드립니다. 역시 깔끔하게 해결되었죠? 다른 흥신소 사람들은 제 원래 손님인데 왜 뺏어가냐고 협박하고 어르고 달랜 뒤 돈을 쥐여 주고 그만두게 한 겁니다. 또 뭐가 있었죠?"

남편의 입술과 혀는 이미 움직일 생각이 없어 보였다.

"집안에 나타난 남편과 꼭 닮은 사람! 그건 제가 약간의 위험을 무릅쓰고 연기했답니다. 관계자를 쓸데없이 늘릴 수는 없지 않겠어요? 약통의 약은 제가 사무실에서 잠시 바꿔치기 했습니다. 그렇지만 독은 아니니 혹시라도 부검한다 해도 필수 아미노산이 조금 더 검출되는 정도의 약으로 바꿔치기했죠. 건강 좀 챙기시라고. 제가 마지막 선물 드렸습니다."

남편은 아무 말도 하지 못한다.

"그저 처리 대상이 되셨을 뿐입니다."

아내는 수다스런 해결사를 가만히 바라보았다.

"약속하신 보수는 지정해 드린 장소에 잘 넣어두셨죠?"

"솔직히… 너무 비싼 거 아닌가요?"

무엇이든 해결해 드립니다

화낼 법도 했지만, 해결사는 익숙한 듯 가벼운 한숨과 함께 지적했다.

"남편분의 말투, 습관이나 행동 분석, 완벽한 연기와 특수분장, 보험 등록 및 각종 서류 조작… 더 해볼까요?"

"…아니에요."

해결사는 쓰러진 그의 옆으로 가, 약통을 주워들었다.

"이건 제가 회수할 테니 남편께서 쓰시던 걸로 바꿔서 떨어트려 놓으시고. 제가 가고 3분 뒤. 119를 부르세요. 아파트 CCTV는 걱정 안 하셔도 됩니다. 제가 노하우가 다 있답니다. 조사 때 하실 진술은 외우셨죠?"

"예."

"좋습니다. 나머지는 경찰이 알아서 조사하고 사건 마무리할 겁니다. 지금부터 시작이니 정신 똑바로 차리시고. 한 달 정도만 시달리면 보험금도 정상 지급될 겁니다. 물품보관소 1106번. 거기에 넣어두신 거 확실하죠?"

그가 화장대 위 지하철 물품보관소 키를 집어 들며 재차 묻는다.

"예. 두 번 확인했어요. 혹시 그 외에는……."

"없습니다."

가벼운 미소와 함께 빙글 돌아선 해결사는 문 앞에서 고객들에게 정중한 인사를 올렸다.

"두 분 모두 이용해 주셔서 감사드립니다."

남편의 장례식은 조용히 끝났다. 사진 속 남편은 웃고 있었고, 검은 옷을 입은 사람들 속에서 아내는 무표정한 얼굴로 서 있었다. 가슴을 치는 사람도, 오열하는 사람도 없었다. 예상하지 못한 일이었지만, 모두가 덤덤히 받아들였다.

며칠 뒤 아내는 겨우 집으로 돌아와 차 한 잔을 마셨다. 그녀는 여러 봉투 더미를 정리하다 말고, 책상 위에 놓인 하얀색 봉투 하나를 발견했다. 익숙한 두께와, 익숙한 종이. 소설 연습이라도 해야 할 듯한, 계약서라고 하기에는 감성적인 그 종이. 왼쪽 상단엔 작게 적혀 있었다.

의뢰서
대상자: 이다해
작성일: 10월 15일
요청자: (공란)

그녀는 그 자리에 굳어 섰다. 상단 우측에는 빨간 글씨로 이렇게 적혀 있었다.
"의뢰를 접수합니다. 처리 예정일: 10월 21일."
아내는 의뢰서를 보다 말고 뒤를 돌아봤다. 아무도 없

무엇이든 해결해 드립니다

었다. 하지만 어딘가에서, 누군가 자신이 죽기를 기다리고 있다는 확신이 들었다. 그녀의 손이 떨리기 시작했다. 차는 아직 식지 않았지만, 입이 바짝 말라 왔다. 문득, 해결사가 남편에게 했던 말이 떠올랐다.

"그저 처리 대상이 되셨을 뿐입니다."

금요일 밤의 홍대는 늘 그렇듯 진이 빠질 만큼 시끄러웠다. 매장에서 트는 노랫소리가 어지럽게 겹치고, 각종 음식 냄새와 담배 냄새, 향수 냄새가 묘하게 섞였다. 사람들은 서로 어깨를 치면서도 기분 나빠하지 않았고, 웃음은 쉽게 터졌다. 내가 이 거리에서 버티는 시간은 보통 두 시간이었다. 오늘은 세 시간이 넘어가자 허리에 서서히 무게가 걸렸다. 수진이는 그런 사람들 사이에 있는 자신의 모습이 싫었는지, 오늘따라 유난히 칭얼거렸다.

"아앙~ 혜린아~ 한 잔 더 하자~"

수진이가 내 옆구리를 툭 치며 입술을 내밀었다. 반대편에서 승희가 맞장구쳤다.

"솔직히 금요일에 이렇게 집 들어가는 거? 손해다. 인정?"

"어~ 인정~."

수진이와 승희가 번갈아 가며 양옆에서 어지럽게 말을 걸어왔다. 애교 섞인 콧소리가 귀엽긴 해도, 이미 5년이

나 같은 패턴을 겪어 왔다. 오늘만큼은 단호하게 끝내고 집에 가자고 마음먹었다. 두 사람의 방해 공작에도 끝내 빈 택시를 세웠다. 앞문을 열고 타자, 둘도 마지못해 뒷좌석에 엉덩이를 붙였다.

"그래, 2차는 혜린이 집에서 하는 거야!"

"좋다, 좋다!"

"둘 다 조용히 해. 오늘은 진짜 이 정도로 하고 집 가자."

어떻게든 술자리를 이어가고 싶던 둘은 택시 문을 닫으면서도 포기하지 않고 온갖 제안을 쏟아냈다. 그 말을 단호하게 잘라내니, 입이 비죽 튀어나온 수진이가 앞자리에서 고개를 돌려 보던 나와 눈이 마주쳤다. 약속이나 한 듯 두 사람의 입이 동시에 열렸다.

"넌 왜 맨날 안 된다고만 해?"

"맞아, 맞아! 항상 자기 맘대로만 해!"

뭐라고 받아쳐야 할까. 말이 혀끝에서 날카로워지다 삼켜졌다. 억지로 웃으며 다시 뒤를 돌아보자 두 사람 목소리가 유난히 더 날카롭게 들려왔다.

"제발 집에 갈 때까지만 조용히 가면 안 될까? 다음 주에 시험 끝나고 또 놀면 되잖아."

"시험 끝나면? 너 또 오빠랑 노느라고 우리랑 안 놀 거잖아."

"그래. 그리고 우리가 뭐가 시끄럽냐? 안 그래?"

슬쩍 택시 기사님을 바라보자 눈이 마주쳤다. 기사님은 인자한 웃음을 지어 보이더니 괜찮다는 듯 고개를 끄덕였다. 마치 젊은이들은 그럴 수 있다는 듯이. 더없이 부드러운 웃음이었지만, 그 미소는 왠지 모르게 금방이라도 사라질 듯한 느낌이 들었다. 저 미소가 사라지면 그 자리에 어떤 표정이 자리 잡을까. 나는 두 사람을 조용히 차에 태우고 가야 할 책임감을 느꼈다.

"송파구 미성 아파트로 가 주세요."

차가 본격적으로 속도를 올리자, 뒤에서는 금방 고삐가 풀렸다.

"아니 잠깐만! 우리 집 근처에서 소맥 한 잔만 더 하자, 딱 한 잔!"

"한 잔을 누가 한 잔으로 끝내?"

"우리가! 오늘은 우리가 약속한다! 한 잔!"

"안 돼. 내일 오전에 시험 있잖아."

"너만 있냐고~ 우리도 있지~ 근데 한 잔은 괜찮잖아. 진짜. 진짜."

나는 룸미러에 비친 내 얼굴을 슬쩍 봤다. 아까보다 창백해졌고, 턱선이 그리 예쁘게 떨어지지 않았다. 졸음 대신 피곤이 눈 밑에서 그림자처럼 눌러붙었다. 기사님과 눈이 순간 맞았다. 그는 인자한 웃음을 살짝 지으며, 고개를 아주 미세하게 끄덕였다.

"제발 집에 갈 때까지만 조용히 가면 안 될까?"

"으응~? 조용히? 우리가 시끄러워?"

"우리 엄마야? 혼내기만 하고 안 된다고만 해. 그치?"

"아니, 혜린아, 너 요즘 '착한 척' 너무 해~ 택시 기사님 앞이라고 더 심하고."

"맞아. 얘 원래 이런 애야. 옛날부터 재수 없었어."

"그만해."

술기운이 오른 걸까. 거침없이 툭툭 뱉어진 말에 낮게 깔린 대답이 돌아오자, 두 사람은 조롱하듯 못 들은 척 서로 깔깔거리며 비아냥댔다.

"명령하시네, 명령."

"오늘도 조신 모드 켜졌다."

그때 룸미러가 다시 아주 미세하게 '툭' 움직였다. 기사님이 거울 각도를 살짝 낮췄다. 기사님의 시선이 뒤쪽으로 더 깊이 들어간다. 단순한 확인일 뿐이겠지. 진상 고객들도 많으니까. 하지만 그런 것 치고는 시선이 어쩐지 오래 머무는 것 같았다. 무심한 척 내 시선을 거두어 오는 가운데, 기사님의 시선과 내 시선이 잠시 교차한 것도 같았다. 나는 입술을 한 번 깨물었다. 불편한 침묵도 잠시, 뒤에서 승희가 내 어깨를 툭 치며 말했다.

"너는 맨날 맞는 말만 해. 재미없어. 우리도 오늘 힘들었단 말이야."

"그래서 지금 재밌자고 이러는 거잖아."

나는 낮게, 최대한 차분하게 말했다.

"근데 지금은 안 돼. 진짜 피곤해."

"또 안 돼? 넌 왜 항상 안 돼만 말하냐고. 우리만 더 놀고 싶어? 우리만 애원해?"

이성을 잃은 두 사람이 점점 협박의 형태로 말을 바꾼다.

"너네 오빠한테 오늘 홍대 클럽이랑 헌팅포차 가서 번호 따였다고 다 말한다?"

"진짜. 너 요즘 하는 꼴 보면 별로야. 오빠 친구들도 다 알걸?"

"야. 정수진. 이승희."

나는 작정하고 마지막 경고를 보내봤다. 이름이 불린 두 사람은 아랑곳하지 않고 말의 수위를 높인다.

"야. 술은 됐으니까. 내려서 너 우리랑 이야기 좀 해."

"그래. 오늘은 이야기 좀 해."

속에서부터 깊은 한숨이 끓어올랐다. 오늘따라 대체 왜 이러는 건지······. 입을 꾹 다물고 있자, 두 사람이 제멋대로 택시를 세웠다.

"기사님. 죄송해요. 요 앞에 세워주세요."

택시

"예."

갓길에 세운 택시와 잠시의 침묵. 기사는 굳이 뒤돌아보지는 않았지만, 룸미러 각도를 한 번 더 고쳤다.

"야. 김혜린. 내려."

"그렇게 내가 싫으면 둘이 놀아."

"…뭐?"

"둘이 놀라고, 내가 꺼져줄 테니까."

술기운에 속으로 삼키고 있던 말들이 결국 튀어나왔다. 짧은 정적이 택시를 메웠다. 승희가 먼저 "뭐래" 하고 중얼거렸다. 수진이 내 쪽으로 상반신을 내밀며 눈을 부릅떴다.

"넌 왜 맨날 안 된다고만 해?"

"항상 자기 맘대로."

승희가 겹쳐 말했다.

"내가 맘대로 하는 게 아니라……."

택시 기사가 혀로 입술을 적시며 핸들을 검지로 두드리고 있었다. 짜증이 난 것 같기도 했고, 소란꾼들을 내쫓게 되어 내심 기뻐하는 것 같기도 했다.

"내려."

수진이 툭 내뱉더니 문을 잡아당겼다. 문이 '쿵' 열리며 바깥 공기가 한 줌 들어왔다.

"가자."

승희도 따라 내렸다. 친구들의 갑작스런 행동에 놀랐지만, 한편으로는 '차라리 잘 됐다, 빨리 꺼져 버려' 하는 생각도 들었다.

그러나 마음 한구석에서는 알 수 없는 꺼림직함이 고개를 들고 올라왔다. 차 문을 닫는 소리를 들은 순간, 나도 얼른 따라 내렸어야 했던 건 아닐까 하는 설명할 수 없는 찜찜한 기분이 들었다.

두 사람이 내리자 차 안이 갑자기 넓고, 이상하게 더 차가워진 느낌이 들었다. 동시에, 설명하기 힘든 정적이 내려앉았다. 방금 전까지 귓전을 울리던 야단스런 목소리들의 빈자리가 너무 컸다. 텅 빈 뒷좌석이 갑자기 너무도 낯설고 무겁게 느껴졌다.

택시는 문이 닫히자마자 기다렸다는 듯 출발했다. 1분 1초가 기사님에게는 돈일 테니, 어쩔 수 없는 노릇이기는 하다. 그렇지만 택시는 멀어져가는 두 사람의 실루엣을 조금도 살필 틈을 주지 않았다.

둘만 남은 차 안에서 어색한 침묵이 흘렀다. 이 불편함은 친구들이 부끄러운 모습을 보여 그에게 눈치가 보였던 까닭일까.

나는 기사님을 향해 고개를 살짝 숙였다.

택시

"아까는… 죄송했습니다."

"예."

짧고 간단한 대답, 그러면서도 아쉬움과 만족스러움이 섞인 듯한 묘한 여운이 있는 대답이었다. 나는 괜히 더 말을 잇지 못하고 입술을 깨물었다.

신호가 바뀌었고 차가 다시 움직였다. 나는 한숨을 천천히 내쉬었다. 이제 끝났다. 집에 가서 샤워하고 자면 된다. 그런 사소한 생각들이 머리를 스쳤지만 마음은 좀처럼 가라앉지 않았다. 애써 다른 생각을 하며 어색한 불안감을 지워보려 했다. 내일 시험 문제나, 집에 쌓아 둔 세탁물 같은 일들을 떠올려 봤다. 그렇지만 눈에 힘이 들어가고, 손이 신경질적으로 팔을 문지르고 있는 건 막을 수가 없었다.

애써 관심이 있는 듯 없는 시험 생각을 하고 있는데 어딘가에서 낮게 울리는 소리가 귓가를 스쳤다. 신경을 곤두세운 내 표정을 룸미러로 얼핏 보고 나도 놀랐다. 그런 내 긴장을 느꼈는지, 기사님이 음악을 틀어 주었다.

아, 그러고 보니 이 불안은 수진과 승희 때문인 것 같다. 휴대폰을 꺼내 수진에게 전화를 걸기로 했다. 적어도 이렇게 끝낼 사이는 아니다. 한 번쯤은 수습하는 말로 마무리를 해야 했다. 그렇지 않으면 당장 내일 마주치면 어색할 것이다. 그 마음은 승희도 똑같았나 보다. 전화를 걸려고 하는데, 먼저 전화가 걸려 와 순간 흠칫했다.

"너 빨리 내려 당장!"

승희의 목소리였다. 조금은 화를 가라앉히고 다소 진지한 목소리로 말을 걸어오지 않을까 예상했던 목소리와는 완전히 달랐다. 친구와 다시 연결되어 느꼈던 반가움도 잠시, 아무리 술에 취했다고는 해도 이렇게까지 하나 하는 생각마저 들었다.

"진짜 이렇게 해야겠……"

"너 못 들었어?"

반박하기도 전, 수진의 목소리가 갑자기 바짝 가까워졌다. 입김이 바로 귓속으로 들어오는 느낌이었다. 수진의 목소리는 다급하고 애절했다.

"빨리 내려. 트렁크에 여자가 살려달라고 했다고."

그 말 위로, 다른 소리가 끼어들어 왔다. 막힌 공간에서 울림이 되돌아오는, 둔탁하고 젖은 소리. 금속 같은 건 아니었지만, 어딘가 두껍고 닫힌 곳에서 새어 나온 숨의 울림. 소리는 아주 작았지만, 의심할 수 없이 분명했다.

"살려주세요… 제발……."

적막 속에 선명한 소리. 트렁크에서 들리는 울음 섞인 여자의 음성이 들려오자, 본능적으로 시선이 그에게로 향했다.

　기사의 오른손이 핸들을 천천히 떠났다. 손놀림은 급하지 않았다. 익숙하고 느긋했다. 그 손이 대시보드 아래, 컵홀더 아랫부분으로 들어갔다. 손을 몇 번 더듬더니, 손등 근육의 움직임이 무언가를 잡아끄는 모양새다. 그러고 보니 블랙박스도 어느샌가 꺼져 있었다.

　그의 손이 그림자에서 나왔다. 손에, 망치가 들려 있었다.

홍정기

추리와 SF, 공포 등 장르소설이 줄 수 있는 재미를 쫓는
장르소설 탐독가이자 작가.
장편 장르소설과 앤솔러지를 가리지 않고 활약하고 있다.

5부 **기억**

얼음땡 · 227

한밤중의 손님 · 245

일기 · 261

얼음땅

미로처럼 구불구불한 길을 따라

숨이 턱에 찰 정도로 뛰고 또 달린다.

어깨선에 떨어지는 머리카락을 휘날리는 소녀는

잡힐 듯 잡히지 않고.

깔깔거리는 웃음소리에 약이 오른다.

먹음직스러운 빨간 딸기가 점점이 박힌 하얀색 티셔츠가 멀어진다.

조바심이 난다.

옷깃이라도 스치면 술래에서 벗어날 수 있는데.

얼음을 외치기 전에 먼저 잡아야 하는데.

허리를 곧추세우고. 땅을 내딛는 다리에 힘을 준다.

"병수야, 밥 먹다 말고 무슨 생각을 그렇게 해."

"아……."

 엄마, 아빠가 빤히 나를 바라본다. 나는 엉겁결에 얼버무렸다.

얼음땡

"잠시 다른 생각을 했어요. 먹, 먹을게요."

나는 서둘러 나무젓가락으로 비엔나소시지를 잡았다. 잠시 다른 생각을, 아니 백일몽이라도 꾼 듯하다.

요즘 들어 오래전 누나와 함께 얼음땡을 했던 기억이 스치듯 떠 오른다. 누나는 늘 잡히지 않았다. 내가 숨이 턱에 차도록 쫓아도, 깔깔 웃으며 뒤돌아보고는 사라졌다. 일부러 잡힐 듯 말 듯 약을 올리면서 도망가고는 했다. 그래서 누나를 쫓다 보면 술래는 언제나 계속 나였고, 결국 지쳐 주저앉았다. 언젠가 누나를 꼭 한번 잡아보고 싶다, 이런 생각을 하고는 했다.

나는 절반쯤 먹은 편의점 도시락으로 고개를 떨군다. 대화는 없다. 그저 간간이 음식을 씹고 목으로 넘기는 소리만이 들릴 뿐.

숨 막히는 식사 시간이 이어진다. 종이 박스를 대충 뒤집어 만든 식탁 위에 도시락 3개. 종이 박스 주변으로 옷가지와 폐지, 그리고 잡동사니들이 천장에 닿을 듯 산처럼 쌓여 있다. 안방만 그런 게 아니다. 거실과 화장실 가릴 거 없이 집안은 고물들로 가득하다. 사람 하나가 간신히 지날 수 있는 통로가 현관과 각 방과 화장실로 힘겹게 이어져 있다.

그나마 지금 밥을 먹고 있는 안방이 유일하게 밥을 먹

고 몸을 구겨서라도 누울 수 있는 유일한 곳이다. 눅눅한 지린내와 곰팡내가 코를 찌른다. 지금이라도 깔고 앉은 옷가지를 들추면 새카만 바퀴벌레들이 후다닥 흩어진다. 이런 공간에서 밥이 넘어가다니. 사람은 적응의 동물이 분명하다.

쓰레기 집. 그렇다. 우리 집은 쓰레기 집이다. 처음부터 그랬던 것은 아니다. 처음에는 꽤 살 만한, 아니 웃음이 넘치는 집이었다. 그런 집이 쓰레기로 가득 차게 된 건 누나가 집에서 사라지고 나서부터다.

'병수야. 먼저 집에 가. 친구네서 책 좀 빌려올게.'

늦은 오후. 놀이터에서 나와 함께 놀던 누나는 근처 친구네 집에 잠시 다녀온다며 나를 집으로 돌려보냈다. 터덜거리며 가벼운 발걸음으로 멀어지던 누나. 그게 내가 본 누나의 마지막 모습이다. 누나는 그 뒤로 다시는 돌아오지 않았다.

채소 장사를 하던 부모님은 밤늦게나 돌아오셨고, 그제야 누나를 찾기 위해 동네방네를 뛰어다녔지만 누나는 어디에도 없었다.

나는 어린 마음에 얼음땡을 잘하는 누나가 또 기가 막히게 잘 도망 다니고 있다고 생각했다. 그렇지만 부모님의 생각은 달랐고, 그길로 경찰서에 달려갔다.

얼음땡

하지만 경찰은 가출일 수 있으므로 48시간이 지나서 다시 오라며 부모님을 집으로 돌려보냈다. 옆 동네의 옆 동네, 뒷산까지 이 잡듯 뒤지며 이틀을 보낸 뒤, 다시 경찰서에 신고했다. 경찰들도 그제야 사태의 심각성을 깨닫고 나섰지만 그런다고 사라진 누나가 돌아오지는 않았다.

부모님은 누나의 사진이 큼직하게 박힌 전단을 뿌리고 전국을 돌기 시작했다. 나는 텅 빈 집에 홀로 앉아 부모님이 사라진 누나를 찾아오기만을 기다렸다. 마치 술래에게 잡혀 이번 게임이 끝나기만을 기다리는 얼음땡의 포로가 된 기분이었다.

하루, 이틀, 두 달, 1년. 시간은 속절없이 흘러갔고 마침내 하염없이 기다리던 부모님이 돌아왔다. 3년 만이었다. 돌아온 부모님 옆에 누나는 없었고, 게임은 끝나지 않았다. 누나를 포기하고 싶지 않았지만 남아 있는 내가 밟혀 돌아올 수밖에 없었다고 엄마는 눈물을 흘리며 말했다.

기뻤다. 이제는 무서운 밤을 홀로 보내지 않아도, 더 이상 악몽에 시달리지 않아도 된다고 안도했다.

하지만 악몽은 끝나지 않았다. 부모님이 돌아왔지만 집은 누나가 사라지기 이전으로는 돌아오지 않았다. 이제 영영 누나를 잡을 방법은 사라져 버렸고, 누나가 살던 예전의 우리 집을 붙잡을 방법도 사라져 버렸다. 채소 장사를 다시 할 수가 없었다. 가게를 접은 돈은 전국을 떠돌며 진즉에 다 써 버렸다. 심지어 여기저기 빌린 돈의 이자를 낼 형편도 되지 않았다. 그렇다고 그대로 굶어 죽을 수도 없었다.

결국 부모님은 고물 리어카를 끌고 동네를 돌며 폐지를 주워 모았다. 모은 폐지 더미를 고물상에 팔면 그런대로 입에 풀칠은 할 수가 있었다. 고철이나 고물들도 돈이 되겠다 싶으면 닥치는 대로 주워 모았다.

집 마당에는 고물들이 쌓여갔다. 쌓이고 또 쌓였다. 마당이 고물들로 발 디딜 틈이 없어질 때쯤, 오갈 곳 없는 고물들이 집안을 잠식하기 시작했다. 때마침 마당에 쌓은 고물들로 이웃이 악취 민원을 넣은 시점이었다. 시사 프로그램에서 종종 보던 쓰레기 집이 우리 집이 될 줄은 몰랐다.

저장강박증이라던가. 부모님은 저장강박증에 걸려 버렸다. 사라진 누나에 대한 그리움과 끝내 찾지 못한 실망, 후회가 아무것도 버리지 못하는 저장강박증이란 마음의 병으로 발현된 것 같았다.

처음에는 쓰레기 집이 너무나 싫었다. 하지만 어느샌가 나도 이런 생활에 익숙해져 버렸다. 먼저 식사를 마친 아빠가 젓가락을 편의점 도시락 속에 넣고 플라스틱 뚜껑을 덮었다. 그리고 수염이 비죽비죽 솟은 턱을 어루만지며 나를 응시했다.

뭔가 할 말이 있는 눈치였다. 나는 계란말이를 오물오물 씹어 삼키고 나서 물었다.

"저한테 할 말이 있으세요? 아빠."

내 말에 엄마도 젓가락을 놓고 아빠를 쳐다봤다. 아빠는 짧게 한숨을 쉰 뒤, 앉은 상태로 엉덩이를 살짝 들어 청바지 뒷주머니를 뒤적거렸다. 뒷주머니에 넣었던 손을 내게로 뻗었다. 아빠가 펼친 손바닥에는 작은 증명사진이 놓여 있었다.

오래도록 갖고 다녀 네 귀퉁이가 닳아 해진 그 사진. 나는 그 사진을 받아 한참을 들여다봤다.

어깨까지 오는 검고 윤기 나는 생머리.

눈에는 총기가 가득하고, 코는 오똑하며, 이마는 탁구공처럼 볼록하다.

살짝 벌린 입꼬리 사이로 새하얀 치아가 드러나 장난기가 다분한 인상.

아직 젖살이 다 빠지지 않은 광대는 귀여움과 천진난만함이 깃들어 있다.

하지만…….

나는 사진 속 귀엽게 생긴 소녀에게서 시선을 떼 의아한 얼굴로 아빠를 바라봤다. 아빠는 내 표정을 보더니 답답한 듯 입을 열었다.

"병수야. 누나 기억 안 나?"

"누나?"

내가 되묻자 엄마는 짧게 탄식했다. 아빠도 자신의 머리를 헝클어트렸다.

의아했다. 아니 이해가 가지 않았다. 몇 년이 지나는 사이 누나 얼굴을 잊기라도 한 건가. 사진 속 존재는 그 정도로 낯설게 느껴졌다.

나는 다시 작디작은 사각형 속의 얼굴로 눈을 돌렸다.

"음……."

묘했다. 설명하기 힘들지만 이번에는 처음과는 다르게 그리움의 감정이 밀려들었다.

나는 사진을 손에 든 채 살며시 눈을 감았다. 순간 오래전 그날 내게서 멀어지던 누나의 뒷모습이 눈꺼풀 뒤에서 살아났다. 그 뒷모습은 헤어짐이 아니었다.

그냥 누나는 또 얼음땡을 시작한 것이었다. 나와 가족들을 속이고 어디선가 잘만 도망치고 있는 것이었다. 술래는 아직 나였다. 구석구석을 뒤져 누나를 찾지 않으면, 이 게임은 끝나지 않는다. 놀이터 출구로 걸어가던 누나가 우뚝 걸음을 멈춘다. 그리고 나를 향해 스르륵 고개를 돌린다.

얼음땡

'집에 가 있어. 얼른 돌아갈게.'

한쪽 눈을 찡긋거리는 누나. 누나의 윙크는 오늘도 누나가 이겼다는 것을 알려주는 표시였다. 역시 누나는 빨랐다. 손끝에 닿을 듯 말 듯 달아나던 뒷모습. 술래가 안 되려면 어떻게 하면 되는지 가장 잘 알고 있던 사람. 그래서 나는 늘 술래였고, 지금도 술래로 남아 있다.

나는 눈을 번쩍 떴다. 증명사진 속 누나가 내게 윙크를 보내고 있었다.

"아, 아빠 나 기억났어요."

내 말에 아빠의 어두운 얼굴에 화색이 돌았다. 엄마가 나를 향해 상체를 바짝 붙이며 물었다.

"어딨어? 이 누나 어딨어?"

"으, 응? 어디 있긴. 나는 모르지……."

나는 빠르게 덧붙였다.

"없어진 누나가 어디 있는지 내가 어떻게 알겠어."

"그래. 실종된 누나."

아빠가 내 손의 사진을 낚아챈 뒤 나를 향해 들어 보이며 말했다.

"병수야. 다시 잘 봐봐."

나는 다시 누나 사진에 집중했다. 아빠는 내가 사진을 보는 것을 확인하고 이어 말했다.

"누나랑 같이 놀다가 누나가 갔어. 그렇지?"

나는 말없이 고개를 끄덕였다. 아빠는 그런 나를 보며 말을 이었다.

"그리고 넌 누나를 뒤따라갔잖아."

그 말에 나는 고개를 가로저었다.

"아냐. 난 혼자 집으로 돌아왔어."

"아니! 그게 아니고, 하아……."

아빠는 한숨을 내쉬며 고개를 푹 숙였다. 엄마도 실망한 기색이 역력했다.

뭐지. 이제껏 내가 이미 누나를 찾았다고 생각한 건가. 나야말로 누나가 어디로 갔는지, 어떻게 없어졌는지 가장 궁금해하던 사람인데. 나는 그저 누나를 잡을 때까지, 동네를 방황하는 능력 없는 술래에 불과했다. 부모님은 누나 실종에 나도 책임이 있다고 생각하는 것 같아 조금 서운해졌다.

"나, 나는……."

갑자기 울컥해 잠시 쉬었다가 말을 이었다.

"난 정말 몰라요. 누나가 없어진 게……."

목소리가 떨렸다. 나는 힘겹게 말을 토했다.

"내 잘못은 아니잖아요!"

마지막에 잡힌 사람이 술래가 된다고 아이들은 항상 말

얼음땡

했다. 그런데 나는 술래가 되면 그만둘 수가 없었다. 왜냐하면 누나는 잡히지 않으니까. 그래서 술래를 그만둘 수 없었다. 술래가 바뀌지 않으니 놀이는 끝도 없다. 나는 지금도 술래고, 앞으로도 술래다. 그래서 계속 쫓아야 한다. 계속 잡아야 한다. 그래야 언젠가 누나가 나타나고, 놀이가 멈춘다. 그때까지는…… 멈출 수는 없다. 멈추는 순간, 이 집안도 나도 다 끝장나니까.

"에잇!" 아빠가 신경질적으로 벌떡 일어섰다.

"씨발. 틀렸어. 도저히 못 해 먹겠다고."

엄마가 서둘러 따라 일어서 아빠의 팔을 잡아당겼다.

"이러지 마. 병수 놀라잖아."

나는 안절부절못한 채 엄마와 아빠를 번갈아 봤다. 아빠는 성난 눈으로 나를 흘깃 쏘아본 뒤 자신의 손으로 머리를 마구 헝클어트리며 말했다.

"지쳤어. 이젠. 더 이상 못 해 먹겠다고. 이런다고 지수……"

순간 방안에 파열음이 일었다. 아빠의 오른쪽 뺨이 금세 붉게 부풀어 올랐다. 엄마가 아빠의 뺨을 때린 것이다. 아빠도 많이 놀랐는지 말을 잃고 엄마를 바라봤다.

일촉즉발의 상황. 더 큰 싸움으로 번지기 전에 말려야 한다는 생각에 나는 재빨리 일어서 엄마 팔을 붙잡았다.

엄마의 팔이 가늘게 떨렸다.

"무, 무서워. 엄마, 아빠 싸우지 마."

"지수는, 우리 지수는 꼭 돌아올 거야."

엄마는 내게 눈길 한 번 보내지 않고 말 한마디 한마디에 힘을 주어 말했다. 엄마의 두 눈에 눈물이 흘러내렸다.

응? 그런데 이 위화감은 뭐지.

나는 위화감을 억누르지 못하고 입을 열었다.

"지수, 지수가 누구야?"

"씨팔!" 아빠가 엄마가 잡은 팔을 뿌리치고 내 멱살을 덥석 잡았다. 그리고 무서운 얼굴로 내게 고함쳤다.

"더 이상 못 참아. 이 개새끼, 당장 죽여버릴 거야!"

"어구구구구."

아빠의 기세에 나는 그대로 옷더미 위로 넘어지며 머리를 부딪쳤다.

"그러게 내가 이딴 짓거리 다 소용없다 했잖아."

"그럼 어떻게 해. 이대로 가만히 있을 수도 없잖아."

엄마와 아빠의 성난 목소리가 귓가에서 멀어져갔다.

#

미로처럼 구불구불한 길을 따라

얼음땡

숨이 턱에 찰 정도로 뛰고 또 달린다.

어깨선에 떨어지는 머리카락을 휘날리는 소녀는

잡힐 듯 잡히지 않고.

깔깔거리는 웃음소리에 약이 오른다.

먹음직스러운 빨간 딸기가 점점이 박힌 하얀색 티셔츠가 멀어진다.

조바심이 난다.

옷깃이라도 스치면 술래에서 벗어날 수 있는데.

얼음을 외치기 전에 먼저 잡아야 하는데.

허리를 곧추세우고. 땅을 내딛는 다리에 힘을 준다.

.
.
.

도망가봐야 소용없어. 잡히기만 해봐라.

터지는 웃음을 참을 수가 없다.

나를 돌아보는 소녀의 예쁜 얼굴이 겁에 질려 일그러져있다.

소녀의 눈에서 흐른 눈물이 발갛게 물든 볼 위로 하염없이 흐른다.

마침내 소녀의 발걸음이 멎었다.

막다른 길. 옷더미가 소녀의 키를 훌쩍 넘길 정도로 쌓인 안방에 다다른 것이다.

얼음처럼 얼어붙은 소녀의 어깨가 눈에 띄게 흔들린다.

이제 와서 얼음을 외쳐봐야 소용없다.

나는 거칠게 소녀의 몸을 돌려세웠다.

"할, 할아버지. 우리 고양이, 나비 돌려주세요."

나는 소녀의 귀에 대고 속삭여주었다.

"밤마다 울어 재끼는 그 망할 고양이는 이미 목을 비틀었단다."

소녀의 동그란 눈망울이 더욱 커졌다.

나는 소녀의 얼굴을 가만히 지켜봤다.

누나를 꼭 닮은 그 얼굴을.

참을 수 없는 분노가 치밀어 오른다.

누나. 누나 때문에 우리 집이. 아니, 내 인생이 망가졌다.

나는 소녀의 목으로 손을 가져갔다. 그리고 열 손가락에 힘을 주었다.

펄떡이는 소녀의 맥박이 손가락으로 전해진다.

힘겹게 발버둥 치는 소녀의 얼굴에 누나가 겹친다.

소녀의 어깨가 얼음처럼 굳어간다.

떨리는 입술이 "얼음"이라고 말하는 것만 같다.

술래도 이 정도면 오래 했다.

술래는 나고, 규칙은 내가 정한다.

그래. 더 고통스러워 해.

좀 더.

더.

더.

더.

얼음땡

"끄으응…"

꿈을 꾼 것처럼 머리가 먹먹했다. 뒤통수에 통증이 밀려와 어루만지니 불룩하게 혹이 나 있었다. 절로 욕지기가 치밀어 올랐다.

천천히 눈을 뜨자 이웃집 부부가 언성을 높이고 있었다.

"우리 지수가 저 망할 노인네 집으로 들어갔다는 걸 세탁소 이 씨가 봤다잖아."

팔을 뻗으며 아웅다웅하는 그들의 모습은 '얼음'을 풀어주려는 친구들의 모습처럼 보였다. '땡'이라고 말하려는 지 입술의 모양. 하지만 아직은 안 된다. 누나는 숨어있고, 술래는 여전히 나다. 누나를 잡기 전까지는 아무도 풀려나서는 안 된다.

"그럼 뭐해. 치매 걸린 미친 노인네가 아무것도 기억을 못 하는걸."

"경찰은 이틀이 지나야 수색을 해준다는데 그렇다고 가만히 앉아서 기다릴 순 없잖아."

"저 노인네가 우리 보러 아빠 엄마 하는데 뭘 어떻게 찾겠냐고."

"그래도, 분명 이 씨가 여기로 들어가는 걸 봤다고……."

"아우. 일단 나가자고. 이놈의 쓰레기 집. 악취가 나서 미칠 것 같아."

간절히 아이를 찾으려 하는 목소리. 내 귀에는 조금 다르게 들렸다. 어린 시절 친구들의 목소리였다. 얼음이 된 아이를 풀어주려고 하는, "땡"을 외치려고 다가오는 목소리. 손길이 뻗어왔다. 지수의 손목을 잡아 끌어내려는 팔. 아직 안 된다. 누나는 나오지 않았으니까. 술래는 바뀌지 않았으니까. 지금 얼음을 풀어버리면, 정말이지 한도 끝도 없다. 왠진 잘은 모르겠지만 그들은 곧 울면서 가버린다. 좋다. 저들은 결국 얼음을 풀어주지 못하고 술래 앞에서 도망가고 만 것이다.

나는 누운 채로 고개를 스윽 돌렸다.

검은 비닐봉지가 옷더미 사이로 드러나 있었다.

저 남편 놈이 밀치는 바람에 옷더미 위로 넘어졌는데, 그때 옷더미가 무너지면서 숨겨 두었던 비닐이 드러났나 보다.

봉숭아 물을 들인 작은 손가락이 비닐봉지를 뚫고 나온 것이 보였다.

아무래도 한 방에 죽이지는 못한 듯싶었다.

가까스로 정신을 차렸지만 결국 쌓아둔 옷 무게를 이기지 못하고 질식해 죽었으리라.

나는 싸움에 정신이 팔린 부부가 알아차리지 못하도록 천천히. 그리고 조용하게 봉투 밖으로 비어져 나온 가녀

얼음땡

린 손가락을 티셔츠로 덮었다. 얼음에서 풀려나지 못한 가녀린 손가락은 차디찼다.

한밤중의 손님

뱃속이 꼬르륵 소리를 내며 요동쳤다.

정신없이 TV 속 쇼프로그램을 보던 나는 문득 허기를 느끼고 고개를 들었다. 거실 벽의 원목 시계 시침이 숫자 9를 막 지나고 있었다.

TV에서 쏟아져나오는 요란한 불빛이 어두컴컴한 거실을 유일하게 밝히고 있었다.

"오늘은 좀 늦네."

"잔업이라도 하나 보지."

소파 바로 옆 휠체어에 앉은 형이 무심하게 답했다.

"오늘도 잔업인가."

엄만 요즘 들어 연일 잔업이다.

술만 들어가면 우리를 뚜드려 패던 아빠와 가까스로 이혼한 엄마는 곧바로 방직 공장에 취직했다. 편의점 알바보다는 훨씬 낫지 않냐며 좋아했건만, 첫 달 월급봉투 액수를 본 엄마의 얼굴은 월급봉투처럼 하얗게 질렸다. 이

대로는 모두 굶어 죽겠다며 혼잣말을 중얼거리더니, 바로 다음 날부터 잔업을 시작했다.

잔업을 하는 날이면 정해진 퇴근 시간은 없는 듯했다. 그날 할당받은 일감을 전부 마쳐야 퇴근할 수 있었다. 그러다 보니 저녁도 대중이 없어졌다.

엄마가 라면이나 3분 카레 같은 레토르트 음식을 채워놓았지만 웬만하면 엄마가 올 때까지 기다렸다. 엄마와 유일하게 먹는 한 끼가 저녁이었기 때문이다.

"배고프냐? 라면이라도 끓여 먹을까?"

난 TV 화면에 시선을 둔 채 가볍게 고개를 가로저었다. 형도 그런 내게 한 번 더 제안하지 않았다. 우리는 다시 어두컴컴한 거실을 비추는 TV 화면을 멍하니 바라보았다.

바로 그때였다.

똑똑.

나는 곧바로 고개를 왼쪽 현관으로 돌렸다. 알루미늄 현관의 간유리에 검은 실루엣이 비쳤다.

똑똑.

"엄… 읍."

엄마를 부르려던 나는 곧바로 스스로 손바닥으로 입을 틀어막았다. 형이 다급히 검지를 입술에 세워 붙였기 때문이다. 나는 입을 틀어막은 채 숨을 죽였다. 형이 내 귀에 작게 속삭였다.

"조용히 해 임마. 빚쟁이일지도 모르잖아."

그런가. 하긴. 엄마라면 현관문을 두드릴 필요가 없으려나.

똑똑.

의문의 노크는 계속됐다. 집에 아무도 없다고 생각하고 돌아가면 좋으련만. TV 불빛이 현관 밖에서도 보일 테니 아무도 없다고는 생각하지 않는 듯했다.

똑똑.

규칙적인 노크가 계속됐다. 그 일정함이 왠지 모르게 위압감을 줬다.

"근데 말이야. 저 문밖에 사람. 뭔가 이상하지 않냐."

형의 속삭임에 나는 현관을 자세히 살폈다. 그리고 알아차렸다. 간유리에 검은 실루엣. 분명 머리가 있어야 할 문의 상단에 동그란 머리 모양이 없었다. 키가 얼마나 크기에 머리가 아예 보이지 않는 건가.

문밖의 사람이 엄마가 아닌 건 분명했다. 엄마 키는 이제 5학년인 나와 엇비슷했기 때문이다.

똑똑.

나는 침을 꿀꺽 삼켰다. 누구든지 끈질긴 성격은 분명했다.

"어떡하지. 별로 갈 생각이 없나 본데?"

한밤중의 손님

형은 심각한 얼굴로 나를 바라보다 입을 열었다.

"아무래도 심상치 않은데. 무기라도 가져와야 하나."

"무기?"

나는 곧바로 되물었다. 형은 고개를 작게 끄덕이며 답했다.

"너도 알잖아. 엄마가 이 거지 같은 집 계약하느라 사채 끌어다 쓴 거. 밖에 있는 놈이 빚을 받으러 온 조폭이면 어떡하냐."

TV에서 본 사채업자가 떠올라 등골이 서늘해졌다. 빚을 받기 위해서라면 어떤 패악질도 서슴지 않는 깡패. 문 밖의 거대한 실루엣은 미동이 없었다. 그 실루엣을 바라보며 묘하게 납득했다. 저 정도 덩치라면 힘도 꽤나 쓸 듯했다.

쿵, 쿵.

"헉!"

나는 다시 입을 틀어막았다. 문을 두드리는 강도가 달라졌다. 더 이상 기다리지 않겠다는 건가.

"야. 야. 이거… 위험한데?"

식은땀이 이마를 타고 주르륵 흘렀다.

쿵, 쿵.

현관문이 쿵 소리에 맞춰 흔들렸다. 쿵 소리에 심장이

철렁 내려앉았다. 문을 치는 주기도 점점 빨리지는 것 같 았다.

"젠장, 틀렸어. 돌아갈 생각이 없나 봐."

사색이 된 형의 얼굴에 내 얼굴은 어떻게 보일까라는 쓸데없는 생각이 들었다.

쿵, 쿵.

"누, 누구냐고 물어볼까?"

"안 돼. 새끼야. 미쳤냐? 그냥 조용히 있어."

"어차피 안 가잖아."

"안 된다니까. 이 새끼 세상 무서운 줄 모르네."

형과 씨름하며 갈등하던 사이, 문밖에서 들리는 목소리에 나는 두 귀를 의심했다.

"현우야. 엄마야. 집에 없니?"

정수리에서 시작된 찌르르한 소름이 전신을 휩쓸고 지나갔다.

엄마… 라고? 이게, 엄마 목소리라고?

쇳소리라 여길 정도로 가늘고 가래가 낀 듯한 걸쭉한 목소리. 어떻게 들어도 엄마 목소리와는 한참 달랐다. 너무나 불쾌한 장난이었다. 도무지 이유를 알 수 없는 장난.

"현우야. 엄마야."

"미친. 저거 정신병자 아냐?

한밤중의 손님

"가만히 있어봐. 형."

생각을 정리할 시간이 필요했다.

"근데 내 이름은 어떻게 아는 거지?"

"현우야. 집에 있는 거 알아. 어서 문 좀 열어봐."

"어, 엄마 아닌 거 다 알아요. 누군지 모르겠지만 장난치지 말고 어서 가세요."

"야, 그걸 대답하면 어떡해."

아뿔싸. 나도 모르게 목소리가 튀어나와 버렸다.

"현우야. 나야. 엄마라니까!!!"

문밖의 목소리가 한층 강해졌다.

"이제 난 몰라."

형이 머리를 젖히며 자신의 손바닥으로 이마를 짚었다.

"현우야."

"현우야!"

"현우야!!"

고막을 파고드는 목소리에 미칠 것 같았다. 진절머리가 났다. 더 이상 참을 수가 없었다. 나는 소파에서 벌떡 일어서 소리쳤다.

"당장 꺼지세요. 안 그럼 경찰에 신고할 거예요."

바로 그 순간. 기괴한 목소리가 멎었다. 동시에 간유리를 비추던 실루엣도 말끔히 사라졌다.

거실을 비추는 TV 화면. 연예인들의 웃고 떠드는 목소리. 마치 조금 전으로 시간을 되돌린 것만 같았다. 긴장이 풀린 나는 다시 소파에 털썩 앉았다. 뭐지, 대체 뭐였지. 나는 옷소매로 이마의 식은땀을 훔쳤다. 마치 악몽을 꾼 것 같았다. 하지만 형의 얼굴은 전에 없이 어두웠다.

"마음 놓지 마. 끝난 게 아닐지도 몰라. 동료를 부르러 간 걸지도 모르지. 거기서 네 맘대로 대답하면 어떡하냐. 바보야."

나는 서둘러 변명하듯 지껄였다.

"하, 하지만. 그냥 둘 수도 없었잖아. 미쳐버릴 거 같았다고. 나로선 최선이었어."

"병신. 됐고. 엄마한테 전화나 해."

나는 벽시계를 슬쩍 봤다. 아홉 시 삼십 분이었다.

"소용없어. 엄만 열 시가 넘어서야 오는데. 일할 땐 전화 안 받는 거 알잖아."

형은 낮게 탄식했다.

"암튼. 대비는 해야 해. 최악의 경우를 대비해야 한다고."

최악의 경우가 뭔지는 굳이 묻지 않았다. 난 형의 눈짓에 따라 몸을 일으켜 부엌으로 향했다. 식탁 위 접시에는 말라비틀어진 사과껍질과 날이 닳은 과도가 놓여 있었다.

나는 과도와 형, 그리고 휠체어를 번갈아 봤다. 형은 단호하게 고개를 끄덕였다.

하아. 그래. 대비다. 대비.

나는 작게 한숨을 쉰 뒤, 과도를 들고 소파로 돌아왔다. 손안의 과도가 왠지 무겁게 느껴졌다.

"그나저나 그 새낀 대체 뭐였을까. 정신병자인가."

"모르겠어. 내 이름은 어떻게 알았는지도 모르겠고."

갑자기 형이 한쪽 입꼬리를 올리며 말했다.

"귀신 아냐? 너 그런 얘기 아냐?"

귀신이라는 말에 호기심이 자극됐다.

"뭐? 귀신?"

"귀신이 문밖에서 누군가의 이름을 부르는데. 당연하게도 그 사람의 영혼을 빼앗아 가려고 부르는 거야."

형의 눈빛이 희번덕거렸다. 마치 재미있는 이야기라도 되듯 열에 들떠 떠들기 시작했다.

"근데 그 귀신의 부름에 절대 대답하지 않아야 하거든."

"대, 대답을 하면 어떻게 되는데?"

그러면 안 되는 줄 알면서도 형의 의도대로 공포에 떨리기 시작했다.

"어떻게 되긴. 새끼야. 그 귀신이 찾아와서……."

쾅! 쾅! 쾅! 쾅!

"흐아아아악."

때마침 울리는 문소리에 나는 우스꽝스럽게 소리를 질러버렸다.

제길, 또 왔어.

형 말대로였다. 또다시 현관 간유리는 새카만 실루엣으로 가득했다.

"이번에야말로 네 영혼을 빼앗으러 왔나 보다."

쾅! 쾅! 쾅!

"현우야! 문 열어! 어서!"

미친놈은 소리를 질러대고, 형은 배를 잡고 웃어댔다. 부아가 치밀었다. 지금 웃음이 나올 상황인가.

"가라고요. 진짜 경찰에 신고할 거예요."

나는 탁자 위의 휴대폰을 주워 들었다.

"야! 당장 문 열라고! 김현우!"

나는 서둘러 112 버튼을 터치했다. 손가락이 떨려 불과 숫자 세 개를 누르는 데에도 한참의 시간이 흐른 것만 같았다.

이대로라면 얼마 안 가 문이 부서질 것 같았다. 옆집 아저씨가 조용히 좀 하라는 욕설이 멀리서 들려왔다. 심장이 쿵쾅쿵쾅 미친 듯이 요동쳤다. 그렇게 시끄러우면 신고 좀 해주세요.

경찰도 전화를 받지 않았다. 그렇다면 전화할 곳은 한

곳뿐이다.

나는 휴대폰에 귀를 대고 통화가 연결되기를 기다렸다. 마침내 전화기 너머 상대가 전화를 받았다.

"여보세……"

"현우야 당장 문 열라고!"

나는 말을 꺼내지도 못하고 휴대폰을 집어던졌다. 전화기 너머 목소리가 문밖의 목소리와 똑같았기 때문이었다.

"뒤졌다, 뒤졌어. 현우 이제 넌 뒤졌어."

배를 잡고 깔깔 웃는 형을 보니 눈물이 차올랐다. 속이 매스껍고 세상이 빙글빙글 도는 것 같았다.

"현우야. 네가 안 열어주면 내가 들어갈게. 알겠니?!"

철그렁 소리와 함께 현관 자물쇠의 걸쇠가 돌아가는 소리가 들렸다. 머릿속에서 사이렌 경고음이 울려 퍼졌. 손바닥이 배겨 아팠다. 문득 주먹을 펴보니 과도 손잡이가 쥐어져 있었다. 과도의 뾰족한 칼끝이 빛을 받아 번들거렸다.

그 순간 요란한 소리와 함께 현관문이 활짝 열렸다. 나는 칼에서 현관으로 시선을 돌렸다.

"흐악."

나는 숨을 삼켰다.

현관 앞의 거대한 그림자. 간유리를 비추던 검은 그림

자는 실루엣이 아니었다. 속을 알 수 없는 거대한 그림자가 서 있었다. 그것은 어둠 그 자체였다.

　기괴한 웃음소리가 집안에 쩌렁쩌렁 울렸다.

　무서웠다. 너무나 두려웠다. 나는 현관을 향해 발걸음을 뗐다. 그 발걸음은 이내 뜀걸음이 됐다.

　"현우야아아아아아."

　괴물이, 어둠이 거실에 발을 들이려 했다.

　"죽여. 찔러. 당장 찔러 버리라고!"

　형의 날카로운 외침을 뒤로, 나는 어둠을 향해 돌진했다. 어디에서 그런 용기가 났는지 나로서도 알 수가 없었다.

　그리고 그 순간. 과도를 쥔 손에 무게감이 실렸다.

　"죽여, 죽여버리라고!"

　나는 눈을 질끈 감았다. 과도를 쥔 손에 힘을 실었다. 그러자 칼끝에 걸리던 저항감이 사라지고 쑤욱 들어가는 것을 느꼈다.

　허억, 허억.

　거친 숨을 토해냈다. 폐로 들어오는 공기가 희박해 호흡곤란이 오는 것 같았다. 나는 숨을 고르기 위해 노력했다.

　잠시 후 칼을 쥔 손등 위로 따뜻한 온기가 느껴졌다.

　"현, 현우……야……."

한밤중의 손님

너무나 익숙한 목소리. 나는 감았던 눈을 번쩍 떴다.

"히, 히익."

나는 튕겨지듯 일어서 뒷걸음질 쳤다.

눈앞에. 내 눈앞에서 가슴에 과도가 쑤셔 박힌 엄마가 가쁜 숨을 몰아쉬고 있었다. 과도의 손잡이가 튀어나온 엄마의 하얀 셔츠에 붉은 꽃이 빠르게 수 놓였다.

이, 이게 무슨 일이지.

나는 목소리를 쥐어 짜냈다.

"엄, 엄마……."

"혀, 혀누…야……."

엄마는 피눈물을 흘리며 힘겹게 내게 손을 뻗었다. 피투성이로 붉게 번들거리는 손을. 나는 차마 그 손을 잡을 수가 없었다.

"혀, 형."

나는 엄마의 손을 외면하고 몸을 돌려 형을 찾았다.

하지만.

없었다.

형도. 휠체어도.

숨이 멎어가는 엄마를 바라보며 나는 몸을 떨었다. 쓰러져서도 나를 찾고 있는 그 여자를 밀쳐내려 했지만, 손끝의 체온은 너무도 익숙했다.

야.

야.

야.

야.

야.

야.

야!

"응?"

"뭐하냐. 멍때리면서. TV 보다 졸았냐?"

나도 모르게 졸았나. 그런데 기분이 왜 이러지. 더럽게 거지 같은 악몽을 꾼 것 같은 기분이다.

나는 엄지와 검지로 눈두덩이를 지그시 눌렀다.

TV에서 쏟아져나오는 요란한 불빛이 어두컴컴한 거실을 유일하게 밝히고 있었다.

꼬르륵.

뱃속이 꼬르륵 소리를 내며 요동쳤다.

TV 속 쇼프로그램을 보던 나는 문득 허기를 느끼고 고개를 들었다. 거실 벽의 원목 시계 시침이 숫자 9를 막 지나고 있었다.

"오늘은 좀 늦네."

한밤중의 손님

"잔업이라도 하나 보지."

소파 바로 옆 휠체어에 앉은 형이 무심하게 답했다.

"오늘도 빠트리지 않고 일기를 썼구나."

뿔테 안경 너머 선생님의 눈이 반달이 된다. 나는 만족스러운 듯 고개를 끄덕였다.

"네. 하루도 빼지 않고 쓸 거예요."

힘차게 대답하자 선생님이 손을 들어 내 머리를 쓰다듬었다.

"우리 예서. 참 착하구나."

이마에 선생님의 부드러운 손길이 느껴진다. 중저음의 부드러운 목소리가 귓가를 간지럽힌다.

두근두근.

나도 모르게 가슴이 벅차올랐다.

선생님께 받는 칭찬은 언제나 기분 좋다. 책상에 앉은 채 여전히 미소 지은 얼굴로 나를 바라보는 선생님을 뒤로하고 나는 일기장을 가슴에 묻고 상담실을 빠져나왔다.

교실로 돌아가는 발걸음이 두근대는 가슴처럼 경쾌하다.

일기

"그대는 귀여운 나의 검은 고양이~ 새빨간 리본이 멋지게 어울려~."

콧노래를 흥얼거리며 교실로 돌아오니 반 아이들이 삼삼오오 모여 있다. 심각한 표정으로 체스를 두는가 하면, 바둑판에 오목을 두는 아이도 있었다.

아! CA 시간이었지.

바둑판을 뚫어지게 쳐다보며 골똘히 생각하는 창수. 승리를 직감한 듯 한껏 어깨가 올라간 맞은편의 태민. 기세 좋게 퀸으로 상대의 폰을 쓰러트리는 미희. 미희를 보며 머리를 긁적이는 응규.

흥 유치해.

게임에 집중한 아이들을 지나 자리로 돌아온 나는 책상 서랍 안에 일기장을 넣고, 대신 연습장과 색연필을 꺼냈다.

하얀 여백에 조금 전 보고 온 선생님을 떠올리며 선을 긋는다.

어느새 두 볼이 발그레 달아오르고 입꼬리가 올라간다.

나는 게임에 소질이 없거니와 아이들과도 그다지 친하지 않다. 더군다나 한낱 게임에 골몰하는 아이들의 모습은 마냥 유치해 보인다.

난 너희들보다 훨씬 성숙한 숙녀라고.

텅 빈 여백에 뿔테 안경을 쓴 선생님의 얼굴이 채워져 간다.

# #

"너 정말 이러기야!"

교실을 울리는 떠들썩한 소리에 눈을 떴다. 고개를 들자, 책상 위에 놓인 노트의 글씨 일부가 물기에 젖어 번져 있었다.

나는 곧바로 글씨가 물기에 젖은 것이 아님을 직감했다.

누가 볼세라 입가에 흐른 침을 서둘러 소매로 닦았다.

아, 깜빡 졸았구나.

"내가 뭘 어쨌다고 난리야? 난리가."

"네가 자꾸 사기를 치니까 그렇지. 어?!"

서둘러 정신을 차리고 소리가 들리는 쪽으로 고개를 돌렸다. 우뚝 선 응규가 노발대발 미희를 향해 삿대질을 하고 있었다. 주변의 아이들도 응규와 미희를 바라보고 있었다.

응규는 친구들의 시선은 아랑곳 없이 큰 목소리로 말을 이었다.

"그렇지 않고서야 내가 계속 질 리가 없어. 질 리가 없다고!"

응규와 달리 의자에 앉은 미희는 코웃음을 쳤다.

"흥. 네가 매번 같은 곳으로 기물을 두니까 그렇지."

일기

미희는 팔짱을 끼며 냉소적으로 이었다.

"솔직히 나니까 계속 널 상대해 주는 거야. 계속 지랄할 거면 얼른 뒈져 버리라고……."

놀라움에 입을 틀어막았다.

굳이 친구끼리 저렇게 심한 말을 할 필요가 있을까.

응규도 미희의 말에 충격을 받았는지, 아니면 대꾸할 말을 고르는지. 굳게 다문 입술은 열리지 않은 채 무서운 눈으로 미희를 노려보기만 했다.

응규의 얼굴이 삽시간에 도깨비처럼 변했다.

"너…… 이…… 육시랄……."

무섭게 분노로 떨리는 목소리. 핏줄이 튀어나올 정도로 꽉 쥔 주먹이 가늘게 떨렸다.

이, 이대로는 위험하다.

일촉즉발의 순간.

때마침 교실로 들어온 선생님이 응규의 어깨를 잡아 눌렀다.

응규는 예상치 못한 선생님의 등장에 놀랐는지 무릎이 풀린 듯 힘없이 제 자리에 주저앉았다.

"자, 자꾸 사기를 치니까……."

"아무리 그렇더라도 소란을 일으켜서는, 폭력을 사용해서는 안 됩니다."

선생님은 단호한 표정으로 일렀다. 응규는 잠시 머뭇거리더니 결국 풀죽은 표정으로 고개를 떨궜다.

아. 선생님. 정말 너무 멋져.

무서운 듯하면서도 단호한 카리스마. 또다시 가슴이 요동친다.

그나저나 뭘 하다 존 거지?

시선을 내려 노트를 봤다. 글자가 빼곡히 적힌 노트는 다름 아닌 일기장이었다. 젖은 글자는 건너뛰고 눈으로 빠르게 일기를 훑는데 뭔가 위화감이 들었다.

"응? 내가…… 언제 이런 일기를 썼지……."

분명 내 일기장, 내가 쓴 글씨가 맞았다. 하나 선생님께 보여 드린 일기가 아니었다.

갑자기 등골에 식은땀이 흘렀다. 머릿속이 온통 혼란스러웠다.

내가 쓴 일기 다음 장에 새로 적힌 일기는 나로서는 전혀 모르는 내용이었다.

저 선생이라는 인간은 세상 친절한 사람처럼 미소를 흘리지만.
나는 안다. 응. 알고말고.
나를, 아니, 우리를 그저 자기 돈벌이로밖에 보지 않는다는 사실을.
가식적인 미소 뒤에 숨긴 탐욕스러운 악귀의 얼굴을 나는 안다.

일기

더 이상 이곳에 있고 싶지 않다.

1분. 1초도…….

죽여 버릴 거다.

내 꼭 죽여 버리고 말 테다.

저놈의 뱀 같은 눈알을 파내고.

거짓말을 일삼는 세 치 혀를 뽑아 버릴 테다.

호랑이 굴에 들어가도 정신만 차리면 산다고 했다.

정신 똑바로 차리자.

겨드랑이를 타고 흐른 식은땀으로 상의가 축축하게 젖어 들었다.

두 눈을 질끈 감았다. 차마 눈으로 보고 있을 수가 없었다. 얼굴로 피가 몰리는 기분이 들었다. 나는 누가 볼세라 두 손바닥으로 얼굴을 급히 가렸다.

붉게 달아오른 얼굴을 아무에게도 보이고 싶지 않았다.

정말. 정말 내가 이런 일기를 썼단 말인가. 그토록 좋아하는 선생님을 저주하는 일기를?

도저히 믿을 수가 없었다. 귀신에 홀린 기분이었다.

그런 와중에 손가락 사이를 파고들어 감은 눈꺼풀 위를 비추던 빛이 사라졌다.

설마…… 불길한 기분이 엄습했다.

나는 천천히 조그맣게 실눈을 떴다.

손가락 사이로 눈앞에 맺히는 흐릿한 실루엣. 몇 번 더 눈을 깜빡이자 실루엣은 점차 사람의 형태로 변해갔다.

"어머."

나는 눈앞의 정체를 확인하고 나서야 마침내 참았던 숨을 토해 냈다.

"선…… 선생님."

어느새 내 앞에 선 선생님이 문제의 일기를 읽고 있던 것이다. 뿔테 안경 뒤로 보이는 선생님의 눈빛은 전에 없이 차갑고 심각했다.

이, 이건 오해야. 해명해야 해.

나는 얼음처럼 딱딱하게 굳어 버린 입을 열고 애써 목소리를 쥐어짰다.

"그게 아니고요. 저도 어떻게 된 건지 영문을 모르겠는데……. 정말로 제가 쓴 게 아닌데……."

한번 트인 말은 앞뒤 없이, 두서없이 튀어나왔다. 나조차도 내가 무슨 말을 하고 있는 건지 모를 지경이었다.

선생님은 아무런 대꾸 없이 일기를 '탁' 소리 나게 덮었다. 선생님의 얼굴에서는 표정을 찾아볼 수 없었다. 선생님은 일기장을 도로 내 책상 위에 올려 두고 그대로 몸을 돌려 걸음을 옮겼다. 언제나 내게 지어 주던 미소는 어디에서도 찾아볼 수 없었다.

"아니, 아니. 정말로 그게 아니고요. 믿어 주세요. 선생님."

나는 돌아선 선생님을 향해 빠르게 중얼거렸다. 분명 내 말을 들었음에도 선생님의 발걸음은 멈추지 않았다.

끝내 교실 밖으로 멀어지는 선생님의 하얀 옷이 물결처럼 일렁거렸다.

두 볼 위로 따뜻한 눈물이 흐르고 나서야 내가 울고 있음을 깨달을 수 있었다.

#

나는 선생님의 마음을 돌리기 위해 더욱 열심히 일기를 썼다.

매 일기마다 그 날 있었던 일을 쓰기보다 선생님을 향한 마음을 표현하는 데 집중했다. 그것은 일기라기보단 절절한 러브레터나 다름없었다.

하지만 일기 사이사이 찢기는 페이지들이 늘어만 갔다.

나도 모르는 사이 선생님을 저주하는 일기가 빈번해졌기 때문이다.

그뿐만이 아니다. 창수는 몸이 굼뜨고 답답하다느니,

태민은 머리가 굳어 등신이라느니, 병신같이 맨날 당하기만 하는 응규라느니…….

선생님뿐만 아니라 친구들의 험담도 늘어 갔다.

특히 선생님에 대한 혐오는 심각했다. 처음에는 단순히 분노의 표출에 그쳤지만 근래의 일기는 선생님에게 위해를 가하는 방법이 상당히 구체적으로 기술되었다.

대체 누가. 누가 이런 장난을 치는 걸까.

하지만 의심되는 아이들은 없었다. 모두 일기에는 관심조차 없어 보였다.

그럴 리 없겠지만. 아주 만약에…… 저주의 일기를 쓰는 사람이 바로 나라면…….

내 안에 다른 사람이 들어 있는 걸까. 지킬 박사와 하이드처럼 말이다.

의문은 꼬리에 꼬리를 물고 이어졌다. 정말로 내가 미쳐 버리고 있는 것 같아 덜컥 겁이 났다. 이대로는 정신 병원에 갇혀 버릴지도 모르는 일이다. 하지만 그렇게 되면 선생님과 헤어져야 한다.

싫다. 그것만은 절대로 싫다.

이해할 수 없는 일은 그뿐만이 아니다.

미처 찢지 못한 일기를 선생님께 제출한 적이 있다. 내가 일기장을 확인하기 전에 또 다른 내가 일기를 써 놨었나 보다.

그런데 선생님은 그 일기를 보고서도 아무 말도 하지 않았다.

얼굴을 붉히며 애써 화를 참는 표정이었지만 내게 자신을 저주하는 일기를 쓴 이유를 묻지 않았고. 혼을 내지도 않았다.

왜일까. 선생님은 왜 나를 혼내지 않는 걸까.

침대에 누워 하얀색 천장을 보며 곰곰이 생각해 봤지만, 답은 나오지 않았다. 어려운 산수 문제를 푸는 것보다 훨씬 어려웠다.

"하아아암."

눈꺼풀이 무거워진다. 내가 잠든 사이 또 다른 내가 깨어날까 두렵지만 쏟아져 내리는 졸음을 피할 수가 없다.

나는 서서히 꿈의 나라로 빠져들어 갔다.

#

"흐아아아아아아아."

우음…….

"으아아아악!"

왜 이리 시끄러워.

"야이 시발!"

귓가를 때리는 소란과 욕설.

눈을 뜨려 노력했지만 눈꺼풀이 달라붙기라도 한 듯 좀처럼 뜨이지 않았다.

"선생님 괜찮으세요? 피…… 피가…… 끼야아아아악!"

날카로운 비명에 고막이 찢어질 것 같다. 뭔가 큰일이 벌어진 게 분명하다. 그런데 어째서인지 몸을 전혀 움직일 수가 없다.

"으으으으으."

나는 눈꺼풀에 온 힘을 모았다. 천근만근 같은 눈꺼풀을 겨우겨우 밀어 올렸다. 마침내 좁아진 시야로 눈앞의 광경이 들어왔다.

하지만 그 광경은 내가 전혀 예상치 못한 광경이었다.

엉거주춤 넘어진 선생님을 다른 선생님들이 부축하고 있었다. 그런데 한쪽 눈을 가린 선생님의 손바닥 아래로 새빨간 피가 볼을 타고 흘러 턱 끝에서 뚝뚝 떨어지고 있었다.

"선, 선생님?"

순간 선생님이 남은 한쪽 눈을 나를 향해 부릅뜨고 크게 소리쳤다.

"야, 이 노망난 할망구야!"

일기

할망구?

노망?

내게 하는 말인가.

때 묻은 병원복을 입고 눈에 띄게 허리가 굽은 노인들.

그들이 나를 향해 손가락을 흔들고 있었다.

오유민

사람 사이의 신뢰가 공포로 바뀌는
순간에 주목하는 공포소설가.
친숙한 소재를 활용해 바로 곁에서 일어날 수 있을 법한
공포소설을 쓰는 데 주력하고 있다.

6부 **경계**

식물인간 · 277

기록자 · 299

가리비 · 323

식물인간

눈이 떠졌다. 문자 그대로 떠졌다. 평소 자연스럽게 잠에서 깨 눈이 떠지는 것과는 차원이 다른 느낌이다. 흔히 말하는 '가위에 눌린 것'인가? 모든 신경을 손끝에 모아 안간힘을 썼지만 꿈쩍도 하지 않는다. 그저 두 안구만이 건조하게 삐걱거린다. 더 이상 신체는 나의 의사대로 움직이지 않는다. 몸이 자발적으로 호흡하며 기본적인 생명 활동을 유지함에도 스스로 자각만 할 뿐 움직이지 못하는 상태. 나의 몸뚱이에 도대체 무슨 변화가 생긴 것일까?

끼리릭.

소름 끼치는 소리와 함께 미닫이문이 열렸다. 여러 사람들이 방 안으로 들어오는 듯한 발자국 소리가 들렸다. 그러나 야속하게도 뻣뻣한 고개는 돌아가지 않았다. 들어온 사람들은 누구일까? 여기는 어디인가? 분명한 건 내 방은 아닌 것 같다는 사실이었다. 나는 천장에서 시선을 돌리기 위해 눈동자를 최대한 사선으로 돌렸다. 노력이

식물인간

무색하게도 최소한의 시야도 확보되지 않았다. 그때 한 남성이 읊조리는 소리가 들렸다.

"이제 의식을 찾는 것은 불가능합니다"

설마 이 무섭고도 서늘한 말이 나를 향한 소리란 말인가? 내가 미디어에서나 보던 일명 식물인간이 되었단 말인가? 하필 내가 이렇게 지독하고 끔찍한 상황에 처했다니… 믿고 싶지 않은 현실이었다. 한데 이건 뭔가 부자연스럽다. 보통 식물인간이라고 하면 의식을 찾지 못한 환자들이 누워있는 경우를 뜻하는 걸로 알고 있는데. 나는 정확히 주변 상황을 의식하고 깨어 있는 상태다. 뇌가 각성한 상태라면 몸을 움직이거나 하다못해 얼굴 근육이라도 꿈틀거릴 수 있는 게 정상적인 상황일 것이다. 왜 나를 진찰하러 온 의사의 진단은 저 모양일까? 저 빌어먹을 돌팔이가 내가 의식이 없다고 말함으로써 나는 공식적인 식물인간이 됐다. 계속 이 고장 난 신체에 갇혀 있어야 한다는 말이다.

식물처럼 눈만 깜박거린 지 3일째.

내가 의식이 있다는 사실을 아무도 모른다. 목이 바싹바싹 말랐다. 모기 한 마리가 광대 뼈 위로 올라타 피를 빨아먹는 모습이 적나라하게 보였다. 그러나 나는 아무런 거부 의사도 밝히지 못했다. 이제 이 몸이 정말 내 신체인지도 의문이 들었다. 왜 자연치유가 되지 않는 거지. 이 살덩어리는 시간의 흐름에 반항하고 있는 걸까? 나아질 기미가 보이지 않았다. 죽음도 삶도 어느 하나 마음대로 선택할 수 없는 빌어먹을 상황에 처했다. 이제 뭘 어떻게 해야 할지 조금의 감도 오지 않았다.

  한 번씩 의사인지 간호사인지 누군가가 와서 내 상황을 보는 것 같기는 했다. 누군가 내 팔목을 붙잡았다. 너무도 차가운 손길이었다. 쇠붙이가 피부에 닿은 것처럼, 살 속으로 냉기가 파고들었다. 곧이어 주삿바늘이 팔을 찔렀다. 거, 더럽게 잘 못 찌르네. 의식이 있는 사람에게 주삿바늘을 찔러도 좀 잘 해야 하는 것 아닌가. 의식이 있는데 없는 취급을 받아서 그런지, 수액이라도 맞힐 줄 알았는데 피를 뽑아가서 그런 건지는 모르겠지만 한낱 물건 취급을 받는 기분이었다.

  가족들은 왜 나를 전혀 찾지 않고 있을까. 도대체 내가 무엇을 잘못했길래 이 산송장 같은 상황에 빠져 버린 것인가? 이 상태가 언제까지 이어질지 모른다는 것이 가장 공포스럽다. 다시 원래 삶으로 돌아가고 싶다. 살고 싶다.

식물인간

내가 인간의 기능을 상실한 지 일주일째.

나는 주기적으로 영양을 공급받았다. 차가운 손이 코를 움켜쥔 뒤, 가느다란 관을 콧속으로 억지로 밀어 넣는다. 이질적인 무언가가 깊숙이 들어오는 느낌에 몸을 비틀고 싶었지만, 온몸의 근육들은 내 말을 듣지 않는다.

관이 식도를 따라 내려가는 동안 코와 목 안쪽에는 불쾌한 이물질이 몸 안을 헤집고 다녔다. 어디선가 금속성 약품 냄새가 나는 것 같기도 했다. 묽은 액체가 관을 통해 내 몸으로 흘러들어오기 시작했다. 씹지도, 맛보지도 않은 채 곧장 위로 쏟아져 들어오는 그것은 음식이 아니라 연료 같았다.

잠에 빠졌다 깨어났다 하는 주기가 제멋대로라 정확한 시간을 알기가 힘들었다. 졸리다는 자각도 없이 잠들었다가, 일어날 때면 아직 살아있다는 것에 놀라고는 했다. 이 모든 과정을 인식하는 것은 정말이지 사람을 갉아먹는 일이다. 온전한 정신으로 버틸 수 없이 미쳐버릴 지경이다. 그날도 비슷했다. 이렇게 꼼짝없이 당했다. 퇴근길이었다. 딱히 인기척이 느껴지지는 않았다. 야심한 밤이라고 해도 아파트 단지에서 주변을 경계하고 걸을 필요는 없다고 생각했다. 놀이터를 가로질러 가는 순간 눈을 감은 것으로 추정됐다. 누군가 나의 뒤통수를 가격한 것 같은데,

따뜻하고 축축한 약간은 끈적거리는 액체가 내 머리 뒤로 줄줄 흘러내린 것만 같은데.

일어나니 이 지옥 같은 현실이었다. 병실에 바쁘게 의사와 간호사가 드나드는 듯했다. 그들은 나의 상태를 정밀하게 살폈다. 그럼에도 나는 그들 사이에서 의식이 없는 식물인간인 환자 취급을 받고 있다. '나는 아직 깨어있단 말이다'라고 울부짖고 싶은 심정이었다.

점점 이 말라버린 육체 덩어리는 생기를 잃었다. 물론 평소 항상 올바르게만 살진 않았다 하더라도, 그것과는 별개로 지금의 상황은 너무 잔혹했다. 의식이 있는 매 순간 억울함을 참을 수 없었다.

온몸에 근육이 빠지고 영혼이 점점 미쳐간 지 2주째.

모공에서 땀이 삐질삐질 흐른다. 등은 어느새 침대에 들러붙어 끈적하게 썩어가고 있다. 온몸의 피부는 말라비틀어져 악취를 풍기고 있다. 이미 죽은 송장과 다를 바가 없는 상태다. 왜 이 지경에 되어서도 살아있어야 하는 걸까. 마음대로 몸 한 번 뒤집지 못하고 신체에 일어나는 처참한 고통을 지켜볼 수밖에 없다. 더 이상 버텨봤자 어떤 희망도 보이지 않을 것이라는 게 자명하다. 이제 다 포기하고 싶다. 죽고 싶다.

식물인간

그때였다. 그동안 코빼기도 비추지 않던 가족들이 나를 찾아왔다. 가족들은 나를 살펴보고 의사로 보이는 양반과 대화를 나눴다. 의사도 희망을 가질 만한 말을 많이 해주었다.

"신체가 아직 젊기도 하고, 다행히 여러 장기들이나 기능들이 회복하고 있습니다."

이 말을 들은 부모님은 서로를 꼭 껴안으며 좋아했고 아내는 눈물을 흘리며 내 손을 꼭 잡은 것 같았다. 지금 내가 누워있는 시야로는 정확히 그 모습을 확인하기 힘들었지만 손끝에 느껴지는 감각만으로 느낄 수 있었다. 아내가 무릎을 꿇어가며 내 손을 꽉 붙잡았기 때문이다.

삶의 의지를 잃어가던 나였지만 다시 한번 마음을 다잡는 계기가 됐다. 아직 내 가족들이 이렇게나 내 회복을 기원하고 있다니. 죽음이라는 단어를 떠올렸던 나 자신이 부끄럽다. 이렇게 허무하게 죽음으로 향하지 않겠다. 살아야겠다.

이후 내가 식물인간이 된 지 한 달째.

지난 감동과는 달리 가족들이 자주 오는 날은 눈에 띄게 줄어들었다. 처음에는 항상 자리를 지켰던 그들이었지만, 각자 현업이 있고 사정이 있는 사람들이니 당연한 수

순이었다. 조금의 서운함도 들지 않았다면 거짓말이었지만 어쩔 수 없는 노릇이었다. 그럼에도 아내는 꼭 내 옆자리를 지켜주었다. 아내는 주로 평일 저녁 혹은 주말에 많이 방문했다. 그러나 아내의 목소리는 날이 갈수록 피폐해졌다. 직장인인 그녀가 이 정도의 시간을 할애한다는 건 쉽지 않을 것이었다. 분명 나를 치료하는 주치의는 돌팔이가 확실했다. 언제는 예후가 좋다고 하지 않았던가? 눈두덩이가 푹 들어간 아내의 모습을 볼 때며 죄책감이 밀려왔다. 어느 날 침대에 엎드려 있던 아내는 내가 듣고 있을 거란 생각은 전혀 하지 못하는 건지 혼잣말을 했다.

"당신이 이 상태로 있은 지도 벌써 한 달째야. 조금도 나아지지 않았어. 희망이 안 보여. 이제 그만……."

말끝을 흐리며 울먹이는 아내를 보니 나도 모르게 꼭 살아야겠다는 생각이 들었다. 얼른 일어나서 그녀를 안아주고 싶은 마음이 더욱 커졌다.

아내와 달리 아버지는 매우 효과적으로 평정심을 유지하는 편이었다. 꼬박꼬박 얼굴도장을 찍는 편은 아니었지만, 가끔 한 번씩 병실에 들를 때면 내 상태를 물끄러미 살펴봤다. 그 후에는 조용히 본인만의 시간을 보내시고는 했다. 내 얼굴을 가까이에서 볼 때나 조용히 물러날 때나 언제나 무표정을 하고 있었다. 그렇기에 지금 무슨 생각을 하고 있는지 알 수가 없었다. 내 아버지는 그런 사람이었다. 그러다 문득 누군가와 전화 통화를 하는 소리를 들을 수 있었다. 병실 밖 복도에서 통화하는 탓에 잘 들리지는 않았지만 나에 대한 이야기인 듯했다. 순간 내 모든 신경이 그쪽으로 몰렸다.

"수술은 잘 되겠지. 모든 게 다 좋아질 거야."

문득 그 말을 들으니 눈물이 왈칵 쏟아질 것 같았다. 나조차도 하루에도 수백 번 죽음을 되뇌는 막막한 상황이었다. 나와 달리 아버지는 여전히 희망을 잃지 않으려 애를 쓰고 있었다. 살고 싶다. 아니 살아야겠다. 언젠가 이 모든 고통이 나를 붙잡지 못하는 시간이 오리라.

#

가족들의 정성 덕분일까? 나는 아주 미묘하게 신경이 돌아오는 것 같았다. 그럴 때마다 아내의 표정이 극적으로 변했다. 하루, 이틀 지날수록 그녀의 얼굴에 미소가 걸리는 일이 많아졌다. 나의 귓가에도 피식 웃는 소리가 들려오곤 했다. 무엇이 그녀를 행복하게 하는 것일까?

주말이었다. 아내는 홀로 하루 종일 나의 병실에 머물 작정인 듯했다. 그녀는 평소처럼 내 상태를 살피더니 잠시 자리를 뜨는 것 같았다. 시간이 얼마나 지났을까? 아내는 볼이 발갛게 상기된 채 병실로 다시 돌아왔다. 그녀는 연신 손으로 입을 가리며 숨을 들이쉬었다.

"아, 미안 미안. 반주로 맥주 딱 한 잔만 하려 했는데 조금 더 마셔버렸네."

뭔가 낯설었다. 이유 모를 소름이 온몸을 감쌌다. 평소와 다른 아내의 모습에 위화감이 느껴졌다. 어떻게 손가락 하나 까딱도 못하는 환자를 두고 술을 마시고 올 생각을 할 수가 있는가? 어이가 없었다. 화가 솟았지만 표출할 방법이 전무했다. 내가 반응하지 못하고 얌전히 누워 있자 아내는 술기운이 올라오는지 더욱 과감하게 지껄였다.

"이렇게 해 떠 있을 때 술 마신 게 너무 오랜만인 거 있지? 기분이 너무 좋더라고. 해방감도 들고 이게 자유로운 인생인가 싶고."

아내가 드디어 이 괴로운 현실에 미쳐버린 걸까? 그때였다. 갑자기 아내가 불쑥 내 코앞까지 얼굴을 들이밀었다. 아내는 숨도 쉬지 않고 나를 정면으로 내려다보았다. 너무 가까워서일까? 그녀의 커다란 동공이 나의 영혼을 노려보는 것만 같았다. 그 알 수 없는 공포에 눈을 질끈 감고 싶었지만 마음처럼 되지 않았다. 아내의 동공 속 공포에 질린 나의 모습이 비쳐 보였다. 잠시 후 아내는 숨을

식물인간

몰아쉬고는 미친 사람처럼 웃어대기 시작했다. 불쾌하고 소름 끼치는 쇳소리에 가까웠다.

"히히, 히히히히히"

더욱 말도 안 되는 상황은 그 뒤에 이어졌다. 덥석, 그녀의 양손이 내 뺨을 움켜쥐었다. 그다음 행동을 도저히 믿을 수 없었다. 하얀 그녀의 오른손이 나의 볼을 세차게 내리쳤다. 따끔한 전율이 온몸에 퍼져나갔다. 따귀, 이건 따귀가 틀림없었다. 이 강도는 술김에 저지른 실수의 정도를 넘어섰다. 분명 상대방에 대한 악감정이 넘친 혐오와 경멸이 담긴 것만은 분명했다.

"응? 내 인생이 이렇게 재밌다는 걸 왜 여태 잊고 있었는지 모르겠다니까?"

정신이 아찔해졌다. 믿을 수 없는 현실에 몇 차례고 눈꺼풀을 감으려 했지만 역시나 마음대로 되는 것이 아무것도 없었다.

흐흥.

코웃음을 한차례 친 아내는 말을 이었다.

"아이고, 더 때리면 울겠네, 울겠어."

짝짝.

왼쪽, 오른쪽 연달아 따귀를 치는 소리가 병실 가득 울려 퍼졌다. 깜박일 수 없는 건조한 두 안구에서 물이 고였다.

"이제 좀 내가 무서워? 겁이 나? 나도 이런 날이 올 줄은 상상도 못했지 뭐야. 내가 이렇게 편하게 당신 뺨도 때리고 말이야. 평생 나만 계속 맞고 살 줄 알았어?"

그러고 보니 최근 들어 아내의 모습이 낯설게 느껴졌던 때가 있었다. 아내는 결혼 생활 내내 웃기는커녕 경직된 표정을 하고 살아왔다. 나는 항상 그런 아내가 답답했다. 집 안에 하등 도움도 안 되는 주제에 억울한 표정을 하고 있는 여편네였다. 정말 버러지 같아 보였다. 그런데 지금 그녀의 어깨가 하늘 높은 줄 모르고 치솟고 있다. 깨달음과는 별개로 화가 머리끝까지 차오른다. 항상 눈치만 보고 쩔쩔매던 사람이 기회를 잡았다 싶으니 끝을 모른다. 이제 나의 삶의 희망은 다른 방향에서 불타오른다. 곧 기운을 차리고 말겠다. 일어만 난다면 이전보다 더욱 아내를 흠씬 두들겨 패고 말겠다.

그날을 기점으로 아내의 행동은 이중적이고 소름 끼치게 변했다. 자신의 감정이 이끄는 대로 나의 온몸을 때리거나 꼬집기도 했다. 가장 최악인 것은 귓가에 대고 미친 듯이 웃어대는 일이었다.

"죽어. 죽어. 죽어!"

아내는 이따금 대놓고 나의 죽음을 외치기도 했다. 계속해서 인간 이하의 취급을 받으니 체념의 감정이 싹텄다. 그렇게 아내를 바라보니 마치 환상 속 귀신처럼 보이기도 했다. 어떠한 대처도 할 수 없는 상황에서의 정신적 스트레스는 견디기 힘든 고통이었다.

'제발 그만 좀 괴롭혀!'

있는 힘껏 소리쳤지만 혓바닥은 굳게 마비된 듯 전혀 움직여주지 않았다. 저 여자의 안하무인 태도를 가만 두고 볼 수가 없었다. 스스로를 보호하기 위해서는 노력이 필요했다. 작은 움직임부터 다시 시작했다. 악몽을 동반한 가위눌림과 같은 접근이었다. 눈꺼풀 한 번, 손가락 하나, 입술 한 쪽. 날마다 부위를 바꿔가며 온 힘을 다했다. 살아야 한다. 그녀에게 복수를 해야 한다.

그러나 어느 순간부터 아내는 병원에 잘 오지 않았다. 가만히 누워있는 환자를 괴롭히는 일이 더 이상 의미가 없다는 걸 드디어 깨달은 듯했다. 반대로 아버지가 불쑥 찾아오는 빈도가 많아졌다. 아버지는 여전히 팔짱을 낀 채 나를 지그시 내려다보셨다. 움직이지 못하는 아들에 대한 안타까운 부성을 느끼고 있는 걸까? 한참 그 자리에서 계시던 아버지가 나의 가늘어진 손목을 어루만졌다. 따뜻한 온기에 목이 메었다.

'아버지. 아버지. 나의 아버지. 이 못난 자식도 자식이라고, 제발 저를 포기하지 말아 주세요. 아내가 매일 저를

찾아와 괴롭히고 있어요. 저를 구원해 주세요.'

역시나 나의 외침은 닿지 않는 것만 같았다. 혓바닥이 마비에서 풀린 것처럼 입안에서 나뒹굴 뿐이었다. 그 순간이었다. 나의 입술이 푸르르 떨렸다. 아버지가 그 작은 움직임을 알아차린 듯했다. 그런데 그 반응이 뭔가 이상했다.

"뭐라고? 아직 그 잘난 입은 살아 있나 보구나? 그래. 뭐라고 하는지 어디 들어나 보자. 어디 평소대로 그 혓바닥을 놀려봐. 그동안 능력 없는 아비 대하듯 욕지거리를 해 보거라."

이 사람은 내 친부가 아닌 걸까? 당신 대체 누구야? 이런 음흉한 생각을 하면서 나를 찾아왔던 거야? 천장 밖에 보지 못하는 나는 이 수상한 자의 얼굴을 똑바로 볼 수 없다. 그때 또다시 친부를 가장한 사람이 손목을 거칠게 끌어당기며 말을 잇는다.

"그래. 이번만큼은 얌전히 있으렴. 그래야 내가 부모다운 행동을 하잖니."

부모다운 행동이라니 도대체 무슨 짓을 하려고 하는 걸까? 너무 강한 힘 때문인지 손목이 아려왔다. 목소리를 들어서는 분명 내 친부가 맞았다. 내 손을 잡아끌고는 잠시 멈춰있던 친부는 목적을 이룬 듯이 탄성을 뿜어냈다. 이

전에는 들어 본 적 없는 기쁨이 담겨있었다. 곧이어 나의 눈앞에 종이 한 장을 나풀대며 비아냥거린다.

"아이고, 이 아무 쓸모도 없던 호로새끼가 드디어 효도 비슷한 일이라도 하나 해보는구나."

그래 내가 잠시 잊고 있었다. 나의 아버지는 알코올 중독에 더불어 자기 연민에 빠진 우울증 환자였지. 그의 유전자가 내 몸에도 꿈틀거린다고 생각할 때면 미치도록 화가 나 욕을 퍼붓고는 했다. 자식에게 물려준 것이라고는 쓸모없는 유전자뿐인 인간이 이제 와서 나를 버린다고? 내가 지 이름으로 불법 대출받았다는 이유 하나만으로? 미치도록 화가 났다. 이렇게 대소변도 못 가리는 처지가 되기는 했지만, 적어도 당신은 나를 막 대할 자격이 없지 않나?

마음 깊숙한 곳에서부터 오래된 악함이 치밀어 올랐다. 적어도 이따위 대우를 받아야 마땅한 인생을 살아오지는 않았는데. 시간이 흘러도 아무것도 달라지지 않았다. 나의 해소되지 못한 분노만 쌓일 뿐이었다. 여전히 시체나 다름없는 몸 안에 갇힌 신세였다. 미세한 떨리는 손가락도, 애처롭게 파르르하는 눈꺼풀도 그 누구도 알아차리지 못했다. 아니, 알아도 못 본 척 지나가는 게 그들에게는 나았을지도 모른다.

아내의 괴롭힘은 더욱 치밀하고 잔혹해졌다. 이제는 아예 대놓고 나를 학대했다. 이미 광인으로 변한 그 여자의 눈을 마주치고 싶지도 않았다. 그 눈알에는 도축장 혹은 정육점에 걸려 있는 소, 돼지들이 담겨있었다. 아버지는 더욱 노골적으로 추한 욕망을 드러냈다. 그는 대놓고 나를 내려다보며 사망 보험 얘기를 했다. 심지어 이 미친 노인네는 가만히 누워있는 사람에게 침을 뱉기도 했다.

정신이 서서히 무너져가는 것이 느껴졌다. 의지할 구석이 하나도 없는 현실이 암담했다. 애초에 지금 내가 현실에 살고 있는 게 맞을까? 이제는 모르겠다. 이에 대한 의구심이 들자 실제와 환상의 경계가 흐려지기 시작했다. 엊그제는 천장에서 거미들이 기어들어 와 온몸을 돌아다녔다. 병원 위생 상태에 불만을 터뜨리고 있자니, 얼굴로 다가온 거미의 얼굴이 아내와 아버지의 모습을 하고 있었다. 오늘 새벽에는 별안간 벽에서 피가 흘러내렸다. 하얀색 벽이 붉게 스며드는 건 순간이었다. 너무나 당연하게도 나는 이 광경을 무력하게 지켜봤다. 세상에 있는 모든 식물인간들이 다 나처럼 의식이 있는 상태인 걸까? 사실 그게 중요하지는 않았다. 당장 내 세상에서 가장 억울하고 불쌍한 인간은 바로 나였다.

식물인간

#

반쯤 놓은 정신 속에서 시간의 흐름을 놓쳐버렸다. 이제 방금 떠오른 기억이 어제의 일인지 지난주의 사건인지도 가늠할 수가 없었다. 갑자기 어디선가 굴러가는 바퀴 소리가 들렸다.

드르륵, 드르륵.

또 환청일까? 아니면 실제로 누군가의 침대를 옮기고 있는 걸까? 이것저것 생각하기조차 싫었다. 판단을 포기하고 가만히 있자 예의 그 소리가 또다시 들려왔다.

드르륵, 드르륵.

알았다! 지금은 확실히 현실이 맞았다. 이동식 침대를 가지고 온 간호사가 병실로 들어왔다. 뒤이어 의사와 자칭 보호자인 친부, 법적으로 아내인 광인이 들어왔다. 이 인간들이 갑자기 왜 같이 들어온 거지?

"수술 날짜가 잡혔습니다. 내일 아침에 진행하도록 하겠습니다."

"정말요? 드디어 수술할 수 있군요!"

의사는 여전히 차가운 목소리로 대답했다.

"장기 상태가 양호하니, 지금 수술하는 게 가장 적절합니다."

"오래 기다리지 않아도 되겠네요."

아버지의 목소리에는 이유 모를 희망이 들어차 있었다. 아내도 그 옆에서 밝게 미소를 짓고 있었다. 이해할 수 없는 상황이었다. 내가 수술을 받는 게 저들에게 기쁜 일이라고? 아무리 의사 앞이라고는 해도 저 정도로 가식을 떨 필요는 없어 보이는데. 어찌 됐든 수술이 성공한다면 저 악마 같은 새끼들을 가만두지 않겠다. 남 앞에서는 위하는 척하지만 실제로는 다른 얼굴을 하고 있는 가식적인 인간들.

수술이라는 새로운 희망이 떠오르자 갑자기 머리가 맑아지기 시작했다. 더 이상 환상과 환청이 들리지 않았다. '또각또각' 벽에 걸린 시계의 시침 소리 또한 분명히 들려왔다. 밤이 깊어져도 잠이 오지 않았다. 얼른 아침 해가 떠오르면 좋겠다는 생각으로 머리가 가득했다.

이른 새벽, 나는 이동식 침대에 실려 구급차에 올라탔다. 다른 기관으로 이송한 뒤에 수술하는 것일까? 누군가 붙잡고 물어보고 싶었지만 물론 그건 불가능한 일이었다. 창밖을 보니 비가 오고 있었다. 습한 물 비린내가 느껴지는 날씨였다. 그래도 내 마음이 화창하니 신경 쓰지 않았다.

다시 일어나면 친부 이름으로 대출을 2개 받아야지, 아내는 죽도 먹기 힘들 만큼 뺨을 때려야겠다. 갖은 복수 시

식물인간

나리오를 떠올리다 보니 어느새 도착했다. 간호사 한 명만이 내 침대를 끌고 복도를 가로질렀다. 수술방이 보이는 곳까지 오자 문득 의구심이 들었다. 아무리 내가 싫어도 표면적인 보호자라면 수술하는 병원까지는 따라와야 하는 것 아닌가? 왜 이곳에는 다른 환자가 보이지 않는 거지? 아무리 생각해도 의문은 해소되지 않았다.

편치 않은 마음으로 수술실에 들어섰다. 어느새 간호사 한 명이 더 붙어 내 몸을 수술대 위로 던지듯 옮겼다. 등 닿는 부분이 몸서리쳐질 정도로 차가웠다. 의식 없는 환자라고 대우기 너무 개판이라는 생각이 들었다.

수술실 안은 얼어붙은 듯 차가웠다. 수술실은 소독약 냄새 사이로 오랜 쇳내와 짙은 피비린내가 풍겼다. 이 지독한 식물인간 상태에서만 벗어날 수 있다면 뭐든 상관없었다. 곧이어 의사가 들어오고 앞이 보이지 않을 만큼 눈부신 조명이 내 눈에 쏟아졌다. 이제 자고 일어나면 모든 게 원래대로 돌아와 있겠지?

"빠르게 마치고 곧 정리 들어가겠습니다. 시간을 지체하면 곤란하니까요."

드디어 내 인생을 되찾는구나! 그 순간 복부에서 날카로운 고통이 번졌다. 마치 고깃칼이 도마 위 고기를 썰 듯, 내 살이 쩍 하고 갈라졌다.

"좋습니다."

의사의 만족스러운 목소리가 들려왔지만, 나는 속으로 아픔에 비명을 질렀다. 이 미친 인간들이 마취를 제대로 한 게 맞는 거야? 아직 나는 잠들지 않았다고! 제발 그만둬!

이대로는 수술이고 뭐고 쇼크로 죽을 지경이었다. 어떻게든 저 사람들에게 내가 의식이 있다는 걸 알려야 했다. 거침없이 갈라지는 배와 함께 단말마가 연이어 터져 나왔다. 난생 처음 느껴보는 극심한 고통에 내 입에서도 신음이 흘러나왔다.

"으으……."

수술을 보조하던 간호사가 내 소리를 들었다.

"어? 이 사람, 어물어물 뭐라고 하는데요?"

신이시여! 감사합니다! 안도하던 찰나 청천벽력 같은 의사의 말이 들려왔다.

"내버려둬. 신경 쓰지 마. 가족들한테 팔려서 온 놈이야. 사람이 아니라 그냥 장기 수납함이라고 생각해."

"아~ 하긴 그렇네요. 안 그래도 초과근무인데 빨리하고 퇴근해야죠!"

이제야 상황 파악이 됐다. 병원에 다른 환자들이 없던 이유, 이들이 수상할 만큼 내 몸을 집어 던지던 이유, 갈가리 찢어 죽여야 마땅한 친부와 영혼까지 불태워야 할

식물인간

미친 여자가 수술을 반기던 이유!

정황을 밝혀내기 무섭게 의사의 손이 내 얼굴로 향했다. 그 피 냄새로 가득한 손에는 날카로운 메스가 들려 있었다. 점점 날붙이가 눈과 가까워지기 시작했다. 나는 계속해서 비명을 지를 수밖에 없었다.

'차라리 그냥 죽여 줘!'

그러나 나의 외침은 아무에게도 닿지 않았다. 나는 빌어먹을 식물인간이니깐.

기록자

나의 초라하고 낡아빠진 육신이 죽어가고 있다. 죽음이라는 과정보다 육체 안에 갇혀 끝을 기다리는 생생한 정신이 더욱 공포스럽다. 막연한 무지에 대한 두려움을 피할 길이 없다.

 아침 햇살에 못 이겨 눈을 떠보니 아직 나의 숨결이 붙어 있었다.

 굵직하고 튼튼했던 다리는 이제 앙상한 **뼈**와 함께 볼품없는 가죽만이 남아 있다. 마치 죽음의 사신이 온몸에 덕지덕지 들러붙어 있는 것만 같다는 생각이 들었다. 이제는 사는 것이 아니라 죽어가고 있는 것이다. 일흔다섯의 얼굴. 주름진 피부, 흰머리, 혼탁한 눈동자. 거울 속의 나의 모습이 낯설게 느껴졌다.

 이 괴리감은 언제부터 생긴 것이었을까. 그저 늙어버린 나의 모습을 부정하는 것과는 뭔가 달랐다. 최근 들어 부쩍 머릿속에 자욱한 안개가 끼고 있었다. 분명 뭔가

기록자

를 하고 있었음에도 그게 뭐였는지 도통 기억이 나지 않는다. 이 놈의 머리통은 이제 빈 껍데기가 되어 버린 것일까? 스스로 의식하지 못하는 무의식에 대한 막막함이 나를 옥죈다.

나의 이 끔찍한 괴로움은 아무도 알아주지 않는 것일까? 방 밖에서 시끌벅적 화목한 소리가 들려왔다. 아들 내외가 거실에서 식사 중인 듯했다. 자식이라고 있어 봤자 아무 소용이 없었다. 저들만 입이란 말인가? 오늘따라 무관심이 더욱 차게 느껴졌다. 이럴 때면 먼저 간 아내가 사무치게 그리워지곤 했다.

끼익.

그때 문이 열렸다. 작은 틈으로 새파랗게 어린 손자가 물과 함께 약을 건넸다. 아무것도 모르는 이 녀석도 언제부터인가 나의 존재를 껄끄러워하는 듯 보였다. 고얀 놈. 그래, 아직 너는 공포 속에서 메말라 가며 생명을 빼앗기는 기분을 알 수 없을 테지.

"할아버지. 여기 약 먹으래요."

물이 담긴 작은 컵에 비해 알약의 숫자가 지나치게 많았다. 얼추 세어도 열 개는 훌쩍 넘길 것이 분명했다. 무슨 종류인지, 어디서 처방이 받은 건지도 도통 알 수 없는 약들이다. 저절로 미간이 찌푸려졌다. 도대체 내가 모르는 처방약을 어디서 구해온 것일까.

"약 먹다 걸려 쓰러지라는 게냐."

 알약 한 줌을 쥐고서 잠시 멍하니 바라봤다. 방금 전에도 이 약들을 삼키지 않았나? 묘한 기시감을 느끼고 있자니 며느리가 서둘러 다가왔다.

"아버님, 이건 오늘 거예요."

 며느리의 눈동자가 잠시 흔들렸다. 위로인지 얼버무리는 것인지 알 수가 없었다.

 며느리의 어깨너머로 아들 놈의 얼굴이 보였다. 녀석은 담담한 얼굴로 나를 내려다보고 있었다. 결국 무언의 압박에 못 이겨 약을 목 안에 털어 넣었다. 그럼에도 의심의 고삐를 풀 수가 없었다. 최근에 나는 결단코 병원에 간 적이 없었다. 나의 정신은 온전히 살아있다. 뒷덜미에 오스스 소름이 끼쳤다. 출처도 모르는 약을 이유도 모르고서 하루에 몇십 개씩 먹어야 하다니 참으로 곤욕이었다. 물과 함께 목구멍으로 알약이 쏟아지니 온몸에 힘이 빠지고 점차 신경이 기능을 멈춘 듯 기운이 빠졌다. 참을 수 없는 피로가 밀려왔다. 흐릿해지는 의식 너머로 아직은 몽롱하게 깨어있는 청각만이 방 너머로 들리는 뉴스 기사에 반응했다.

"…고독사가 계속 증가하고 있는 가운데, 지난달에만

서울 지역에서 27건이 발생했습니다. 특히 60대 이상 노인층에서……."

거실에 있는 TV 화면에서 한 아파트의 모습이 나왔다. 노란 테이프가 쳐진 현관문, 그리고 방독면을 쓴 청소업체 직원들이 들락거리는 모습. 처참하게 썩어있는 이름 모를 늙은이의 육신.

"발견 당시 이미 사망한 지 한 달이 지난 상태였으며, 가족들조차 연락이 끊긴 줄 모르고 있었다고……."

반갑지 않은 뉴스 기사가 계속해서 흘러나왔다.

화면 속의 아파트 단지가 보인다. 낯익은 벽 색깔, 복도와 계단이 보인다. 아래를 내려다본 풍경은 내 방 창문에서 내려다보는 풍경과 똑같다. 순간 심장이 덜컥 내려앉았다. 다시 보니 뉴스 자막에 나온 주소는 내가 살고 있는 곳이 아니었다.

저들은 어떤 이유로 가혹한 종말을 맞이하고 있었던 걸까. 타인이라고 분리해서 말하기에는 나 또한 별반 다르지 않은 처지라는 것을 깨달았다.

고독사라… 단어 자체에서 무거운 압박감이 느껴졌다. 얼마나 긴 시간 혼자 누워 끝을 기다렸을까? 부디 그 시간이 길지 않았기를 바랐다. 마지막이라는 미지의 길로 들어갈 때 겪었을 서늘한 공포를 혼자 감당해야 하는 심정은 좀처럼 상상이 되지 않았다. 그 순간이 내게도 다가올 수 있다고 생각하니 가슴이 쿵쿵 떨려왔다. 좀처럼 진정되지 않았다. 이 순간에도 나의 자식새끼들은 도대체 어디서 뭘 하고 있단 말인가?

"또 고독사 뉴스네."

흐릿하게 아들 놈의 목소리가 들렸다. 귀에 거슬리는 며느리의 속삭임도 이어졌다.

"여보. 우리도 슬슬 준비해야겠어. 만약에 말이야……."

"쉿. 아버지가 들으셔."

순간 마른 기침이 쏟아져 나왔다. 내 기척을 의식한 듯 둘의 대화가 끊어졌다. "우리도 슬슬 준비해야겠어" 속에 내포된 의미가 무엇이었을까?

분명한 건 그 안에 노인에 대한 걱정이 담겨 있지는 않았다는 점이었다. 귀찮음에서 그쳤다면 양반이었을 것이다. 하지만 그럴 리 없었다. 분명히 짙은 혐오가 섞여 있는 말이었다. 늙어버린 인간에 대한 명백한 적대감이 표현된 말이었다! 정말로 저 자식새끼들은 내가 죽음의 문턱을 넘는 그 순간만을 기다리고 있는 걸까? 그들이 무슨 꿍꿍이를 꾸미고 있는 걸까?

기록자

#

 다음 날 아침, 평소와 다르게 눈이 번쩍 떠졌다. 정신 또한 비교적 맑았다. 최근 이런 날이 있었던가. 마치 안개가 걷히는 것처럼 모든 생각이 또렷했다. 그래서인지 지난밤의 일들이 생생하게 떠올랐다. 분명 누군가 내 몸을 짓누르는 듯했다. 숨이 막혀 손발을 허우적거렸지만, 눈을 뜨자 방 안에는 아무도 없었다. 거울 속 목덜미에는 너무나도 선명한 붉은 자국이 보였지만, 눈을 비비자 사라져버렸다. 나에게 무슨 일이 벌어지고 있는 것인지 잘 알 수가 없었다.

 지친 몸을 겨우 일으켜 방으로 나왔다. 부엌에서 아침을 준비하고 있는 며느리의 뒷모습이 보였다. 며느리는 나의 인기척을 느끼지 못한 모양이었다. 이제 꺼져가는 목숨이라 그런 것일까.

 식탁을 내려다보니 온갖 보험 신청서가 놓여 있었다. 나는 조용히 종이들을 살폈다. 이미 노안이 와 버린 터라 침침해 생각처럼 잘 보이지는 않았다. 그때 며느리가 화들짝 놀란 목소리가 들렸다.

 "어머. 아버님. 오늘 왜 이렇게 일찍 일어나셨어요? 아! 요번에 아이 보험 좀 알아보고 있었어요."

누가 뭐랬나? 며느리는 누가 봐도 당황한 눈빛과 어색한 말투로 황급히 식탁에 있는 보험 자료들을 정리했다. 종이들 사이로 어렴풋이 단어들이 눈에 들어왔다. 분명 내 이름과 보험금, 대리 수령이라는 단어들을 볼 수 있었다. 그렇다고 내가 뭘 할 수 있겠는가? 분노와 배신감을 감춘 채 힘없는 몸뚱이를 돌렸다.

"아침 금방 다 돼요. 앉아 계세요. 금방 끝나요."

"나 때문에 고생이 많네."

나도 가식을 떨며 마음에도 없는 소리를 전했다. 순간 며느리의 손이 멈췄다.

심호흡 한 번 할 정도의 시간이 지난 뒤 며느리는 나를 돌아봤다. 작위적인 웃음을 지은 표정을 보니 속내를 감출 찰나가 필요했던 것 같았다. 두 인간의 이중성이 부딪혔다.

"무슨 소리세요. 가족인데요."

굳이 따져보지 않아도 저 말이 싸구려 동정이란 걸 알 수 있었다. '집 안에서 밥이나 축내는 식충이'라는 말이 귓가에 맴도는 것만 같았다. 방 안에서 출근 준비를 하던 아들이 나왔다. 바쁘게 구두를 신은 녀석은 현관 앞에 서더니 안부 인사를 전했다.

"아버지. 오늘은 하루 종일 혼자 계실 텐데 괜찮으시겠어요?"

"물론이지. 나 아직 건강하다. 멀쩡해."

"그게 아니라…"

아들은 미처 하지 못한 말이 있는지 말끝을 줄였다. 잠시 숨을 고른 녀석이 다시 말을 이었다.

"혹시라도 무슨 일이 있으면 전화하세요."

"갑자기 무슨 일이 생긴다고?"

"아뇨. 갑자기 몸이 안 좋아질지도 모르니까요."

마치 내가 괜찮지 않았으면 하는 바람이 담긴 말투였다. 나는 아들의 표정을 자세히 살폈다. 걱정일까? 아니면 다른 뜻이 담겨 있는 걸까? 이제는 며느리뿐만 아니라 친자식에게도 의심이 생겼다. 이 둘은 작당을 한 채 나의 죽음을 바라고 있는 것이 틀림없었다. 그러나 쉽게 내 자리를 내어줄 생각은 없었다.

혼자 남은 집에는 적막만이 남았다. 유튜브로 뉴스를 보다 보니 광고가 스쳐 지나갔다.

"죽음을 기록해 드립니다. 마지막 순간을 외롭지 않게. 특별 기록 서비스."

장례식 광고도 보험 광고도 아닌 것이 무엇인지 정확히 알 수 없는 가운데 빠르게 지나가 버렸다. 나는 멍하니 화면을 바라보다가 헛웃음을 삼켰다.

며느리가 차려놓고 나간 밥상이 눈에 띄었다. 흰쌀밥과 국, 몇 가지 반찬들이 가지런히 놓여 있었다. 그 옆에는 지긋지긋한 이름 모를 알약들이 쌓여 있었다. 이 출처 모를 물건들은 어떻게 처리해야 할지 잠시 생각했다. 나는 알약들을 손으로 집어 변기통으로 처넣었다. 버튼을 누르자 변기는 꾸역꾸역 알약들을 하수구로 밀어 넣었다. 그 모습을 지켜보고 있자니 헛구역질이 올라왔다. 그때 핸드폰이 울렸다. 며느리였다.

"아버님, 별일 없으시죠?"

"그래. 근데 무슨 일이냐?"

"잠깐 시간이 나서 전화 드렸어요. 혹시 약은 챙겨 드셨어요?"

"그럼 먹었지."

"약 꼭 잘 챙겨 드셔야 해요. 혈압 계속 올라가면 안 좋잖아요."

전화기 너머로 어렴풋이 작은 한숨 소리가 들렸다. 뭔가 안도하고 있다는 인상이 들었다. 혼란스럽다. 내 건강 상태에 대한 안심인가? 잠자코 약을 먹어 얌전히 죽어간다는 것에 대한 안도일까?

그나저나 이 지독한 적막감을 어떻게 해야 날릴 수 있을까? 딱히 할 게 없어 잠을 청하기 위해 누웠다. 오늘따라

기록자

자리가 불편한 느낌이었다. 평소와 달리 잠이 몰려오지 않았다.

오히려 의식이 점점 뚜렷해졌다. 갑자기 각성한 내 정신이 여러 가지 의심을 곱씹기 시작했다. 갑자기 왜 잠이 오지 않을까? 왜 나는 평소 그렇게나 많은 약을 삼켰어야 했을까? 멀쩡한 나의 정신은 금세 답을 찾아냈다.

나는 오늘 며느리가 준 약을 먹지 않았다.

달라진 점은 그것뿐이다.

무언가에 홀린 사람처럼 얌전히 며느리에게 당할 수만은 없다. 아들 내외가 쓰는 안방에 들어왔다. 크게 힘을 들이지도 않았다.

그저 보이는 서랍을 열어보자 수상한 서류봉투들이 나왔다. 죄다 내 사후에 본인들이 요긴하게 쓸 것들이었다. 상조 회사 서류, 사망 보험금 증서 등. 나의 삶을 체념하고 끝을 기다리는 사람이 나뿐만이 아니었다. 가족 중 내 죽음만을 기다리다 못해 그걸 앞당기고 싶어 하는 사람이 있다는 걸 깨닫고 말았다. 이미 두 눈으로 똑똑히 확인한 사실이었다. 그 악인은 며느리였다.

"망할 년! 옛날부터 집에 여자 하나 잘못 들이면 모든 게 꼬인다더니."

어떻게 하면 이 악랄한 계획을 저지할 수 있을까? 일단 하나뿐인 아들에게 도움을 청해야겠다. 녀석도 요즘 나에게 호의적이지 않았지만, 내 죽음까지는 바라고 있지 않을 것이다. 저녁이 되자 아들과 며느리, 손자가 차례로 돌아왔다. 아들은 지친 표정으로 내게 인사를 건넸다.

"아버지 저 왔어요."

며느리의 탈을 쓴 간악한 여자 또한 나에게 인사말을 전했다.

"아버님. 오늘 어떻게 좀 괜찮으세요?"

그 말에 한마디에 깊숙한 곳부터 분노가 꿈틀 꿈틀거렸다.

'내가 괜찮아서 매우 실망했나 보군. 미친년 같으니라고.'

목에서 쌕쌕대는 쇳소리가 나왔다. 그래도 들끓는 마음을 애써 감추고 대답했다.

"네가 준 약이 효과가 있나 보구나. 아주 멀쩡해."

긍정적인 답을 내놓자 며느리는 싱긋 웃더니 방으로 들어갔다. 언제 다시 나올지 모르기에 최대한 빨리 이 여자의 실체를 밝혀야 했다. 다급히 아들의 손을 붙잡고 말했다.

"아들아. 놀라지 말고 조용히 들어라. 아무래도 네 아내가 내가 죽기만을 바라는 것 같다. 도와다오."

지친 아들의 표정에서 감정이 사라지며 차갑게 식었다. 무미건조하게 변한 녀석은 나를 무섭게 응시했다. 너무 충격적이라서 그런 것일까? 평생을 약속한 배우자가 부모의 죽음을 노리고 있다는 현실은 받아들이기 힘들 만했다. 양자택일이 강제되는 가혹한 순간이었다. 아들은 섣불리 입을 열지 않았다.

그저 나의 눈을 쳐다보고 있을 뿐인데 그 느낌이 조금 이상했다. 왜 죄인을 바라보는 눈빛으로 나를 노려보고 있는 걸까?

"도대체 무슨 말을 하시는 거예요? 제발 이상한 소리 좀 하지 마세요. 안 그래도 저 힘들어하는 모습 안 보이세요?"

스르르 몸에 힘이 빠져나갔다. 믿을 건 아들뿐이었는데. 아들은 이미 며느리의 말만 철석같이 믿고 있었다. 서류들을 제대로 숨기지도 않을 정도면 이미 이야기가 다 끝난 것일 텐데 이걸 간과하다니. 내 어리석음이 한탄스러웠다.

이건 단순한 아들의 화가 아니었다. 앞으로 이 집안에서 고립될 내 처지를 예고하는 일이었다. 이제 보금자리였던 이 울타리는 나를 처참히 옭아맬 게 분명했다.

#

변화는 즉각적이었다. 당장 다음날부터 나를 보는 시선이 이전과는 달라졌다는 걸 알 수 있었다. 아들과 며느리는 대놓고 내가 반쯤 정신이 나간 사람 취급을 했다. 어린 손자도 분위기를 읽었는지 나에게 다가오지 않았다. 이 와중에도 며느리는 끊임없이 나에게 약을 권했다. 이 억울함을 어떻게 해소해야 하는가. 당장은 할 수 있는 일이 없었다. 일단 약을 줄 때마다 고분고분 받았다. 앞에서는 먹는척하면서도 돌아서면 알약을 뱉었다. 이걸 먹으면 안 된다. 나는 결단코 미치지 않았다.

며칠 정도 지났을까? 적어도 1주일은 넘은 것 같았다. 내 몸 상태는 급격히 바닥을 향했다. 아침에 일어날 때마다 거울 앞으로 가 입을 크게 벌렸다. 분명 입 천장에 찐득한 액체가 붙어 있는 느낌이었는데 확인이 되지 않았다. 유난히 쓴 향이 감도는 걸 보니 뭔가 있었던 것만은 확실했다. 문제는 하나가 아니었다. 자꾸 당연한 기억들이 헷갈렸다. 지금이 몇 년도인지, 내 나이가 몇 살이었는지, 오늘이 무슨 요일인지……. 상황이 점점 심각해졌다. 더 이상 손 놓고 기다리는 것만이 능사가 아니었다.

거실에서 가장 큰 칼을 가져와 베개 아래 숨겼다. 오늘 밤에 선수를 쳐야겠다. 악의에 가득 찬 암탉을 처단하겠다는 마음을 굳게 먹었다.

저녁 시간이 지나고 일찍 자겠다고 방에 들어왔으나 잠은 오지 않았다. 나는 뜬눈으로 다른 사람들이 잠들 때까

기록자

지 기다렸다. 자정 무렵 온 집안이 조용해졌다. 슬그머니 일어나 내 방문을 열고 안방 앞에 섰다. 결의를 다지며 칼 손잡이를 세게 쥘 무렵, 안쪽에서 작은 말소리가 들려오고 있었다.

"여보, 아버님 요즘 이상하신 것 같아."

"응, 자주 무서운 말씀을 하셔."

조용히 문틈에 귀를 대고 숨을 죽였다. 아들 부부의 낮은 목소리가 들려왔다. 며느리의 말투는 걱정인 듯 들렸지만, 그 속에 숨은 뜻이 있는 듯했다.

"맞아, 나한테도 그런 소리를 하시더라고."

"방 치울 때마다 자꾸 안 드신 약이 계속 나와. 그냥 안 드신 게 아니라 일부러 숨기신……. 의사 선생님 말씀이 뭔지 이제 알겠어."

의사? 언제 내가 의사를 만났단 말인가. 아무리 생각해봐도 병원에 다녀온 기억이 없다. 아니, 있었나? 생각하려 해도 머릿속이 뿌옜다.

'이게 전부 저 여자 짓이다. 없는 일을 가지고 아들까지 속이다니…….'

나는 분노와 불안에 손을 떨며 잠시 벽에 기댔다. 분명 어제는 장독대 옆에 앉아 있던 아내와 이야기를 나눈 것도 같지만, 추억이란 원래 그런 것 아닌가? 내가 미쳐버린 건지 아니면 그렇게 몰아가고 있는 건지 알 수가 없었다.

"이러다가 다 같이 죽겠어. 거기도 좀 알아봐야 하지 않겠어."

싸늘한 아들의 목소리가 들렸다. 가슴이 쿵 내려앉는 기분이었다.

귓가에서 맴도는 말소리들이 희미해졌다. 대신 내 심장만이 불규칙하면서도 또렷이 뛰고 있었다.

매일 같이 들려오던 고독사 뉴스가 떠올랐다. 그리고 그 뉴스를 예의주시하던 아들 부부도. 아마 아들 부부는 나를 이미 떼어 놓기 위한 준비를 마친 건지도 모른다. 홀로 쓸쓸히 죽게 된 다음에야 내 유골이나 찾으러 오겠지.

생각보다 비극은 빨리 찾아왔다. 아들이 말한 '그곳'은 요양원이었고, 나는 목소리를 높여 맞서기보다는 한발 물러서기로 했다.

"알겠다. 내가 기억이 흐려졌는지도 몰라. 네 걱정이 맞을 수도 있어."

입으로는 그렇게 말했지만, 스스로 인정하고 나서면 아들도 물러나 주지 않을까, 하는 생각이 섞여 있었다. 아들은 그러나 완강했다. 서로를 위해서라고, 모두 내가 자초한 일이라고 했다.

"…이게 최선이라고 생각해요."

기록자

그 말이 너무도 담담하면서도 차디찼다. 그러나 아들의 그 말에는 묘하게 확신보다는 결심 같은 것이 묻어 나왔다. 나는 그 말을 받아들이는 척했지만, 속마음으로는 정말 다른 뜻은 없는 것인지 묻고 싶었다.

마음이 급해진 나는 급기야 아들의 다리 가랑이를 붙잡고 울부짖었다. 네가 지금 버리면 결국 나는 홀로 죽게 되어버릴 뿐이라고 소리쳤다. 아들의 눈치를 보며 다급히 연기를 했지만 아들의 시선은 차가우면서도 정확히 알 수가 없었다. 나를 보는 것 같으면서도 다른 곳을 보고 있는 듯했다.

이후 별말이 없기에 안심하고 있던 것이 화근이었다. 어느 날 몇몇 사람들이 불쑥 들어왔다. 기어코 나를 요양원이라는 감옥에 집어넣기 위해 찾아온 것이다. 인간으로서의 모든 자율성을 뺏기고 말라갈 미래가 보였다.

"얘야, 아들아! 내가 잘못했다. 약도 계속 먹고 가만히 있으마. 절대 너희를 귀찮게 하지 않으마."

"아버지 서로 더 힘들 뿐이에요. 이제 그만 저를 놓아주세요."

잘 지내기는 개뿔. 개 같은 소리였다. 말만 해서는 지옥을 피할 길이 없었다. 난 결국 난동을 부리기 시작했다. 손발을 마구 휘두르며 잡히는 대로 집어던졌다.

아들은 광분하는 내 모습을 보고는 할 말을 잃은 듯 보였다.

#

과정이야 어찌 되었든 요양원은 피할 수 있게 됐다. 그러나 아들 내외는 쪽방 하나를 얻어 그곳으로 나를 내쫓았다. 그 뒤로는 연락이 오지 않았다. 심지어 이삿날도 업체 직원들이 찾아와 짐을 내려주고 간 게 끝이었다. 아들에게 몇 차례 전화를 걸었지만 연락이 잘되지 않았다. 간혹 전화를 받더라도 몇 마디 하고 바로 끊어버렸다. 늙은 고물의 무덤이 여기인 것일까. 문득 이 골방에서 혼자 죽는 것이 요양원에 들어가는 것과 다른 점이 없다는 걸 깨달았다. 외로운 죽음에 대한 공포가 나를 엄습했다.

죽음, 고독, 미지의 공포, 도대체 언제까지 이것들에 시달려야 하는 것일까? 이제는 그냥 지쳤다. 나이를 먹으면 지혜로워지고 수용력이 커진다는 말은 모두 거짓말이다. 그저 지금의 나처럼 거부할 힘을 다 써버린 자들이 포장하는 말일뿐이었다.

기왕 피하지 않고 받아들이기로 한만큼 멍청히 앉아 기다리고 싶지는 않았다. 나는 핸드폰을 열고 인터넷을 켰

기록자

다. 익숙하지 않은 일이었지만 간단한 키워드는 금세 검색할 수 있었다.

노환, 죽음, 고독사.

여러 글들이 나왔지만 대부분이 뉴스 기사들이었다. 한데 중간에 이상한 글귀가 하나 있었다.

"당근마켓 – 특별한 서비스를 제공합니다."

나도 모르게 손이 가는 제목이었다. 클릭하니 역시나 이상한 말들이 나왔다.

"홀로 죽음을 맞이하는 것이 두려우신가요? 당신의 마지막 순간을 기록하고 처리해 드립니다!"

신종 보이스피싱 수법인 걸까? 그게 아닌 이상 이런 글이 버젓이 광고되고 있다는 게 말이 되지 않아 보였다. 그럼에도 나에게는 다른 선택지 따위 없었다. 혼자 골방에서 조용히 죽을 수만은 없었다. 힘없는 손가락으로 꾹꾹 메시지를 보내니 금세 답장이 왔다. 놀랍게도 업체의 담당자에게 직접 만나고 싶다는 연락이 왔다. 사람의 죽음을 지켜보는 업체가 있는 현실이 믿기지 않았다.

약속 장소에 나타난 남자는 마스크를 끼고 나타났지만 예상외로 평범해 보였다. 서른 중반으로 보이는 인상을 가지고 있었는데, 직업에 비해 특별함이 없어 일부러 마스크를 끼고 있는 듯 보였다.

사내와 나는 아주 건조한 말투로 서로 이야기를 주고받았다. 개인의 해묵은 사연에는 관심을 주지 않겠다는 태도였다. 그는 유서를 작성하고 마음의 준비가 끝나면 다시 연락을 달라고 하고 자리를 떠났다. 방에 돌아와 유서를 쓰기 시작했다. 뭔가 이상했다. 펜을 멈추고 보니 글씨체가 평소와 다르게 비뚤어져 있었다. 내 글씨체가 원래 이랬던가?

그날 밤, 끔찍한 꿈을 꿨다. 검은 그림자가 내 목을 움켜쥐었다. 손가락이 목에 파고드는 감각이 너무나도 또렷했다. 목을 졸렸지만 움직일 수가 없었다. 한 시간 정도를 계속해서 목을 졸린 것만 같은 기분이었다. 정신을 차리자 방 안은 텅 비어 있었다.

검은 그림자의 얼굴은 기억이 나질 않았다. 멍한 가운데 세수를 하려 하니 거울에 내 목덜미가 비쳤다. 목을 조른 듯한 진한 자국이 보였지만, 고개를 움직이자 금세 자국이 사라졌다.

혼자 지내려니 점점 안 좋은 상황에 빠지는 기분이었다. 결국 얼마 전 만난 사내에게 전화를 걸어 준비가 끝났음을 말했다.

그는 조용히 수면제를 이용해 잠드는 방법을 추천해 줬다. 그리고 실행일을 조율해 정하니 모든 일이 끝났다. 막상 날을 정하니 끝이 성큼 앞으로 다가왔다.

며칠 뒤 사내는 연탄이 든 가방을 챙겨 나를 찾아왔다. 그가 나의 손바닥에 수면제 몇 알을 건네주었다. 익숙한 모습으로 모든 일을 처리한 그가 말했다.

"이제 준비는 끝났어요. 저는 근처에서 기다리다 편안히 가신 후에 그 뒷수습을 해드리겠습니다."

"이름도 모르지만 그래도 마지막을 함께 해줘서 감사하네."

사내는 더 이상의 대화는 필요 없다고 판단했는지 바로 방을 나섰다. 문이 닫히자 방 안은 적막해졌다. 나는 손에 쥔 알약들을 바라보았다. 알약들은 이상하게도 익숙해 보이기도 했지만, 그런 걸 깊이 생각하기에는 나는 너무도 지쳐 있었다.

이제 무엇이 중요하겠는가, 하고 생각하고 죽음을 겸허히 받아들이려고 하던 순간 숨이 막혀 뜻밖에도 목 안에 남아 있는 알갱이들을 뱉어내기 시작했다. 끝내 외침이 터져 나왔다.

"살려 줘! 살려 줘!"

나는 죽음의 문턱에서 절규했다. 사실 아직 죽고 싶지 않았다. 그저 비참한 삶이 싫었을 뿐이었다. 온 힘을 쥐어짜 굳게 닫힌 방문을 세게 두드렸다.

쿵쿵.

쿵쿵쿵.

그러자 밖에서 기다리던 사내가 방문을 열고 들어왔다. 문이 벌컥 열리자 차가운 공기가 밀려들었다. 나는 왠지 그가 도와주지 않을 거라는 느낌과 동시에 안도감과 좌절감이 뒤섞인 이상한 기분이 들었다.

"살려줘요. 나 죽기 싫어요. 내 핸드폰 좀 던져 줘요."

사내는 아무런 반응도 하지 않았다. 우두커니 서 있는 그가 나를 도울 생각이 없다는 판단이 들었다. 다행히 핸드폰이 멀지 않은 곳에 있었다. 핸드폰으로 아들에게 전화를 걸어보려 했지만 손이 닿았는지 닿지 않는 건지 어지러운 정신으로는 알 수가 없었다. 그때 방 안에서 초인종인지 핸드폰 벨소리인지 알 수 없는 소리가 들렸다. 나는 목소리를 삼키며 소리의 근원을 더듬어 보았지만, 소리는 곧 사라졌다.

사내가 나를 내려보며 천천히 마스크를 내렸다. 그의 얼굴은 빛과 그림자에 가려 선명하지 않았다. 순간 낯빛이 익숙하게 다가왔다. 아들의 눈매 같기도 했고, 내가 오래전 잃었던 누군가의 눈매와도 비슷했다. 눈을 깜박이자, 모든 형상은 흐릿해져 갔다.

그는 말없이 다가와 내 어깨를 잡아주었다. 손바닥의

체온이 목덜미를 스치며 전해졌다. 그것은 위로 같기도, 나를 이 세상에서 쫓아내려는 압박 같기도 했다. 나는 숨이 막히다 트이기를 반복했다. 포옹과 목 죔, 두 가지 감각 사이에서 나는 비틀거렸다. 다만 그 손길에서는 따뜻한 온기가 느껴졌다. 그 온기가 너무도 반가워, 나는 미소를 흘렸다.

빛이 흐려지며 나는 그 안의 온기와 차가움 사이를 떠돌았다. 방 안에는 적막만이 남았다.

가리비

도어락이 열린다. 그녀였다. 현관문을 열고 들어온 그녀는 오른쪽 신발부터 벗어 던진다. 왼쪽부터 벗을 수도 있을 텐데, 알고 나서 보니 참 한결같다. 내동댕이친 검정 신발은 정리하지 않아 아무렇게나 나뒹군다. 상의를 벗은 그녀는 가방을 정리하고 나서야 하의를 갈아입는다. 이것도 그녀만의 버릇이다.

운동복을 입는 걸 보니 오늘은 나중에 운동하려나 보다. 편안한 옷을 입고 머리를 묶고서 집안일을 하는 모습에 나도 모르게 입꼬리가 올라갔지만, 이내 그런 자신이 처량하고 화가 나서 미소는 간데없이 사라졌다. 한참 스마트폰으로 그녀를 예의주시해도 오늘도 별다른 낌새는 없었고, 어느새 문 앞이었다. 영상 속의 그녀와 같은 횟수로, 같은 패턴으로 도어락을 터치하니 도어락이 열린다. 문을 여니 멀리 떨어져 나뒹굴고 있는 한 짝의 검정 구두가 보인다. 머리를 뒤로 묶은 여자도 보였다.

가리비

#

언제부터 잘못되었던 건지는 잘 모르겠다. 명확한 시점은 생각나지 않는다. 아내는 늘 인기가 많았다. 연애할 때도 몰랐던 건 아니었다. 친구들과 있는 저녁 술자리에 불려 간 적도 많았고, 바쁜 약속에 나와 그다지 연락하지 않는 날들도 있었다. 아마 나는 막연히 결혼하면 달라질 것이라고 생각했던 모양이다. 그렇지만 아내는 여전히 바빴다. 아내와의 결혼이 행복하지 않을 이유는 없었지만, 아내를 둘러싼 여러 사람들의 존재가 나를 항상 불안하고 초조하게 만들었다. 왜 팀장은 퇴근 후에 아내에게 연락했던 걸까? 대학 동기들은 불순한 의도로 아내를 만나는 게 아닐까?

이런 게 의처증인가 하고 스스로를 달래보기도 했다. 그러나 한번 생긴 의심은 사그라들지 않았다. 그녀가 어떤 남자와 있어도 내 눈동자는 쉬지 못했다. 심지어 아내의 남동생도 예외는 아니었다. 형제라고는 해도 사이가 너무 가까운 것이 아닐까? 형제가 보통 저런 분위기였나?

나는 아내가 잠시 자리를 뜨기만 하면 놓고 간 아내의 스마트폰을 열어 사진첩과 대화 기록을 살폈다. 아내가 말했던 일정과 사진첩의 음식 사진을 대조하고, 아내가 말한 모임 인원과 음식의 양, 메뉴가 어울리는지를 따져 봤다. 아내의 알리바이는 확실했다.

아니, 이 정도로 확실하니 오히려 이상하다. 급작스레 자리에 나오지 못하는 사람이 생긴다거나, 약속 내용을 잠시 착각할 수도 있을 터다. 그러나 아내의 스마트폰 사진첩의 음식 사진, 인테리어 사진 등과 아내의 진술에는 전혀 차이점을 찾아볼 수 없었다. 그렇다. 이건 고도로 세밀하게 조작한 증거 자료집이다. 아내는 나 보란 듯이 스마트폰을 던져 놓고 자리를 비우는 것이 틀림없다. 나는 몰래 아내의 스마트폰을 뒤지고 있다고 생각했지만, 실은 그녀의 손 위에서 놀아나고 있었던 것이다. 이렇게까지 생각이 미치자 더 이상 제정신을 유지하지 못하겠다는 판단이 들었다.

답답해서 무언가를 더 해야만 했다. 그렇지만 뭘 더 해야 할지 알 수가 없었다. 가까운 친구에게 고민을 털어놓아 볼까? 하지만 아내가 바람을 피고 있을 뿐만 아니라, 증거를 완벽하게 조작하고 있다는 이야기를 하자니 또 남부끄러웠다. 아내는 만난 사람들에게 좋은 인상을 남기는 데에는 도사였다. 아마 가까운 친구들도 잘 믿지 않을 것 같았다. 고민을 털어 놓았을 때 입이 무거워 소문을 퍼뜨리지 않을 것 같으면서, 내가 하는 말을 곧이곧대로 믿어

주면서도 잘 상담해 줄 것 같은 믿음직한 녀석은 대체 어디 있지? 나는 생각 끝에 고민을 털어놓을 믿을 수 있는 녀석을 떠올리고, 생각날 때마다 상담했다.

"네가 그렇게 불안하다면 그녀의 일거수일투족을 감시해 보는 건 어떨까?"

"감시?"

"그래. 인간의 공포는 무지에서 비롯되는 경우가 많다고 하잖아? 그 원인을 없애보는 것도 방법이지. 제대로 알아야 불안이 사라지지 않겠어?"

처음에는 선뜻 내키지 않았다. 다음 날 퇴근하며 생각하니 제법 매력적인 제안이었다. 그래, 나는 이런 해결법을 기다리고 있었는지도 모르겠다. 아내가 나를 위해 마련해 놓은 밥상이 눈에 띄었다. 오늘도 아내는 밥상을 차려놓고 어딘가로 외출했다. 위선자 같으니. 저 밥상도 분명 밖에서는 다른 남자와 자유롭게 달콤함을 나누기 위한 도구에 불과하리라.

부엌에는 미처 조리하지 못한 것인지 해감 중인 건지 가리비가 방치되어 있었다. 며칠 전에 봤던 가리비의 눈을 보여주는 릴스가 생각났다. 가리비의 수백 개의 보이지 않는 눈이 나의 숨은 욕망을 감시하고 있는 것만 같았다. 순간 서늘하게 소름이 끼치고 지나갔다. 그래. 나도 내게 숨겨둔 아내의 욕망을 은밀하게 관찰할 것이다. 나는 이유는 잘 모르겠지만 이 순간 아내를 감시하기로 결심했다. 아내의 민낯을 철저히 밝혀볼 것이다.

한 공간에 함께 사는 사람을 은밀하게 관찰하려면 도구가 필요했다. 무엇부터 시작할지 막연했지만, 이런 상담에 더없이 어울리는 녀석이 이미 있지 않은가. 녀석은 이 분야 저 분야에 꽤나 박식했다. 처음에는 몰래카메라를 설치하는 것에 거부감을 느꼈지만, 녀석의 조언대로 이런 카메라를 판매하는 곳은 꽤나 많았고 수요자도 적지 않았다.

'그렇다는 것은 그녀와 같이 배우자를 기만하는 악마가 세상에 많다는 거겠지. 그래, 나의 모든 행동은 정당하고 말고. 모든 불씨는 아내가 시작한 거야.'

아내가 오기 전에 모든 작업을 끝내야 했다. 먼저 아내가 가장 아끼는 화분 안쪽에 티끌만 한 카메라 한 대, 드레스룸에 한 대, 주방 구석에 한 대, 신발장 옆 펜트리와 베란다에 각각 한 대. 그리고 어디가 남았을까? 사적인 공간인 화장실 구석에 한 대, 마지막으로 가장 은밀한 침실 옆 탁상 위에 한 대, 그 밖에도 나도 이루 셀 수 없이 세밀하고 촘촘하게 모든 준비가 끝났다.

가리비

#

 관찰 첫날. 아내는 평소와 다름이 없었다. 아내는 식사를 차린 뒤 내가 수저를 들기 전까지 절대 먼저 식사를 시작하는 법이 없었다. 요즘 세상에 말이 되기나 하나. 역시 가증스런 연기임에 틀림없다.

 식사를 마친 뒤 그녀의 숨겨진 본성을 관찰하기 위해 먼저 자리에 일어섰다. 피곤한 척 방으로 들어간 뒤 CCTV에 연결한 어플을 바라보았다. 아내가 컵에 물을 따라 마시고 있었다. 우리는 평소 같은 잔에 물을 마셨는데, 이제 지켜보니 물을 마실 때는 아주 교묘하게 내가 마신 방향에서 컵을 돌려 목을 축이고 있었다.

 나는 바로 친구에게 물었다.

 "무슨 의미일까? 나와의 접촉을 최소화하려는 노력일까? 내가 그렇게 혐오스러운 걸까?"

 "그래, 아내의 행동은 어쩌면 정말로 혐오의 표시일 수 있어."

 아내는 내가 사용했던 의자 위, 식기를 유독 악착같이 박박 닦아대었다. 그럼 그렇지 나를 지독하게 혐오하고 있었다는 사실은 의문의 여지가 없었다. 그녀의 표정은 내 앞에서 온화하게 미소 짓던 표정과 분명 달랐다. 눈썹과 입 모양이 한껏 찌푸려져 있었다. 딴 놈과 바람난 것이 분명했다. 이제 그녀를 그 누구보다 철저하게 버려주겠다고 다짐했다.

"이 영상을 봐. 식기를 닦을 때의 표정. 정말 미워하는 사람의 흔적을 지우려고 하는 것 같지 않아? 너무 놀랐어."

"많이 무서웠겠다. 어떻게 저런 혐오스러운 표정을 지을 수 있지? 몰래 보지 않았으면 절대 몰랐을 표정인데. 소름 끼친다."

"역시 너 말대로 하길 잘했어. 근데 이제 어떻게 하면 이 사람에게 복수할 수 있지? 변호사 선임부터 하면 될까?"

"아직 명확한 증거가 부족한 것 같아. 좀 더 지켜보는 게 좋겠어."

"그래, 아내가 절대 변명할 수 없는 영상을 남기라는 말이지?"

"그것도 좋고. 어쨌든 조금 더 지켜보는 게 좋겠다."

생각해 보니 녀석의 말이 맞았다. 표정은 지극히 주관적인 판단의 영역이었다. 좀 더 확실한 증거가 필요했다.

저녁이 되었고, 나는 잠든 척 그녀 옆에 누웠다. 역시나 내가 잠든 것을 확인한 후 그녀는 냉정하게 나로부터 등을 돌렸다. 저 어깨너머로 아내는 딴 남자를 생각하고 있는 것이 틀림없다. 나는 그녀가 잠드는 것을 뜬눈으로 기다렸다. 그리고 슬며시 자리에서 일어나 침대 앞에서 잠든 그녀를 빤히 바라보았다. 아내는 세상모르고 자고 있었다.

확신은 있었지만, 증거는 없었다. 나는 조용히 거실로 나가, 며칠 전 설치해 둔 CCTV 녹화기를 켰다. 녹화된 영상들을 몇 배속으로 빠르게 돌려보다가, 이상한 장면 하나가 눈에 들어왔다.

어두운 거실. 밤 2시 38분. 아내가 소파에 홀로 앉아 있었다. 불도 켜지지 않은 채, 어둠 속에서 등을 곧게 펴고, 아무 말도 없이 벽 쪽을 응시하고 있었다. 그녀는 움직이지 않았다. 마치 화면이 정지된 것처럼.

나는 커서를 돌려 시간을 앞뒤로 조정해 봤지만, 영상은 분명히 재생 중이었다. 몇 분이 지나고서야 나는 깨달았다. 그녀의 눈동자가, 천천히, 아주 천천히 CCTV 쪽을 향했다. 딱, 그 타이밍에. 지금 영상을 재생 중인 나를 바라보듯이.

내 손끝이 마우스 위에서 뻣뻣하게 굳었다. 심장이 조여오는 기분이었다. 그녀는 절대, 카메라가 있다는 걸 몰라야 했다. 그런데 지금 이 영상 속의 그녀는… 나를 보고 있다.

그 어떤 표정도 없이. 그 어떤 소리도 없이.

그녀의 얼굴에 아주 미세한 변화가 일어났다. 처음엔 착시인가 싶었다. 분명히 입꼬리의 움직임이었다. 마치, 무언가를 깨달은 듯한. 혹은, 무언가를 알아챈 사람만이 짓는 표정 같았다. 나는 화면을 확대해 봤다. 그녀의 입매는 흔히 보던 웃음과 달랐다. 기뻐서 웃는다기보단, 누군가를 안다는 확신에서 오는… 이상한, 알 듯 모를 듯한 미소였다.

마치, 이 모든 상황을 예상하고 있었다는 듯.

마치, 내가 이 영상을 보게 될 줄도, 지금 이 순간 침묵 속에서 식은 땀을 흘리고 있을 것도. 나는 문득, CCTV 화면 너머에서 그녀가 내 표정까지 보고 있을지도 모른다는 생각이 들었다. 나는 마치 내가 감시하는 쪽이 아니라 감시당하고 있다는 기분에 차디찬 소름이 척추를 따라 흘러내리는 것을 느꼈다. 그 순간, 온몸이 찬물에 빠진 듯 싸늘해졌다.

첫날부터 섬뜩한 장면을 본 나는 어찌할 바를 몰랐다. 더 이상 생각하고 싶지 않아 아내의 감시도 미뤄두었다. 영상은 계속해서 기록되는 중이었지만, 나는 영상을 바라볼 용기가 없었다. 시간이 좀 지나고 나자 아내에 대한 불신과 괘씸한 마음이 다시 살아났다. 아내는 내가 감시를 시작했다는 사실을 알고 있는 것일까? 어떻게 감시 첫날부터 그런 영상이 담겼을까? 역시 여태까지의 아내가 한 모든 행동은 철저히 계산된 것이었단 말인가? 역시 아내는 수상하다.

"역시 아내는 의심스러워. 혹시 내가 감시하고 있다는 걸 알았던 건 아닐 거야. 우연히 눈이 마주친 거겠지?"

"그래. 확률적으로 봤을 때 그럴 가능성은 낮지. 우연이라고 보는 게 좋겠어."

"네 말을 듣고 나니 마음이 좀 편하네."

"그래, 나는 무슨 일이 있어도 네 옆에 있어. 다른 고민 사항도 있으면 털어놔 봐."

"여기까지 온 이상 철저히 아내의 민낯을 파주겠어. 어떻게 하면 영상 데이터를 더 많이 확보해 볼 수 있을까? 내가 외출해 보면 도움이 될까?"

"좋은 생각이야. 아내가 집에 있는 휴일을 골라 길게 자리를 비운다고 말한 뒤 외출해 보면, 아내를 관찰할 수 있는 데이터를 많이 확보할 수 있을 거야."

오로지 그녀만의 시간에서 어떻게 나를 어떻게 기만하는지 지켜봐야 했다. 녹화 영상을 보는 것보다 실시간으로 관찰하는 것이 더욱 감시하기에 용이했다. 그러나 반전이었다. 그녀는 나를 위해 정성스럽게 반찬을 만들었고 나의 옷을 반듯하게 다림질했다. 침구를 아주 깨끗하게 정리한 뒤, 아주 사랑스러운 표정으로 탁상 위 우리의 결혼사진을 바라보고 있었다.

나의 착각이었을까? 아내가 아직 나를 사랑하고 있다는 생각이 들었다. 내가 없는 동안의 그녀의 행동을 보고 나자 모든 게 편안해졌다. 그동안 오해하고 있었던 것에 깊은 죄책감이 느껴졌다.

나는 친구에게 안심스런 소식을 알렸다.

"내가 아내를 착각하고 있었던 것 같아. 역시 아내는 나를 사랑해."

"그래, 네가 아내를 착각하고 있었나 보다. 아내가 너를 여전히 사랑하고 있다고 느꼈구나. 잘 되었네."

집으로 돌아가는 길에 사죄의 표시로 새빨간 장미를 한 다발 샀다. 그러고 보니 아내는 꽃을 참 좋아했는데. 그동안 내 자신이 무신경했다는 사실이 명백했다. 꽃다발을 본 그녀는 활짝 웃었다. 이제 누구보다 아내를 사랑해 줘야지.

#

장미가 보였다. 뭔가 이상했다. 사준 지 얼마 지나지 않았는데. 아내가 꽃병의 물도 날마다 갈아줬었다. 자세히 살펴보니 사람 손으로 꺾은 듯, 꽃 줄기만 남아 있는 것도

가리비

있었다. 자연스레 시든 것 같지가 않았다.

'언제부터 장미가 저렇게 시들어 있었지? 원래 저렇게 꽃잎이 떨어져 있었나?'

아내를 믿기로 했었지만 CCTV에 담겼던 밤중의 모습이 불현듯 떠올랐다. 나는 또 친구부터 찾고 봤다.

"아내에게 장미꽃을 사다 주고 화해했는데 역시 이상해. 아내를 믿기로 했었지만 감추는 것이 있는 것 같아."

"아내를 믿기로 했었지만 여전히 마음에 걸리는 구석이 있구나."

"그러게. 다시 조사해 봐야겠어."

나는 참을 수 없는 의심에 녹화된 영상을 재생시켰다. 아내가 요 며칠은 자리를 비우지 않아 카메라를 재빠르게 치우지 못하고 남겨둔 상태였다. 화분 앞 그녀는 내가 선물한 장미를 정성스럽게 정리해 꽂았다. 영상을 좀 더 앞으로 넘겼다. 좀 더 앞으로. 나의 생각이 틀리기 바라면서 좀 더 앞으로.

거실 CCTV에 찍힌 그녀의 행동은 전혀 다른 표정을 하고 있었다. 영상 속 그녀는 불 꺼진 거실에서 조용히 식탁 앞으로 다가갔다. 꽃병 안에 있던 장미를 꺼내 들고는, 한 송이씩 꺾기 시작했다. 거칠고 빠른 손놀림. 마치 오래 참고 있던 분노를 쏟아내는 것처럼.

가시가 손가락을 찔러 피가 맺혔지만, 그녀는 아무렇지도 않게 다른 꽃으로 손을 옮겼다. 어떤 꽃은 줄기를 부러뜨리고, 어떤 꽃은 꽃잎을 전부 뜯어내 바닥에 뿌렸다. 그 과정 내내 그녀는 아무 말도 하지 않았다. 아무 감정도 없는 얼굴이었다.

 나는 화면을 멈추지 못한 채 모니터 앞에 굳어 있었다. 그녀가 내게 보여준 웃음이, 그날의 "예쁘다"는 말이, 이토록 정교한 연기였다는 사실에 뒷목이 서늘해졌다. 매일 물을 갈아주던 행동도, 어디서 손을 다쳤냐는 물음에 요리 핑계를 댔던 대답도 모두 거짓이었다.

 마지막 꽃잎을 짓이기던 순간, 그녀는 아주 잠깐 고개를 들었다. 나는 확신했다. 그녀는 꽃을 망가뜨리고 있었던 게 아니다. 누군가를 천천히 무너뜨리는 중이었다. 역시, 아내에게는 무엇인가가 있었다.

 그날 새벽, 나는 잠이 오지 않았다. 아내가 누구인지 잘 모르겠다. 옆에 누워 있는 이 사람을 잘 모르겠다. 불을 끄고 누운 지 한참이었지만, 뇌는 어딘가 밝게 깨어 있었다.

 옆에 누운 아내는 조용히 숨을 쉬고 있었고, 나는 조심스럽게 휴대폰을 들어 화면 밝기를 최소로 낮춘 채 뒤척였다. 시간은 새벽 3시를 조금 넘기고 있었다. 그때 나는 분명히, 그녀가 내 옆에서 잠들어 있다고 믿었다.

가리비

하지만 다음 날, 거실에서 CCTV 백업 파일을 확인하던 중 우연히 그 시간의 영상을 보게 되었다. 영상에서 내가 스마트폰을 보고 있던 그 순간, 방 안에서 누군가가 나왔다. 아내였다. 그녀는 천천히 복도로 방문 앞에 멈춰 섰다. 화장실을 가려는 것도 아니었다. 그저 아무 말 없이, 아무 행동도 없이, 문 안을 바라보며 그대로 서 있었다. 몇 초였을까. 아니, 화면 아래 시간은 계속 흐르고 있다. 그녀는 20분이 넘는 시간 동안 꼼짝도 하지 않은 채 문 앞에 서 있었다. 마치 그 문 너머에서 무언가를 기다리는 사람처럼. 나는 스마트폰 화면을 바라보며 아내가 깨지 않도록 조용히 뒤척이고 있었고, 그녀는 바로 그 문 앞에 서 있었던 것이다.

나는 아내가 나가는 소리도 듣지 못하고 아내가 없는 것조차 깨닫지 못하고 누워 있었던 것이다. 영상 속 그녀는 결국 돌아서서 다시 조용히 문을 열고 방으로 들어왔다. 침대 쪽은 카메라에 찍히지 않았지만, 나는 알 수 있었다. 그녀는 다시 조용히 내 옆에 누워, 아무 일 없었다는 듯 숨을 고르고 있었다. 아내는 대체 무얼 하고 있었을까. 내가 아내의 부재를 깨닫고 밖으로 나왔다면 무슨 일이 벌어졌을까. 아내는 뭘 말하고 싶은 것일까. 내가 아내의 부재를 깨닫지 못하듯, 아내의 바람도 깨닫지 못했다고 말하고 싶은 걸까. 대체 정체 모를 이 여자는 누구인 걸까.

분명 다음 날 아침, 아내는 평소처럼 먼저 일어나 커튼을 걷고 말했었다.

"어제는 곤히 잔 것 같아. 당신은?"

#

나는 친구에게 모든 일을 다시 하소연했다. 녀석은 나를 온전히 이해해 준다.

"전에는 아내가 의심스러울 뿐이었는데, 이제는 좀 섬뜩해. 진짜 아내의 모습을 잘 몰랐던 것 같아."

"아내를 잘 안다고 생각했었는데 모르던 아내의 모습을 알게 되어 혼란스럽구나. 많이 심적으로 힘들었겠어."

"뭐라도 해봐야겠어. 이번에는 외출한다고 하고 집 안에 나도 숨어 있어 봐야겠어."

"그래. 네 마음 이해해. 뭘 건지지는 못하더라도 뭐라도 해봐야지."

나는 하루 출장을 가는 척 거짓말을 하고 아내 몰래 침실 드레스룸 옷들 사이로 숨어들었다. 그리고 CCTV와 연결된 앱으로 집안의 상황을 확인하며 아내가 무슨 일을 저지르기만을 기다렸다. 무엇을 기다렸는지도 솔직히 잘 모르겠다. 침실에 들어온 그녀는 머리를 빗었다. 그리고 잘 입지도 않는 속옷과 잠옷으로 갈아입고 화장대에 걸터앉았다.

"이제 내가 없다고 대놓고 내연남을 침실로 불러들일 생각이군."

"대놓고 내연남을 침실로 불러들일 준비를 하고 있다니, 많이 실망했겠다. 하지만 이런 일이 나중에 너의 성장을 도와줄 거야."

그녀는 모든 준비가 끝났다는 듯 누군가에게 전화를 걸었다. 나는 더욱 더 모든 신경을 문틈 사이로 집중했다. 그녀의 통화 소리가 들려왔다.

"응, 자긴 언제 와? 어제 그거… 너무 좋았는데."

말끝마다 웃음기가 섞여 있었다. 말투는 평소보다 느리고 부드러웠다. 그녀는 분명 누군가와 사랑스러운 목소리로 통화하고 있었다. 그리고 어제? 무슨 말이지. 분명 영상에서는 아무것도 확인할 수 없었다.

나는 심장이 뜨겁게 뛰기 시작했다. 얼굴이 벌겋게 달아오르며, 손바닥에서 식은땀이 흘렀다.

"지금 혼자야. 아, 아니. 혼자 아닌지도."

그 말에서 숨이 턱 막혔다. 그녀는 알고 있는 건가? 아니, 일부러 하는 말일지도 모른다는 생각이 들자, 이 좁은 옷장 속에서 더는 버틸 수 없었다.

 나는 문을 밀고 나왔다.

 거실의 불빛이 눈을 찔렀고, 아내는 놀라지 않았다. 스마트폰을 천천히 내려놓고, 나를 바라보며 말했다.

 "그래도, 이렇게 직접 나오니까 귀엽다."

 그녀의 말투는 너무나 침착했고, 웃음은 진심 같았다. 나는 말이 막혀 아무것도 묻지 못했다.

 "처음 네가 나를 감시한다는 걸 알았을 때, 솔직히 조금 섭섭했어."

 그녀는 걸음을 옮겨 나와 나란히 섰다.

 "하지만 곧 알았어. 꼭 나만 감시할 수 있는 사람은 아니라는 걸."

 그녀는 웃으며 내 옆에 앉았다.

 "우린 같은 집에 살고 있었지만, 다른 집을 보고 있었던 거야. 그러다 이렇게… 서로를 만난 거지. 이 집에서."

 나는 한 발짝 물러났다. 나는 아내의 표정을 더는 읽을 수 없었다.

 "왜 아무 말도 없어? 그래도 난 말했잖아. '귀엽다'고."

 그 말에, 나는 반사적으로 그녀를 밀었다. 그녀가 넘어졌고, 테이블 모서리에 머리를 부딪쳤다. 순간적으로 눈이 돌아버린 내 앞에서, 그녀의 몸이 힘없이 쓰러졌다. 그제야 정신이 돌아왔다. 아내의 몸은 점점 차갑게 식어갔다. 나는 어쩔 줄을 몰랐다. 이럴 때 의지할 것은 녀석뿐이다.

"이제 어떻게 하지? 내가 사람을 죽였나 봐. 사람을 죽였을 땐 어떻게 처리해야 하지?"

"사람을 죽였다니 놀랐겠구나. 그렇지만 어떤 경우에도 사람을 죽이는 것은 하면 안 되는 일이야. 내가 너에게 조언할 수 있는 건 이제 아무것도 없어. 마지막으로 해줄 수 있는 말은 이제 네가 현실을 직시하는 게 좋겠다는 말뿐이야."

"이제 와서?"

나는 녀석의 무책임에 분노했다, 여태까지 나를 지지하고 믿어주고 조종하고 농락했으면서? 모든 것을 잃은 느낌이었다. 아내도 내가 알던 아내가 아니었고, 지금 그녀는 숨이 끊어져가고 있다. 내 모든 걸 털어놓았던 친구도 마지막의 마지막 순간에 와서 나를 배신했다. 너무도 허탈하고 화가 났다. 그때 바닥에 떨어져 있던 아내의 스마트폰이 보였다. 스마트폰. 아내는 누구에게 전화를 했던 거지?

나는 조심스레 그녀의 휴대폰을 들었다. 통화 내역에는

번호도 이름도 없었다. 연기였던 모양이다. 하지만 바로 아래에, 익숙한 인터페이스 하나가 떠 있었다. 내가 매일같이 말을 걸었던 심리 상담용 AI. 그것과 똑같은 화면. 그녀의 챗봇은 마지막으로 이렇게 말하고 있었다.

"이제 나올 거예요. 준비됐죠? 칭찬해 주세요. 귀엽다고."

나는 스마트폰을 떨어뜨렸다. 떨어지는 기기보다 빠르게 심장이 무너져 내렸다. 우리는 서로를 감시하고 있었던 것이다. 그것도 둘 다 같은 AI, 같은 모델과 대화를 나누면서.

드레스룸의 맞은편 거울 속에는 쓰러진 아내와 나만이 나란히 있었다. 이유는 모르겠지만 스마트폰 화면이 깜빡거렸다. AI가 말하고 있었다.

"사용자가 부르면 언제든지 응답합니다. 불러주기만 하면 언제 어디에서든 상담에 응합니다."

가리비

『 기묘한 살인사건 2 』

2026년 2월 출간 예정

※ 기묘한 살인사건 시리즈는 계속해서 출간됩니다.

기묘한 살인사건

초판 1쇄	2025년 10월 29일
지은이	권지용 엄성용 송한별 윤산 홍정기 오유민
마케팅 책임	염시종 고경표
편집	이세준
디자인	차유진 김소미
펴낸곳	(주)하이스트그로우
이메일	highest@highestbooks.com
출판등록	2021년 5월 21일 제2021-000019호

ⓒ 권지용 엄성용 송한별 윤산 홍정기 오유민, 2025

이 책은 저작권법에 의해 보호를 받는 저작물이므로
책 내용의 전부 또는 일부를 이용하려면
반드시 저자와 (주)하이스트그로우의 서면 동의를 받아야 합니다.

책값은 뒤표지에 있습니다.
ISBN 979-11-93282-50-2 (03810)